Nota de la Autora

En 2017 hice el Camino de Santiago con mi hija de 15 años. La aventura cambió nuestras vidas, y me fui de España con una sensación de paz y propósito. Al volver a Estados Unidos, mi marido, Jeff, notó un profundo cambio en mí. Como era de esperar, le dije: «Deberíamos mudarnos a España». Jeff vio que mi sonrisa era más amplia que antes; mi mente, más tranquila y mi corazón, más abierto. Él estaba totalmente de acuerdo. En la primavera de 2018, nos mudamos a España con cuatro maletas y ni idea de lo que estábamos haciendo. Fue entonces cuando empecé a escribir esta historia en serio, y las historias han seguido desde entonces. La historia de Tess y Pen me cautivó, ya que la había empezado en mi cabeza mientras hacía mi primer Camino. Aunque los personajes son pura ficción, conocía a cada uno de ellos como si hubiéramos caminado juntos 800 km bajo el ardiente sol español. La suya es la historia que necesitaba contar, y te doy las gracias a ti, querido lector, por escucharla con el corazón. También te invito a que sigas mi blog, www.vivaespanamovingtospain.com, donde podrás descubrir lo que ocurre en mi cabeza un día cualquiera: lo bueno, lo malo y, bueno, lo dejamos así. Pero esta invitación es solo para los lectores de mis libros. No se lo digas a nadie.

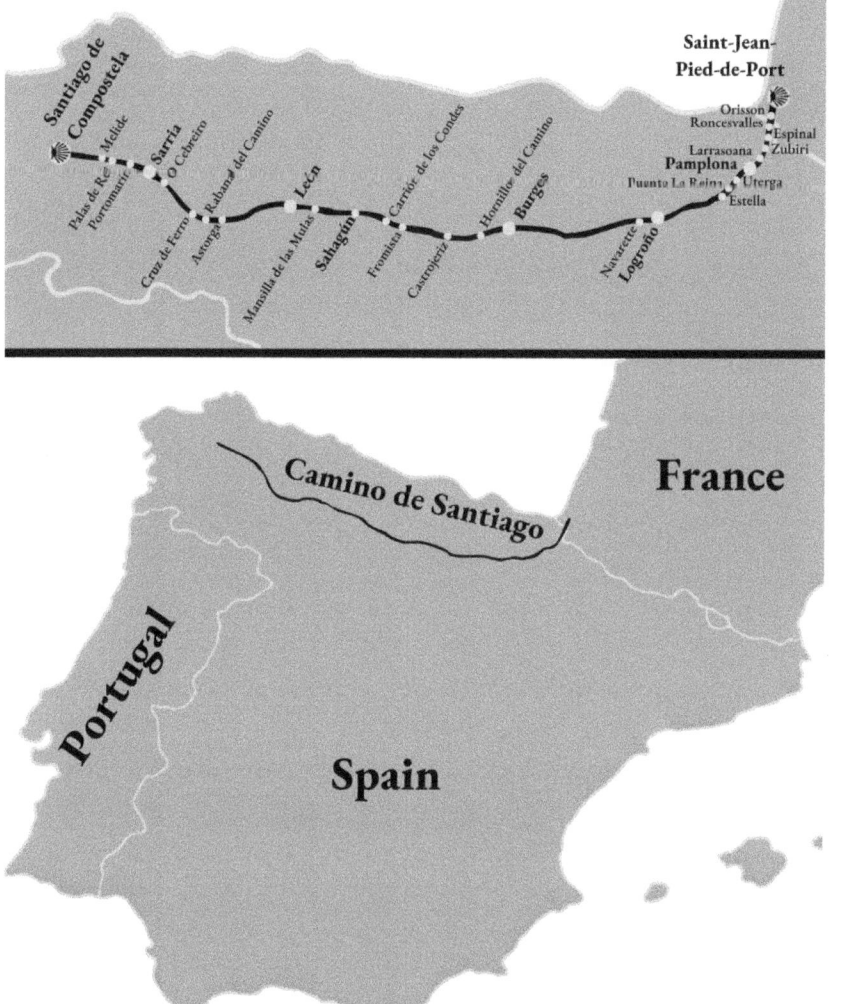

Camino de Santiago
Camino Francés

Saint-Jean-Pied-de-Port

Santiago de Compostela
Melide
Palas de Rei
Portomarín
Sarria
O Cebreiro
Cruz de Ferro
Astorga
Rabanal del Camino
León
Manilla de las Mulas
Sahagún
Fromista
Carrión de los Condes
Castrojeriz
Hornillos del Camino
Burgos
Navarette
Logroño
Orisson
Roncesvalles
Espinal
Zubiri
Larrasoana
Pamplona
Puente La Reina
Uterga
Estella

Camino de Santiago

France

Portugal

Spain

Para Jeff
Contigo, nada es imposible.

Portada del libro por Tatiana Vila

Libro en Rústica ISBN: 979-8-9902359-0-8
Libro de Tapa Dura ISBN: 978-1-961719-04-0
Libro Electrónico ISBN: 979-8-9902359-1-5

Primera edición 2024

El Duelo del Adiós

Primer Libro de la Trilogía del Camino
K.D. Field

Parte I

LA DECISIÓN

Uno

No Tengo Tiempo Para Esto

Tess estaba de pie frente al espejo del aséptico cuarto de baño gris, apoyada en la encimera de mármol blanco y decidida a no tambalearse. «Mantén la calma», pensó. Su agenda estaba despejada y John la esperaba en el vestíbulo. Observó sus ojos azules y estudió su rostro cansado, que parecía haber envejecido cien años de la noche a la mañana.

No recordaba la última vez que se había detenido a hacer balance de su vida. Siempre había demasiadas cosas que hacer. Pero si había un momento perfecto, era ahora. Se mojó las manos en el agua y se acarició las pálidas mejillas. El agua goteaba por la parte delantera de su blusa, pero apenas se dio cuenta y no se molestó en limpiarla. Por fuera, era la misma mujer trajeada de la semana anterior, pero por dentro sus pensamientos eran como pelotas de playa que rebotaban en cada rincón de su mente.

Tess no era una persona paciente. Siempre estaba ansiosa por ponerse manos a la obra. Pero estaba más confundida de lo que la gente creía, y a veces tenía la sensación de que la vida no era más que una serie de encuentros en los que ella no pillaba el chiste.

No se consideraba una gran madre, aunque lo hacía lo mejor que podía. ¿Y como esposa? Bueno, eso debía juzgarlo John.

Tess podía ser autocomplaciente y lo sabía. Se tomaba extraños brebajes de vitaminas y hierbas, convencida de que lo curaban casi todo. Ahora parecía que nada de eso había funcionado.

Podía ser una persona brusca y, en ocasiones, muy cortante con la gente. Pero esperaba que la perdonaran y rezaba para que así fuera.

Y tenía cáncer de mama.

Dos

Cuando el Amor No Lo Puede Todo

«¡Penelope Elizabeth!», la llamó Tess por el pasillo por tercera vez, negando con la cabeza y volviendo a la cocina *gourmet* donde la esperaba su marido. Su hija nunca ponía las cosas fáciles. Tess sabía que Pen podía ser amable, pero solo cuando quería, y esta no iba a ser una de esas veces. Pen tenía 15 años. A esa edad, poner los ojos en blanco era un gesto obligatorio.

Tras haber visto a su médica el día anterior, Tess pidió tomarse unos días antes de decidir qué curso seguiría su tratamiento. Había tratamientos con fármacos y opciones quirúrgicas, y quería tomarse un respiro para sopesarlo todo. Lo único que no era negociable era dejar el trabajo. Lo primero que se le vino a la cabeza cuando su médica pronunció la palabra *cáncer* fue: «Es el fin». John y ella decidieron retrasar el momento de darle a Pen la noticia del cáncer hasta que tuvieran un plan. Su hija no llevaba bien la ambigüedad.

Sonó la calmada voz de la alarma, al estilo de Star Trek: «Puerta abierta», que anunciaba que alguien se había colado por una de las puertas traseras de la piscina. John la había instalado por seguridad, pero Pen nadaba de maravilla. Se había escabullido por detrás. Tess vio cómo su marido se dirigía a la puerta principal para encontrarse con su hija en la verja. No iba a permitir que esta conversación se retrasara.

Tess cerró los ojos y suspiró. Pen ponía a prueba la paciencia de su madre en los mejores momentos, pero con su padre solía llevarse bien. John siempre la llamaba «*Lucky Penny*» y llevaba en la cartera una moneda de cobre brillante acuñada en el año de su nacimiento para que le diera buena suerte. Desde que era pequeña, le dejaban monedas en la mesilla de noche cuando viajaban por trabajo. Así sabía que estaban pensando en ella. No hacía mucho que Tess había visto el tarro grande lleno con las monedas que su hija tenía en la mesa de su habitación. Tess cerró los ojos. Esta conversación era solo la primera de muchas, y necesitaban toda la suerte del mundo.

Escuchó cómo John le abría la puerta principal a la enfadada adolescente, que se le adelantó cargada con una mochila. Tess estaba esperando en la cocina, aún vestida con su ropa de trabajo: unos Louboutin y un vestido negro sin mangas. Su gran bolso Celine estaba apoyado sin mucho cuidado en el taburete junto a la isla de la cocina. Su uniforme de batalla, lo llamaba – un calificativo apropiado para la ocasión.

John respiró hondo y empezó la conversación.

—Queremos darte una noticia. Tu madre ha decidido dejar el trabajo y pasar más tiempo en casa —se le paró el corazón por un momento— con nosotros.

Tess casi podía escuchar los pensamientos de Pen. Tess nunca estaba *en casa*. Tenían servicio de limpieza, jardinería y piscina. Cocinaban con kits de recetas e ingredientes de *Fresh!* o *Home Chef* o comían fuera. Amazon les traía la compra. La mayoría de las noches, Tess ni siquiera llegaba a casa a tiempo para la cena. Cuando eran pequeños y la gente elogiaba los modales de sus hijos en los restaurantes, Tess siempre presumía: «Mis hijos saben comportarse y piden ellos solos».

A lo largo de los años, Tess había viajado mucho por trabajo, a veces tenía que salir en el último momento, y sabía que sus hijos a menudo se enteraban de que estaba en una ciudad al otro lado del país cuando su padre llegaba a casa del trabajo. A John le llegaban los correos electrónicos de la cuenta de viajes de empresa de Tess. A menudo se reían de que él supiera que Tess iba a coger un avión antes que ella. Y ahora, de repente, se iba a quedar en casa. La reacción de Pen no iba a ser agradable.

—¿Por qué?

La pregunta de Pen se quedó flotando en el aire; sonaba más a acusación.

De nuevo, John se adelantó. «Quiere pasar más tiempo con nosotros. Ya sabes que pasa mucho tiempo fuera. Quiere estar segura de que no se pierde nada».

La cara de Pen era un poema. Sin duda se preguntaba por qué su padre estaba haciendo de relaciones públicas de su madre.

—¿Tiempo con nosotros? —preguntó Pen con sarcasmo—. ¿Ahora?

Por fin intervino Tess, con la esperanza de suavizar las cosas.

—Yo también tengo sueños. Hay muchas cosas en mi lista que nunca he podido hacer porque estaba todo el tiempo trabajando. Ahora tendré la oportunidad de hacerlas. —dijo Tess sonriendo, aunque sin sonar tan segura de sí misma como esperaba.

Podía sentir los ojos azules como el hielo de su hija clavándose en ella.

—¿Cómo qué? ¿Qué cosas has querido hacer que nunca has hecho? Si siempre haces lo que quieres.

Pen no se equivocaba.

—Eso no es verdad —intervino John de nuevo—. Tu madre ha sido la principal fuente de ingresos del estilo de vida del que todos hemos disfrutado. Está cansada. Ahora le toca descansar y a nosotros, tomar el relevo.

Tess no había descansado en toda su vida.

—Ahora podré llevarte al instituto por las mañanas y recogerte del entrenamiento de fútbol. También podré ir a tus partidos. —Tess se encogió al escuchar su voz demasiado alegre, como si estuviera vendiendo un coche usado y ella fuera el coche.

Otra vez el gesto de los ojos en blanco. Vio que era justo el sueño de Pen: más participación de sus padres en su vida.

—Ya, claro, llevas años haciéndome volver a casa andando desde el entrenamiento de fútbol. Y ni recuerdo la última vez que fuiste a uno de mis partidos, «mamá» —hizo el gesto de las comillas con las manos—. No necesito que hagas nada de eso. Ya me ocupo yo. Siempre has dicho que tu trabajo era criar niños independientes. Pues lo has conseguido, así que puedes volver al trabajo, —dijo Pen rotundamente, cruzándose de brazos.

John y Tess cruzaron miradas.

—A partir de ahora me quedo en casa. —dijo Tess con toda la paciencia de la que pudo armarse—. Y punto.

La conversación había terminado.

—¡Genial! —exclamó Pen con fingida alegría. Necesito magdalenas para la recaudación de fondos de mi equipo mañana. Te puedes poner ya mismo con ello, ¿verdad? —Pen cogió su mochila y se fue a su habitación. Ambos se estremecieron al oír el portazo.

—Vino, por favor. —dijo Tess, soltando el suspiro que había estado conteniendo—. Lo necesito.

—Marchando. —John cogió las copas y una botella y salió fuera a sentarse bajo el cálido sol del atardecer en Arizona. Tess le siguió, todavía un poco tocada, aunque no tan sorprendida. Pen era mucha Pen.

John le pasó una copa llena —sin remordimientos— hasta arriba. Chocó su copa contra la de ella, y brindaron con un «Sláinte», recordando su luna de miel irlandesa. Un brindis habitual para un día poco habitual.

—¿Cómo te encuentras?, —le preguntó cogiéndole la mano. Era una pregunta capciosa.

—No lo sé, —susurró—. Supongo que voy un poco a la deriva.

—Era de esperar. No estarán muy contentos en el trabajo, ¿verdad?

—No, —dijo de forma contundente—. Ken no estaba nada contento esta mañana. Cuando le dije que le daría dos semanas de transición, dijo que se sentía como si le hubiera dado un puñetazo". Le dio un trago grande al vino.

—Ya imagino, —dijo John apretándole la mano—. Pero le toca asumirlo. Le has hecho ganar mucho dinero durante mucho tiempo. Puede encargarse él durante una temporada hasta que encuentre un sustituto.

—Ya lo sé. No me voy a ir a la competencia. De lo contrario me habría ofrecido dinero o me habría despedido directamente. Pero cuando le dije que *me quedaba en casa,* se echó a reír. Ken dice que en un mes me estaré subiendo por las paredes. Piensa que voy a cambiar de opinión.

John bebió un sorbo de vino. «Bueno, los dos sabemos que eso no va a pasar».

Se sentaron a contemplar la puesta de sol sobre el desierto rosado y la verdad tácita que había detrás de su repentina marcha del trabajo.

—Anoche no podía dormir. ¿Qué va a pasar ahora? Me siento atrapada. Hay tantas cosas que quiero hacer, y siempre pensé que tendría tiempo de sobra. Que *tendríamos* tiempo de sobra. Pero estoy enferma. Y teniendo en cuenta lo que me dijeron ayer, solo voy a empeorar. Aunque esto no me mate, estaré demasiado enferma por el tratamiento como para plantearme ir a Bali o hacer el Camino de Santiago. Durante mucho tiempo. Ya sabes que eso siempre ha sido lo primero de mi lista.

—Lo sé. —dijo en voz baja mirando cómo el sol se perdía bajo el horizonte.

Más tarde, Tess se quedó despierta a oscuras junto a John, que roncaba suavemente. En general, ella pensaba que la vida eran matemáticas, una serie de ecuaciones que, cuando se desequilibraban, provocaban preocupaciones y dificultades. Despejar la x era lo que siempre había hecho. Pero con el cáncer, no encontraba ninguna variable que pudiera equilibrar instantáneamente la ecuación. Sabía que eso era lo que le impedía conciliar el sueño.

Su teléfono móvil se encendió y vibró repetidamente en la mesilla de noche. Tess miró la pantalla, sorprendida por el número, que no le resultaba familiar.

—¿Sí? —dijo en voz baja, tratando de no despertar a John.

—Hola, ¿es usted la madre de Pen Sullivan? —dijo una voz desesperada al otro lado de la línea.

Los latidos del corazón de Tess pasaron de estar atontados a maratonianos en un instante.

—Sí. —dijo confundida—. ¿Qué pasa? —Pen estaba en su habitación durmiendo. ¿Qué podía pasar un jueves a medianoche?

—Hm. —Tess oyó alboroto y luego un quejido.

—¿Quién eres? —preguntó Tess.

Se hizo el silencio. Y después: «Soy un amigo de Pen», dijo una voz masculina que Tess no reconoció. Se escuchó más alboroto y voces de fondo. El chico estaba tapando el micrófono del teléfono.

Tess salió disparada de la cama, corrió descalza por el pasillo, abrió la puerta del dormitorio de Pen y encendió la luz. El bulto de la cama de princesa con dosel blanco hizo que Tess se tranquilizara momentáneamente. Cuando sacudió a su hija, solo vio un montón de almohadas debajo del edredón.

—Madre mía. —dijo al aire en la habitación.

—¿Señora? —La voz del teléfono la devolvió a la realidad.

—¿Qué está pasando? —preguntó Tess con la boca seca, todavía intentando recomponer esta nueva realidad—. ¿Quién eres y dónde está mi hija?

—Pen está aquí en mi casa. Esto... Mis padres están de viaje y he hecho una fiesta. Pen se ha fumado algo y está muy mal. Creo que es mejor que venga. —dijo que le estaba mandando un mensaje de texto con la dirección.

—¿Pen está bien?, —le preguntó, angustiada.

—No lo sé. Pero está vomitando. *Mucho.* No sabía qué hacer".

—Vale, vamos para allá. —dijo, corriendo hacia su habitación—. En 10 minutos estamos ahí.

Tess despertó a John y le explicó lo que ocurría mientras se vestían. Corrieron hasta la dirección que el chico les había dado, y John aporreó las puertas dobles de una gran casa estilo hacienda por la que había pasado cientos de veces pero en la que nunca había reparado. Respondió un chico rubio. Le resultaba familiar.

—Está fuera. —Los condujo a través de un salón que parecía más bien un campo de combate. Solo quedaban algunos rezagados de la fiesta entre restos de botellas, vasos rojos de plástico y cachimbas cuando salieron por la puerta corredera, donde Pen seguía vomitando en un cubo.

Tess se agachó y le apartó el pelo de la cara. Ella miró a su madre con las pupilas dilatadas y empezó a llorar mientras ríos de rímel negro le corrían por las mejillas. La marihuana no provocaba este tipo de vómitos. Se trataba de drogas más duras. Tess secó las lágrimas de las mejillas de su hija y la abrazó con demasiada fuerza. Pen sollozó en su hombro, se apartó y volvió a vomitar.

—¿Qué tipo de drogas? —preguntó Tess, mirando al chico.

—¿Ein? —exclamó él.

—¿Qué tipo de drogas exactamente se ha tomado mi hija? Necesito saberlo ya. —dijo Tess, enunciando cada palabra y tratando de atravesar la niebla química que rodeaba al chico.

—No lo sé seguro. A ver, algunas personas estaban tomando coca. Y fumando hierba. Pero sé que a algunos les gusta potenciar los porros con un poco de H.

—¿H? —preguntó Tess.

—Heroína. —susurró el chico.

—Dios santo. —dijo John mientras él y Tess ayudaban a Pen a ponerse en pie, sosteniéndola para evitar que se cayera. Tess miró a John por encima de la cabeza de su hija. La angustia que vio reflejada en su rostro le rompió el corazón.

De vuelta a casa, llevaron a Pen al cuarto de baño para que pudiera dejar el cubo. Tess se arrodilló en el suelo cerca del váter y sujetó el pelo de Pen durante la siguiente hora mientras ella le daba arcadas.

—¿Qué se te estaba pasando por la cabeza? —imploró Tess. ¿Cómo saliste de casa sin que lo supiéramos?

—Dejé una ventana abierta antes para que no saltara la alarma cuando saliera. —balbuceó—. Sabía que no me dejarías ir a la fiesta.

Tess intentó mantener la compostura. «¿Has hecho esto otras veces?»

Pen miró a su madre durante bastante tiempo antes de asentir, casi sin darse cuenta, y Tess cerró los ojos, enfrentándose al miedo.

—¿Te alegras de haber ido? —le preguntó.

Pen negó con la cabeza y volvió a vomitar. Luego se tumbó en el frío suelo de pizarra y se hizo un ovillo.

—Voy a traerte agua para que bebas a sorbos, o te deshidratarás.   Tess se levantó, pasó por encima de John, que estaba dormido en el suelo del pasillo al otro lado de la puerta, y se dirigió a la cocina, todavía en estado de *shock*, casi sin poder encontrar los vasos. Sirvió agua de la jarra y la mano empezó a temblarle sin control. Dejó el vaso en la encimera y se dejó caer al suelo, llorando con más fuerza que cuando supo que tenía cáncer.

—No, no, no, no, no. —susurró entre lágrimas—. No te la vas a llevar. Joder, no voy a dejar que te la lleves."

Tess se secó las lágrimas de las mejillas.

—Te propongo un trato. Llévame a mí en su lugar. Yo por Pen. —suplicó—. Yo por ella.

Su hija podría haber muerto esa noche. Lo demás daba igual, pero Tess sabía que tenía que mantener la calma hasta que Pen estuviera fuera de peligro. Se secó la cara con un paño de cocina, se levantó y llevó el vaso de agua al cuarto de baño, donde Pen estaba tumbada en el suelo. Pálida e inmóvil.

Por un momento, Tess pensó que podía estar muerta. Se quedó paralizada en el sitio, llorando de dolor. Entonces Pen soltó un quejido y Tess se arrodilló, levantando a su hija para que se sentara y sujetándole la cabeza. La abrazó con fuerza y la animó a dar sorbos del agua poco a poco.

Las dos estuvieron sentadas en el suelo del cuarto de baño hasta que amaneció. Tess la obligó a beber agua y Pen vomitó de nuevo, pero poco a poco, fue capaz de retenerla. Y después, pequeños bocados de pan. Lo peor había pasado.

Más tarde, John las encontró a las dos durmiendo delante del váter. Levantó a Tess y la acostó. Luego se llevó a Pen al salón y la recostó en el salón, cubriéndola con una manta después de observar sus brazos y piernas en busca de marcas de pinchazos. John había oído que el chico había dicho que Pen había fumado algo. Rezó para que no fuera algo peor. Ahora le tocaba a él quedarse de guardia.

Tess se despertó sin apenas saber dónde estaba. De repente, los sucesos de la noche anterior le vinieron de golpe y el dolor y la angustia volvieron a inundarla. Al apartar el edredón, se sintió un millón de años mayor. Utilizó toda su energía para ponerse la bata cuando vio a John sentado en el salón, sujetando una taza de café en la mano y mirando a su hija en el sofá.

—¿Cómo está? —preguntó ansiosa.

—Está durmiendo. He comprobado su respiración y la he despertado hace un rato para darle un poco de *Gatorade*. Creo que se pondrá bien. No sé cómo, pero ha salido de esta. —apretó la mano de Tess y se levantó. Te voy a traer un café.

Tess cogió la taza que le ofreció John y se bebió con ansia la infusión caliente.

—Le di muchas vueltas a la cabeza anoche mientras estaba sentada en el suelo del baño con Pen. —le dijo—. Es fácil ver el camino a seguir cuando ya no hay distracciones.

John observó a su mujer y contuvo la respiración.

—He decidido retrasar el tratamiento unas semanas. —levantó la mano cuando vio que la sangre abandonaba la cara de John—. No, escúchame. Anoche Pen me dejó las cosas muy claras. Me la voy a llevar a España, y vamos a hacer el Camino de Santiago este verano. Las dos juntas.

La cara de John reflejaba horror.

—De eso nada. —dijo negando con la cabeza—. Ni se te ocurra. Es una locura. Tienes que quedarte en casa y luchar contra el cáncer.

Tess cerró los ojos, tratando de mantener la calma.

—John. Lo que ha pasado con Pen no puede volver a pasar. Anoche podríamos haber perdido a nuestra hija. En un abrir y cerrar de ojos. Se habría ido, delante de nuestras narices. Y no por el cáncer, sino por algo mucho peor.

Tenía razón. Podrían haber pasado una mañana mucho más horrible que ver a Pen durmiendo en el sofá. Pero la idea de que Tess se llevara a Pen a España durante el verano parecería una reacción desmesurada.

—Y eso no es todo. —respiró hondo—. Pen admitió que ya se había escapado otras veces. Y tampoco era la primera vez que consumía drogas. Después de darle un poco de pan, me levanté y miré en el armario de los licores. Nosotros no bebemos a menos que venga gente a casa, así que las botellas deberían estar casi llenas. Ahora están casi vacías o llenas de agua. Y las cajas del club de vinos están abiertas y faltan botellas. Botellas que ni tú ni yo hemos tocado".

John pareció sorprendido.

—Y he mirado en el botiquín del baño. ¿Te acuerdas de los analgésicos de la operación dental que me hicieron el año pasado? Me los recetaron pero no me los tomé. Y los frascos están vacíos. No queda ni un solo analgésico. Tenemos un problema más grande de lo que creíamos, así que escúchame. —susurró—. Soy consciente de que estoy enferma, no estoy desvariando. Pero tenemos una hija que descarrila de camino a un pozo muy oscuro. Si crees que eso me va a ayudar durante el tratamiento, te equivocas.

—Además, sabes que este camino es algo que siempre he querido hacer. Pero ahora los problemas de Pen son lo más urgente. No puedo dejar las cosas así, sin saber si esto va a volver a pasar o no. Sacarla de aquí durante el verano la alejará de estas personas, quienquiera que sean. Nos dará tiempo para estar juntas, la una con la otra. Después volveré para operarme, para la quimio y lo que me echen. Te lo prometo. Pero anoche se me encendió una luz en la cabeza. Esto es lo que tengo que hacer. Por las dos.

John dijo que no con la cabeza. «Si retrasas el tratamiento, perderás un tiempo valioso. Un tiempo del que no sabemos si podremos prescindir. Te das cuenta de que podría costarte la vida, ¿verdad?»

Sonaba enfadado y asustado, pero Tess no se dejó intimidar.

—¿Darías tu vida por salvarla? —le preguntó Tess—. Si ahora mismo alguien entrara con una pistola, te colocarías entre esa persona y ella. Sé que lo harías.

Tess estaba en lo cierto, pero John no reaccionó. Lo único que habían estado haciendo en los tres últimos días era reaccionar. Ella sabía que él escogería otro momento para intentar convencerla de que no lo hiciera. Hoy debían centrarse en su hija. Habría que idear una estrategia para meter a Pen en un avión, pero su corazón le decía que era lo correcto.

Tess tenía 50 años. Podía contar los años y sabía que el tiempo había pasado, pero la vida se le había escapado. Había perdido un tiempo precioso con sus hijos. Estaba y no estaba con ellos. John estaba cuando lo necesitaban, pero ella había viajado mucho y había estado demasiado preocupada. Siempre había problemas en el trabajo.

Se acordaba de haberse llevado a su hijo Charlie a la oficina cuando tenía fiebre porque no podía faltar a una reunión y quedarse en casa. Antes de que el *teletrabajo* se convirtiera en algo real. Charlie había dormido en el sofá de su despacho y la secretaria de Tess siempre se aseguraba de que comiera sopa de pollo mientras ella estaba en las reuniones. Cuando llegaron los teléfonos inteligentes, estaba conectada al trabajo las 24 horas al día y los 7 días de la semana: estaba en casa sin estar en casa.

¿Era una mala madre? Sinceramente, no lo sabía. Todo lo que había hecho era para darles a sus hijos más de lo que ella tuvo. Pen abandonaría el hogar y se iría a la universidad en tres años: era una hija muy difícil. Quizá Tess había tomado las decisiones equivocadas.

Cerró los ojos, llenos de lágrimas. «Mira hacia delante«», se dijo a sí misma. Tienes mucho que hacer. No te dejes llevar por la autocompasión.

Pen volvió al instituto la semana siguiente y Tess y John volvieron al trabajo. Una tarde, John estaba mirando a su mujer sentada en una tumbona junto a la piscina, con la cálida luz del sol del desierto iluminando el rostro que había contemplado durante más de veinticinco años. Ahora tenía algunas arrugas y Tess había dejado de teñirse el pelo, así que su melena castaña oscura se mezclaba con algunas canas. Era una cara que conocía bien, pero hoy era una máscara. Tess se estaba conteniendo. Era evidente.

John había sacado el tema del viaje que ella había propuesto, de nuevo insistiendo en que lo reconsiderara a la luz del día y esgrimiendo todos los argumentos lógicos en contra. Buscó estadísticas sobre el cáncer y la acribilló a preguntas. Pero Tess estaba más decidida que nunca, y había llamado a su médica para comentar las opciones durante su estancia en España. Apenas escuchaba las razones por las que no era una buena idea.

—Voy a ir a Seattle a ver a Charlie antes de irnos. —dijo Tess de repente—. Tengo que contarle todo esto yo misma. En persona'.

A John le pilló desprevenido. «¿Es necesario?», susurró.

Tess lo miró, pero no dijo nada. John cerró los ojos y respiró hondo, sintiendo el viento en el cuello de su camiseta rosa de golf. Ahora le tocaba a ella salir a escena y él tenía que apartarse y dejarle espacio. Ese había sido su papel desde el principio. Y sabía cómo hacerlo.

El fin de semana siguiente, John dejó a Tess en el aeropuerto para que fuera a visitar a su hijo. Él le preguntó si llevaba todo lo que hacía falta, y eso hizo que Tess sonriera: ella podía hacer la maleta con los ojos cerrados.

Antes de darse cuenta, aterrizó en Seattle y se encontró conduciendo por la conocida ciudad en la que habían vivido durante más de veinte años. Charlie era el primogénito de Tess y John, y desde el momento en que llegó al mundo, estaba claro que tenía alma de persona mayor. Tess sabía que supuestamente uno no debía ser amigo de su hijo, sino su padre o su madre. Pero Charlie era único, y su nacimiento añadió un timón a la vida de Tess que no sabía que le faltaba. Ahora necesitaba pasar tiempo con él. Le vendría bien a su corazón.

Caminando por la hierba, sonrió mientras extendía la manta para que pudieran sentarse y charlar. Como ya no vivía en Seattle, su bronceado la delataba como alguien de fuera. Pero ese día el sol del noroeste brillaba, y ella cerró los ojos, volviendo la cara hacia el cielo para sentir el calor antes de que empezaran a hablar.

Charlie y sus gafas. Recordaba cuando iba a la guardería y le compraron sus primeras gafas. Le hacían parecer más inteligente que el resto de niños. Luego, con el paso de los años, resultó que lo era, y le concedieron una beca completa para la universidad. John y ella estaban muy orgullosos.

Sentada en la colina con vistas al lago Washington, Tess miraba a su alrededor los altos abetos de Douglas que recordaba de cuando vivía allí. Tan distintos del desierto donde vivían ahora.

«Me alegro de haber podido verte». —le dijo—. «Ha pasado mucho tiempo, pero he venido a contarte algo importante». —Tess respiró hondo—. «No hay otra forma de decir esto: tengo cáncer».

«Se ha extendido fuera del pecho, y es grave. Pero tengo que hacer algunas cosas antes de operarme, y quería venir aquí y contártelo en persona».

Las lágrimas resbalaban por sus mejillas mientras buscaba pañuelos en los bolsillos de su chaqueta.

«Pero todo va a salir bien». —le aseguró Tess, intentando sonreír—. «Yo también me lo tomé mal cuando me enteré, pero tu padre y yo hemos hablado mucho sobre el tema. Y hemos decidido que voy a hacer una ruta por España. Una especie de peregrinaje antes de que me operen y empiece con la quimio y la radiación y eso. Dicen que la gente consigue milagros cuando llega a Santiago, así que, ¿quién sabe? Puede que allí me espere uno».

Cuando el sol se ocultó tras las nubes, se levantó viento. Tess sonrió para tranquilizar a su inteligente hijo.

«Los médicos apoyan mi decisión de esperar hasta que vuelva de la ruta. Creen en un enfoque de mente y cuerpo, y como esto es tan importante para mí, piensan que estaré en condiciones de concentrarme en mejorar después de haberlo hecho. Papá también lo apoya, y —respiró hondo— me llevo a Pen».

«Ya lo sé, ya lo sé. Parece una locura, pero le contaré a Pen lo del cáncer durante la ruta cuando llegue el momento. Ya sabes que nuestra relación es complicada. Y este viaje es mi oportunidad de pasar tiempo con ella y decírselo a mi manera. Ah, y hay otra cosa más». Siguió describiendo la noche de la fiesta, sin omitir nada.

«Apuesto a que te estás preguntando cómo ha podido pasar esto. Es una pregunta para la que no tengo respuesta. Y francamente, si le preguntas a Pen, tampoco la tiene. No es la Pen que conocías. Tu padre y yo todavía estamos intentando entenderlo. Pero no podemos ignorarlo. Y no podemos ignorar que tengo cáncer."

Tess cerró los ojos. Ansiaba ver la sonrisa de su hijo.

«Estaré bien. No te preocupes. Si me mirases ahora, no sabrías que estoy enferma. Son solo ocho semanas, y luego volveré y me pondré mejor. Y escúchame. —dijo Tess con calma—. «Voy a sacar a Pen de Arizona para intentar llegar hasta ella, por inútil que parezca. Y al mismo tiempo, podré hacer algo que siempre he querido hacer».

Poniéndose de rodillas, Tess tomó la bolsa de la tienda donde había parado desde el aeropuerto y sacó las cosas favoritas de Charlie: *Beef Jerky*, chocolatinas *Snickers*, *Smarties* y regaliz *Red Vines*. Y luego las flores, que Tess puso en el jarrón de la base de la piedra. Se besó las yemas de los dedos y repasó las letras grabadas con el nombre de su hijo en la lápida de granito.

«Te quiero, mi maravilloso niño. Estoy tan contenta de haber podido verte hoy... Volveré en cuanto llegue de España. Y no te preocupes por mí, estaré bien» —Tosió—. «Porque sé que estarás vigilándome. Te mantendré informada por el camino».

Fue todo lo que Tess pudo hacer para no abrazar la fría piedra que anclaba a su hijo al suelo. Recogió la manta y regresó lentamente al coche tras detenerse ante la tumba de su abuela, a unos metros de distancia, y depositar una única rosa amarilla en la lápida de latón.

Tess iba a pasar la noche en la ciudad, pero tenía otra parada en su itinerario. Condujo hacia el norte y, mirando por la ventanilla, observó las casas de la calle que salía de Roosevelt Way. Dio la vuelta a la manzana y aparcó delante de un pequeño *bungalow* con buhardillas en el tejado. Se parecía a la casa del libro *La casita* que solía leerles a sus hijos cuando eran pequeños.

Tess no estaba del todo segura de haber acertado con el lugar, con tantos edificios nuevos por la zona, mientras abría la puerta del coche para salir y pisaba la acera. De repente, el recuerdo de aquella casa de cuando era niña se hizo más nítido. Por aquel entonces, la casa era de color rojo ladrillo con molduras blancas. Sus hermanos y ella solían dormir en la buhardilla. Unas escaleras subían por una puerta secreta que había en el armario de su abuela, bajo el alero. Dormían en camas de metal preparadas con sábanas y suaves edredones viejos. A Tess le encantaba la sensación. Los grandes baúles de madera y cuero estaban llenos de cosas viejas: periodicos y todo tipo de trastos. Una vez descubrieron una estola de zorro negro con sarna. Solían asustarse unos a otros con ella. Bueno, sobre todo, la atormentaban a ella, porque era la más pequeña. —Tess se rio al recordarlo.

Subió tímidamente los escalones de cemento hasta el porche delantero y miró hacia abajo, sonriendo. En la acera aún se veían las huellas de cinco manos, de muy pequeñas a grandes.

El padre de Tess había instalado esta pasarela para su abuela un día gris de verano. Tess tendría cinco años y, cuando el cemento se fraguó un poco, les hizo meter las manos en él.

Tess se agachó y puso su pecosa mano de adulta sobre la huella de su yo más joven. Parecía que habían pasado un millón de años, pero aquí estaba de nuevo, en aquella casa en la que no había pensado en más de cuarenta años.

Sonrió, recordando aquel día nublado de hacía tanto tiempo. El tiempo se le escapaba entre las manos, pero se prometió aprovechar el que le quedaba con más sabiduría.

Condujo hasta el hotel en el centro de Seattle, entregó las llaves al aparcacoches y se dio un baño cuando llegó a su habitación. Le dolía. Se le partía el corazón por muchas razones. Tess estaba enferma, pero eso daba igual. Echaba de menos a su hijo, y ese era un dolor que nunca desaparecería, y también se preocupaba por Pen y John y por cómo estarían sin ella, especialmente Pen. Llamó a John desde las burbujas y hablaron hasta medianoche.

Al día siguiente, Tess devolvió el coche, pasó el control de seguridad y esperó el vuelo de vuelta a casa. Estaba preparada para empezar la siguiente fase: el Camino. Todos los libros que leía decían que el Camino no empezaba en Saint-Jean-Pied-de-Port (Francia). Comenzaba en distintos puntos antes de salir de casa. Ahora Tess entendía el significado de esas palabras. Para ella, el Camino ya había empezado.

Parte II

EL CAMINO

TRES

DE PHOENIX A ST. JEAN-PIED-DE-PORT

Mientras conducía para recoger a Tess en el aeropuerto Sky Harbor de Phoenix, John se dio cuenta de todo. El peso de su diagnóstico, lo que había pasado con Pen. Todo. Era una carga pesada y se hundía en su pecho como una losa.

Tess siempre tenía un plan, pero a veces él no formaba parte de la estrategia que ella tenía en mente cuando lo urdía. Ahora resultaba que su superesposa era humana como las demás. John se dio cuenta de que, en cierto modo, estaba enfadado por ello, y eso le sorprendió. En los 25 últimos años, se había preguntado si ella realmente lo necesitaba. Pero sabía que ahora sí lo necesitaba.

Por un lado, John estaba de acuerdo en que este viaje era importante para ella y para su hija. Tess creía que era la única forma de salvar a Pen de sí misma.

Por otro lado, quería gritarle: «¡Te estás jugando la vida, y si te pierdo, me destruirá a mí también!». Pero no era él quien tenía cáncer. No podía imaginarse lo que se sentía. Y el episodio de Pen en la fiesta les había dado a los dos un susto de muerte.

Tess tenía razón. Pen podría haber muerto. La posibilidad de perder a su mujer y a su hija de golpe era un toque de atención. Sabía que Tess estaba intentando evitar que ambas cosas sucedieran, y no podía culparla por ello.

John se planteó pedir una excedencia para acompañarlas. Tess podía empeorar o hacerse daño, y podría necesitarle, pero también sabía que ella necesitaba ese tiempo con Pen y que su hija se encontraba en un momento crítico, al igual que su madre. Tenían asuntos que resolver. Podía guardarse los días libres para cuando ella volviera. Cuando empezara el tratamiento, podría ayudarla con él.

John no tenía una bola de cristal. Esta ruta podría ser la última aventura de Tess. Le había escrito una carta y pensaba metérsela en la mochila antes de que se fuera, para que Tess pudiera leerla cuando llegase. Ella tenía derecho a irse y era libre de hacerlo, pero eso no significaba que no fuera el máximo reto que había asumido en su vida.

John recordó la noche en que se sentaron con Pen para contarle su plan.

—Tu madre va a hacer el Camino de Santiago en España cuando acaben las clases la semana que viene. —le dijo John a su hija con toda naturalidad—. Y te vas con ella.

—¿¡Qué!? NO pienso ir a España —protestó Pen como si hubieran dicho una locura—. Tengo campamento de fútbol todo el verano. Si no voy al campamento, ya puedo despedirme de jugar en el primer equipo universitario el año que viene.

Tess se había quedado en silencio.

—Cancelé el campamento de fútbol después de lo de las drogas. —John respiró hondo—. Te vamos a llevar fuera durante el verano, y tú y tu Madre vais a hacer algo juntas.

Pen miró primero a su padre y después a su madre. No estaban de broma.

—Mis amigos están aquí. Tenemos planes —suplicó.

—¿Planes con drogas y con el alcohol del armario de las botellas? —preguntó Tess—. ¿O solo con las pastillas del botiquín? Sabemos que te has llevado esas cosas de casa. —La flecha dio en el blanco. Buscaban el factor sorpresa. A Pen pareció extrañarle bastante que supieran el resto de la historia.

—No —susurró—. Ya no voy a consumir más drogas.

—Bueno, seguro que eso es lo que dices ahora. —dijo John—. Pero no vamos a correr ningún riesgo.

—Vas a venir conmigo a hacer esa ruta —le dijo Tess—. Todavía te quedará tiempo para ver a tus amigos cuando vuelvas, pero pasaremos gran parte del verano en España.

John se dio cuenta de que Pen quería protestar. Quería gritarles por no confiar en ella, pero las palabras se esfumaron en su boca. Desde el incidente, no la dominaban, pero ya no confiaban en ella.

John le explicó detalladamente a Pen lo que podría haberle ocurrido además de la muerte. Si hubieran llamado a la policía, podrían haberla acusado de posesión de drogas, y probablemente ahora estaría internada en un centro de menores. John vio claramente que la luz se le encendió en ese momento. Pen podía despedirse de jugar al fútbol en la universidad o de entrar en un instituto decente. Su futuro sería muy distinto.

—Vale —Pen se rindió, levantándose y yéndose a su habitación. No oyó el suspiro de alivio de sus padres.

El día en que se iban se produjo el caos habitual.

—¡Vamos, chicas! —dijo John desde la puerta principal—. A menos que queráis perder el vuelo.

John se preguntaba si se quedarían en casa si realmente lo perdían. Pero conocía muy bien a Tess. Metió las mochilas en la parte trasera del coche y se quedó en la puerta principal, esperando para cerrarla después de ellas.

—¿Lleváis los pasaportes? —preguntó John.

—Sí —dijo Tess, acompañando a la puerta a su hija, que andaba despacio mientras enviaba mensajes de texto a sus amigas.

John había metido la carta que le había escrito a Tess en su mochila. Necesitaba tener la última palabra en el comienzo de esta aventura. Sabiendo que estaba enferma, dejar que se fuera era lo más difícil que él había hecho nunca. Sin embargo, sabía que si alguien podía llegar hasta Pen, era su intrépida esposa. Quizás hablarle a su hija del cáncer en el camino cambiaría la perspectiva de Pen.

Pen no habló durante el trayecto hasta el aeropuerto, y escribía furiosamente en su teléfono desde el asiento trasero. John tomó la mano de Tess en silencio y miraron por la ventanilla mientras decenas de globos aerostáticos de colores brillantes surcaban el desierto en el aire cálido de la mañana. En el control de seguridad del aeropuerto, abrazó a Pen y le dijo que se portara bien y ayudara a su madre. Pen puso los ojos en blanco pero le devolvió el abrazo.

—Pórtate bien tú también —le dijo a Tess, envolviéndola en sus brazos sin querer soltarla. Ella se apartó y le miró a la cara. Ambos tenían lágrimas en los ojos.

—Lo haré —dijo, secándose las mejillas.

Pen hizo una mueca.

—Venga ya, que solo nos vamos dos meses.

Se rieron y entonces Tess y Pen se pusieron en la cola de seguridad. John se quedó y esperó hasta que las perdió de vista. Su teléfono vibró de camino al aparcamiento.

«tq». —vio que Tess se lo había enviado cuando desbloqueó su teléfono. Abreviatura de «Te quiero».

«yo tb». —respondió sonriendo, pero caminando hacia el coche con pies de plomo. Su esposa era una mujer inteligente y capaz. Estaría bien. Si le necesitaba, se lo diría y él cogería un avión. Estarían bien. O eso esperaba.

Tess durmió durante parte del vuelo de Los Ángeles a Barcelona. Cuando llegó la hora de tomarse la medicación, se fue al baño con una botella de agua: todavía no estaba preparada para hablar sobre su diagnóstico con Pen. No estaba segura de cuándo lo estaría, pero no iba a ser durante el vuelo.

Tess observaba a su hija dormida en el asiento contiguo. Pen parecía estar en paz como cuando era pequeña. Para Tess era fácil creer que todo esto de las drogas no era más que una pesadilla. El cuerpo atlético y bronceado de Pen no reflejaba lo que bullía bajo la superficie. Era alta, como Charlie y John, pero había heredado de Tess su complexión atlética y su sentido de la competición, un impulso que podía ser tanto una bendición como una maldición. Tess no estaba segura de qué era para Pen. Ya se descubriría con el tiempo.

Aterrizaron, recogieron sus mochilas en la cinta de equipajes y se fueron en taxi hasta el hotel. Al día siguiente iban a viajar en tren a Pamplona y después en autobús por los Pirineos hasta St. Jean Pied-de-Port al otro lado de la frontera con Francia.

Estar en un hotel con una mochila como único equipaje era extraño, ya que Tess y Pen solían llevar muchas más maletas cuando iban de viaje, pero era todo lo que iban a necesitar en las próximas semanas. O eso decían las guías. Tess nunca había viajado con mochila ni le habían gustado las actividades al aire libre. Esta aventura era nueva para ambas, pero Tess confiaba en que, de algún modo, se las arreglarían.

Mientras se preparaba para acostarse, Tess abrió la cremallera de la parte superior de su mochila cuando sintió un papel y sacó un sobre dirigido a ella con la letra de John. Se quedó dudando antes de rasgar la parte superior y desdobló la única hoja que había en su interior.

Una foto cayó al suelo. Al recogerla, Tess vio la foto de John y ella en la boda de un amigo 25 años antes. Era el momento en que se habían conocido. John había cruzado el césped con una copa más de champán y se la había ofrecido. El fotógrafo de la boda les había pedido que sonrieran a la cámara. Habían hablado y bailado durante el resto de la noche y habían ido a comer tortitas al amanecer el día siguiente. Desde entonces, siempre había sido *Él*.

En la foto de hacía tantos años, estaba moreno y guapo, con los ojos azules y el pelo rubio como la arena, como Pen y Charlie. Cuando se había parado a ofrecerle la copa, ella estaba confusa pero feliz, como Cenicienta cuando el zapato le quedaba bien. Cerrando los ojos, recordó aquel momento. Al observar la hoja, Tess reconoció esa letra que conocía tan bien.

Mi chica,

No sé cuándo leerás esta carta, pero quiero que entiendas cómo me siento. Escribí esto cuando fuiste a Seattle a visitar a Charlie, después de haber podido aclararme la cabeza y ordenar mis pensamientos. Han sido días difíciles para mí, pero sé que seguramente ni me acerque a saber lo que estás pasando mientras el cabrón destroza tu cuerpo. Pero también me está pasando a mí. Pensar que daría un paso en este planeta sin ti es abrumador; me ha costado hacerme a la idea. Pero la conclusión es que estoy aquí y no salgo de este círculo.

Te diriges hacia lo desconocido, pero supongo que eso también ocurriría aunque te hubieras quedado en casa y hubieras empezado el tratamiento. Tu decisión de llevarte a Pen a este viaje, de cambiar de algún modo el camino que ha empezado a tomar, te hace más valiente que yo. Pero apoyo esa decisión. Pasaréis por muchas cosas juntas, y espero que salgáis de esto más unidas con recuerdos para toda la vida. Da igual lo corta o larga que sea. Pero esto es lo que quiero para ti en este momento.

Mientras vives esta aventura, si encuentras la religión, enciende una vela y reza. Si haces nuevos amigos, ríete hasta llorar. Si te gusta el vino, tómate otra copa —o dos. Si oyes música, baila. Si encuentras un romance, aprovecha el momento. Cuando veas belleza, deja que te inunde y guárdala en tu corazón para lo que venga. Pero de momento lo que quiero que tengas es paz. Olvídate del Cáncer. Vive. Simplemente vive. A fondo.

Durante los próximos dos meses, quiero que hagas lo que tengas que hacer, y me refiero a lo que tengas que hacer para convertirte de nuevo en la chica de esta foto. En la persona fuerte, decidida y alucinante que conozco, que está dispuesta a luchar en cuerpo y alma para que podamos envejecer juntos. Después vuelve a casa, deja que te quiera y te cuide mientras ganamos esta batalla.

Llévate mi amor contigo en este viaje. Cuídate.

~J

A Tess se le hizo un nudo en la garganta y se tapó la boca mientras intentaba controlar sus emociones. No podía respirar. Cerró los ojos e intentó que no se le saltaran las lágrimas para que Pen no la viera. ¿Qué estaba haciendo en España? ¿Era prudente estar a más de 12.000 kilómetros de casa? ¿De John? Solo él podía escribir algo así y decirlo en serio. Es justo lo que a ella le había enamorado desde el primer momento, su sinceridad desinteresada. Cuando decía que la quería, ella le creía. Cuando decía que el interés de Tess era la prioridad para él, ella sabía que era así. ¿Qué precio había pagado dejándola ir a esta ruta en medio de esta situación? ¿En qué estaba pensando ella?

Pen entró en la habitación y se detuvo en seco.

—¿Qué pasa? —preguntó mirando el rostro enrojecido y lloroso de su madre. Bajó la vista hacia la carta—. Deja que lo adivine: papá te ha escrito una nota cursi y la ha escondido en tu mochila.

Tess asintió con la cabeza y sonrió.

—Eso es justo lo que ha hecho. ¿Cómo lo has sabido?

—Porque también me ha escrito una a mí. Estilo sermón: «sé amable con tu madre, intenta ayudar» —dijo imitando la forma de hablar de su padre. «Ese tipo de cosas. Me ha dicho que me quería y me ha dado la moneda de la suerte de su cartera». Le enseñó la moneda brillante. «Un poco sentimentaloide».

Tess se sintió aliviada.

—Después me suplicó que no consumiera drogas mientras estuviéramos aquí —susurró Pen, con lágrimas en los ojos.

Tess abrazó con fuerza a su hija antes de que Pen se separara y volviera a la otra habitación.

Metió la foto y la carta en el sobre y las guardó en la mochila. Cogió su bolsa de aseo y se dirigió al cuarto de baño, donde vio su reflejo en el espejo. La mujer que la miraba parecía cansada e insegura, un sentimiento que ella había tenido a menudo, pero que solía ocultar.

Aquella noche, Tess tuvo una pesadilla. No recordaba de qué se trataba, pero la despertó antes de que saliera el sol, mientras entraban relámpagos de verano por la ventana. Estaba tumbada a oscuras escuchando la respiración de Pen, como solía hacer cuando su hija era pequeña y no podía dormir. Sus pensamientos estaban en todas partes: en casa, en su viaje para ver a Charlie, en John. Se preguntaba cómo le iría a Ken en el trabajo. ¿Habría arreglado las cosas? Solo la había llamado un par de veces para preguntarle algunas cosas, pero la mayor parte del tiempo no había dicho nada.

En ese momento, Tess echó de menos la familiaridad de su trabajo. Sabía cómo hacer eso. No importaba lo que ocurriera en cualquier otro ámbito de su vida, Tess podía aislarse allí. Pero no sabía cómo hacer lo que estaba a punto de hacer: embarcar a Pen en este camino para encontrar la forma de salvar a su hija. Y aún estaba menos segura de cómo salvarse a sí misma.

Al amanecer, Tess despertó a Pen lentamente para que hiciera las maletas y subiera al taxi que había pedido para llevarlas a la estación de Barcelona-Sants y allí tomar el tren a Pamplona.

Pen protestó, dándose la vuelta.

—¿Por qué no podemos quedarnos unos días de compras en Barcelona? Necesitaré ropa para el instituto, y vamos a volver justo antes de que empiecen las clases.

Tess se limitó a sonreír.

—Tenemos que empezar nuestra ruta. Pero aunque compráramos cosas, tendrías que cargar con ellas durante 800 km desde Francia y atravesar España con ellas.

Pen puso los ojos en blanco mientras se dirigía al cuarto de baño para lavarse los dientes y recogerse el largo pelo en una coleta. Para sorpresa de Tess, no se había maquillado y estaba lista en tiempo récord.

Tomaron el tren a Pamplona y luego esperaron el autobús a Saint-Jean-Pied-de-Port, donde empezarían al día siguiente. Sentada en la estación de autobuses de Pamplona, Pen estudió la ruta que iban a seguir durante el mes siguiente. Tess sonrió. Su hija se estaba interesando por el viaje.

—Aquí dice que el camino pasa por Pamplona —Pen señaló el mapa—. ¿Por qué vamos en autobús a Saint-Jean si podríamos empezar desde aquí? Parece una pérdida de tiempo.

—Porque el camino empieza en Saint-Jean —Tess le recordó—. Quiero hacerlo entero, y he leído que el tramo de los Pirineos es una parte importante de la experiencia. No quiero que nos la perdamos.

—Sabes que los Pirineos son montañas, ¿verdad? —Miró a Tess con escepticismo—. ¿Serás capaz de escalar eso?

—Supongo que ya lo averiguaré—Tess sonrió—. Pero estás tú para ayudarme si lo necesito, ¿no?

Pen se había puesto a estudiar el mapa otra vez, ignorándola.

Una mujer mayor que estaba sentada junto a ellas en la estación de autobuses las observaba con interés. La mujer habló cuando Pen se fue a por una coca-cola a la cafetería.

—¿Está esperando el autobús para Saint-Jean? —le preguntó a Tess en inglés con un acento muy marcado.

—Sí, mañana empezamos el Camino de Santiago.

La mujer la observó durante bastante tiempo. «Es usted americana» —declaró.

—Sí —confirmó Tess.

—¿Y se va a llevar a su hija todo el Camino hasta Santiago de Compostela?

—Sí, eso es —dijo Tess.

La anciana frunció los labios, examinándola cuidadosamente detrás de un mar de arrugas.

—Qué bien.

—¿Ha hecho alguna vez el Camino? —le preguntó Tess.

La mujer sonrió.

—Algunos tramos. Siempre he querido hacerlo entero, pero se me ha ido pasando el tiempo y ahora soy demasiado mayor.

A Tess le vino a la cabeza una cita de la escritora George Eliot: «Nunca es demasiado tarde para ser lo que podrías haber sido». Pero eso no era del todo cierto, como bien sabía esta anciana.

En dirección a las montañas, mientras pasaban por muchos de los pueblos por los que caminarían en los días siguientes, Tess también pensó —como Pen— en que sería mucho más fácil salir y empezar desde allí. Pero no dijo nada. Hacer el Camino no era precisamente elegir el «camino» fácil.

Una hora más tarde, el autobús las dejó en Saint-Jean-Pied-de-Port, una ciudad cuyo origen se remonta a casi mil años atrás. Los edificios son de piedra y estuco, con entramados de madera, puertas bajas y ventanas pequeñas, como si los hobbits los hubieran construido hace siglos.

Tess y Pen buscaron en vano el albergue, donde iban a pasar la noche antes de empezar su Camino temprano al día siguiente. Los albergues salpican la ruta desde Saint-Jean-Pied-de-Port, en Francia, hasta Santiago de Compostela, en la costa oeste de España, donde los creyentes recogen la «Compostela», el documento que acredita que han realizado la peregrinación. Son lugares donde los peregrinos —como se denomina a las personas que recorren el Camino— pueden dormir, ducharse y lavar la ropa. A veces los gestiona el ayuntamiento o una iglesia; otras veces, el convento o el monasterio de la zona. Otras los regentan experegrinos, que dan cobijo y siguen aportando a otros que hacen el Camino.

Encontraron el albergue al otro lado de un antiguo puente de piedra y se alegraron de poder soltar las mochilas en la pequeña recepción. Su anfitrión era un anciano francés que había pronunciado su breve discurso miles de veces. Les tendió la mano.

—En primer lugar, necesito sus credenciales de americanas y peregrinas.

Tess le entregó la suya y la de Pen. Todos los peregrinos necesitan una credencial de peregrino, una especie de pasaporte para alojarse en los albergues. Cada alojamiento a lo largo de la ruta estampa en el documento su sello personalizado. Por unos euros la noche se incluye una cama digna de un monje. A menudo se ofrece una comida para peregrinos pagando un suplemento. Se trata de comidas copiosas de tres platos que se hacen junto al resto de peregrinos.

—¡Pues me ha tocado a mí poneros vuestro primer sello! —dijo el *hospitaliero* francés, agarrando la desgastada montura de madera y asegurándose bien de que la goma quedaba impregnada de tinta antes de estamparlo ruidosamente en cada credencial de peregrina con una floritura. Satisfecho, se las devolvió a Tess.

—Quizás os vengan bien algunos datos útiles al principio de vuestro trayecto. En primer lugar —señalando a Pen—, esto no es una carrera. No se compite con los demás en el Camino. No hay medallas al final por terminar antes que los demás porque, bueno, sería una tontería. Recorrer el Camino no es ir más rápido ni seguirle el ritmo a los que van delante de ti. Uno recorre su propio camino. Como cada persona debe hacerlo en la vida.

Tess observaba la expresión de Pen mientras el anfitrión del albergue hablaba. Sabía que su hija no estaba ni remotamente convencida de las ideas que le vendía este hombre. "*Competitiva*" era el segundo nombre de Pen. Pero el anfitrión sonrió con complicidad.

—Ya lo verás —Se rio entre dientes.

»—Y para usted —dirigiéndose a Tess. ¿Va a hacer el Camino entero?

—Sí —dijo Tess.

—Con su hija. —Era una afirmación, no una pregunta.

—Sí.

—¿Botas bajas o altas?

—Altas —Levantó el pie.

—Vale. Si no quiere que le duelan las piernas —Señaló la parte delantera de sus pantorrillas—, ¿Cómo se dice? Hmm.

—¿Calambres en las espinillas? —Le ayudó Pen.

Se dio un golpecito en la nariz y asintió con la cabeza, sonriendo.

—Exacto. Si no quiere *tener calambres en las espinillas* —dijo el francés, imitando el marcado acento americano de Pen—, no se ate las botas hasta arriba. Y no se las apriete demasiado. Tiene que poder mover el tobillo hacia delante y hacia atrás. Se ahorrará mucho dolor si hace esto. Y no se olvides de meterse los cordones dentro de las botas. Es muy importante.

Tess tomó nota y decidió seguir sus indicaciones.

—¿Qué tipo de calcetines llevan? —les preguntó sonriendo.

Tess y Pen se miraron, confundidas.

—De lana —dijo Tess—. De la marca Smartwool.

Pen los odió cuando Tess se los dio en Arizona.

—*Bon*. Esto es lo mejor para hacer el Camino. Veo a un montón de americanos que llevan calcetines de baloncesto, y esto es un desastre para las ampollas'.

Se rio de su broma, que ellas no entendieron.

—Estupendo, —dijo juntando las manos con una palmada—. Son 10 euros cada una, y luego les enseño las camas.

Tess le entregó el dinero y, tras anotarlo en su libreta de las cuentas, el francés las condujo a la parte trasera del albergue y subió unas escaleras hasta llegar a una amplia habitación llena de literas en pequeños rincones.

—¿Aquí está bien? —Señaló una litera.

Pen se quedó boquiabierta. No había intimidad, y ella dormiría en la litera de arriba, ya que Tess había dejado su mochila en la de abajo.

—El baño está al fondo. Por favor, intenten no ducharse durante más de 5 minutos. —Y con esa frase se despidió—. Estaré profundamente dormido cuando se vayan por la mañana temprano. Les deseo Buen Camino. —Luego se dio la vuelta y se marchó.

Pen se subió a la litera de arriba y se tumbó en silencio. El alojamiento comunitario, del que todo el mundo hablaba en todos los foros y lasa guías, le escandalizaba.

—¿Estás bien? —le preguntó Tess.

Como no obtuvo respuesta, deshizo el equipaje y colocó su saco de dormir de seda y el saco de dormir. Hacía demasiado calor para el saco de dormir, pero lo extendió igualmente. Como objeto que le recordara a casa.

—Pen, ¿tienes hambre? Esta noche no sirven cena aquí, así que tenemos que salir a buscar algo.

De alguna manera, sabía que la idea de la comida animaría a su hija mientras la cama crujía y protestaba cuando Pen bajó de la litera de arriba. Todavía tenían *jet lag*, pero más que eso, la realidad de lo que estaban a punto de emprender había llegado, y solo podían asimilarla individualmente.

Tras una buena cena y un par de vueltas en falso, encontraron el camino de vuelta al albergue y se prepararon para dormir. Las seis de la mañana y subir una montaña llegaría muy temprano.

PARTE III

EL COMIENZO

Cuatro

Hasta Orisson

Tess y Pen prepararon las mochilas al amanecer e intentaron bajar en silencio las escaleras. El día anterior habían localizado la oficina del peregrino, que estaba cerrada, y ahora se dirigían calle arriba a registrar el inicio de su peregrinación. Tess se quedó sin aliento al subir la suave cuesta con su mochila. Pen la estaba esperando arriba con cara de condescendencia.

—¿Cómo vas a hacer esto si tardas cinco minutos en subir una calle? —preguntó Pen, levantando las cejas.

Tess había tenido ese mismo pensamiento mientras tropezaba con los adoquines desiguales y soportaba el peso de su mochila, al que no estaba acostumbrada.

El cartel de la puerta de la oficina decía que no abrían hasta las siete de la mañana. Tendrían que esperar, lo que le vino muy bien a Tess pero no tanto a Pen. Tess se sentó en los escalones de piedra del otro lado de la calle para recuperar el aliento, mirando a Pen que se asomaba a los escaparates cerrados. Aburrida, se dirigió a la tienda de ropa que había unas puertas más abajo y que abría temprano. Tess observó cómo otro peregrino se acercaba y comprobaba la puerta de la oficina. Se asomó y le preguntó si estaba esperando para registrarse.

—Sí, a eso venimos. Mi hija y yo empezamos hoy.

—Yo igual —dijo en inglés con un marcado acento alemán. Le tendió la mano y Tess se la dio—. Herman —dijo.

—Tess —replicó ella.

—¿Por qué hace el Camino? —le preguntó.

Tess se imaginaba que le harían esa pregunta. Todo el mundo debía tener un motivo para viajar hasta allí y recorrer 800 km a pie en un país que no era el suyo. No era lo habitual.

—Es algo que siempre he querido hacer. ¿Y tú?

—Acabo de graduarme en la universidad y ya soy ingeniero informático. Lo celebro con este paseo antes de empezar mi carrera —explicó.

—Muy inteligente —Tess sonrió—. Ojalá yo hubiera hecho algo parecido. Pero bueno. Nunca es demasiado tarde, ¿verdad?

Herman se rio. —Claro que no.

Justo entonces, vieron que el cartel de la oficina del peregrino cambiaba a «abierto». Herman le deseó «Buen Camino». Ella hizo lo mismo mientras se sentaban ante los administradores para obtener sus sellos y conchas para comenzar sus respectivas caminatas.

Pen parecía impasible ante la experiencia mientras la señora francesa le explicaba las etapas de cada día y los mapas de elevación. Tess escuchaba atentamente y tomaba notas.

—Si te pierdes, busca las flechas o conchas amarillas. A veces debes volver a la última que has visto en un edificio, poste de valla, acera o piedra. En cualquier sitio. Pero siempre encontrarás el camino.

Con sus pasaportes de peregrina oficialmente sellados y su intención de caminar hasta Santiago de Compostela registrada en los registros oficiales, ahora eran peregrinas.

—Buen Camino, dijo el administrador, haciéndoles señas para que sacaran una concha de la caja. Significa «Buen camino» y es la bendición oficial para los peregrinos del Camino.

Al salir a la calle, no podían volver por otro sitio distinto al que habían venido. Tess agradeció que fuera cuesta abajo. Llamó a Pen e hicieron una foto de sus pies, dando el primer paso de su viaje junto a una señalización de latón incrustado en el adoquinado, que indicaba el inicio del Camino. Luego se la envió a John.

Dos posibles rutas marcan el inicio del Camino Francés desde Saint-Jean-Pied-de-Port hasta Roncesvalles en España. La ruta de Valcarlos discurre por una carretera llana pero es un poco más larga. La otra es la ruta Napoleón por los Pirineos a través del puerto de Roncesvalles, unos kilómetros más corta. Esta ruta es la más popular, y la que Tess había elegido para sus dos primeros días hasta llegar al pueblo de Roncesvalles.

Otros peregrinos se habían levantado y empezaban a salir de la ciudad. En lugar de buscar las flechas amarillas, Tess y Pen siguieron a la gente que parecía conocer la dirección correcta. Pasaron junto al albergue donde se habían alojado la noche anterior, continuaron por la carretera y salieron del casco antiguo.

Al principio, Tess estaba agotada. Había reservado camas para ellas en un lugar llamado Orisson, así que solo tenían que hacer 8 km el primer día. No tenía sentido arriesgarse a lesionarse y hacerse daño. Necesitaban tiempo para desarrollar su resistencia, y además los libros decían que el primer día era el más difícil.

Caminaron por el asfalto subiendo colinas con una pendiente similar a las que ella recordaba de cuando vivía en San Francisco a los 20 años. El camino desembocaba en una carretera serpenteante y unas hermosas vistas de las montañas y las tierras de cultivo circundantes.

Esto no era para tanto, pensó Tess. La guía lo hacía parecer difícil. Tal vez estaba en mejor forma de lo que pensaba.

Más adelante, doblaron una esquina que se desviaba a la derecha. Desde allí, Tess pudo ver que la carretera giraba bruscamente a la izquierda 200 metros más adelante. En ese punto, subía en línea recta.

Tess se detuvo. Dejó los bastones, se quitó la mochila y sacó la guía. Se parecía a lo que describían. Bueno, en realidad, parecía peor. ¡¿Cómo iba a subir esa colina, por no hablar de caminar los otros 800 kilómetros?! Sabía que su hija la estaba observando.

—Venga —se quejó Pen—. Otras personas nos están adelantando. No quiero ser la última en llegar a la cima.

—¿No recuerdas lo que dijo anoche el hombre del albergue? —le recordó Tess—. No es una carrera.

—Sí, claro. Vamos. Pen se agachó y cogió sus bastones. Tess se puso la mochila con dificultad sin ayuda de su hija, asegurando las hebillas. En cierto modo, Pen tenía razón. Cuanto antes empezaran, más rápido terminarían el día.

Caminaron los 200 metros hasta la base de la gran cuesta arriba y se detuvieron. Tess miró hacia arriba, hacia la cima, y luego hacia abajo, hacia sus pies, haciendo todo lo posible por no hiperventilar. Dio un paso y luego otro. Al cabo de 50 metros, estaba tan agotada que se hizo a un lado para recuperar el aliento. Pen continuó subiendo la colina, caminando hacia atrás con una fulminante mirada de lástima hacia su madre. Tess vio que estaba mandando un mensaje de texto a alguien. Tess se dio la vuelta y contempló el valle repleto de granjas y pueblos. Era precioso, un escenario idílico para un picnic y una copa de vino. Allí de pie, su respiración se aceleró. Decenas de peregrinos le adelantaron. Todos la saludaban con un «Buen Camino».

¿En serio? Pensó. ¿Bueno? Hasta ahora, la parte buena se le había escapado. Oyó la voz de Pen desde arriba.

—Venga, mamá. ¡Vamos!

Tess no tenía elección. Tenía que empezar a caminar, o mejor dicho, a escalar. Y así lo hizo. Cada 25 metros más o menos, se detenía, y otros la adelantaban. Pen se quedaba unos 100 metros por delante, mirando hacia atrás con frustración, ansiosa por terminar. En un momento dado, Tess tuvo que tumbarse a un lado de la carretera. ¿Tan poca forma tenía? ¿Desde cuándo? Llevaba toda la vida haciendo ejercicio. En casa, en hoteles, en el gimnasio cerca de la oficina. Se negaba a creer que el cáncer ya estuviera quedándose con lo mejor de ella.

Pen vio a su madre en el suelo y le envió un mensaje a su padre.

Pen: *mamá va a morir.*

John: *¡¿Qué?!*

John dio un salto de la cama, con el corazón saliéndosele del pecho. Estaba tumbado a oscuras, preguntándose cómo les iría en su primer día de viaje. La foto de los pies le había despertado. El mensaje de Pen era lo último que quería escuchar. Francamente, a John le sorprendió que Tess se lo hubiera contado a Pen tan pronto.

Pen: *está tirada en el arcén de un camino que ni siquiera es cuesta arriba. Nunca llegará a Santiago.*

John: *¿Dónde estás?*

Pen: *como a un minuto de Saint Jean. Estoy un kilómetro y pico por delante de ella, pero la veo ahí abajo.*

John: *¿Por qué no estás con ella?*

Pen: *va demasiado lenta, y hace calor - quiero llegar al hotel y dejar de andar.*

John: *¿Lleva agua?*

Pen: *Tengo yo su agua. Pesaba demasiado para ella.*

John: *Vuelve abajo y dale un poco de agua. De verdad, Pen -Ayúdala cuando te necesite.*

Pen puso los ojos en blanco. *Vale.*

Pen bajó la cuesta y le dio el agua a su madre.

—¡Gracias! —Tess bebió profundamente de la botella de plástico—. Hace mucho calor. Me estaba muriendo.

Pronunció las palabras antes de darse cuenta de su ironía. Le devolvió la botella a Pen y se levantó. Lo único que tenía que hacer era llegar hasta Honto. Orisson no podía estar tan lejos. Usando sus bastones y poniendo un pie delante del otro, finalmente llegó a la cima.

Había un lugar en el muro de piedra que rodeaba el solitario café, y ella se sentó para beber más agua. Había humedad y el sol caía a plomo. Tess respiró hondo varias veces. Podía hacerlo. Después de descansar durante 15 minutos y de observar a Pen caminar de un lado a otro, se levantó, se puso la mochila y volvió a emprender la marcha.

Este tramo de la carretera era menos empinado. Pero entonces, el Camino se desviaba del asfalto y entraba en una pista de tierra, donde empezaba a ganar altura. Desde esta perspectiva, Tess podía ver cómo el camino ascendía en zigzag por la ladera de la montaña, de un lado a otro, bordeando pastos donde pastaban vacas y ovejas. A medida que ascendían por la montaña, otros empezaron a detenerse y a descansar, así que ella sintió que llamaba menos la atención.

Se estableció una cadencia regular. Caminar 50 metros y descansar 3 minutos. Caminar otros 50 metros y descansar otros 3 minutos. Después de una hora ganando altura, llegó a lo que pensó que era la cima de la montaña cuando miró hacia arriba desde abajo. Pero, cuando llegó allí, Orisson no estaba.

Tess se detuvo y se dio la vuelta. Al mirar, pudo ver Saint-Jean a lo lejos, en el fondo del valle. Otros subían por el camino que ella acababa de recorrer. Gente mayor y personas que empujaban bicicletas cargadas con todo lo que necesitarían para llegar a Santiago. Un hombre que parecía que acababa de salir del trabajo y había decidido hacer el Camino con su camisa, sus pantalones chinos y sus zapatos de oficina. Parecía tan fuera de lugar que llamó la atención de Tess. Este hombre no parecía agotado. Pasó junto a ella subiendo por la ladera de la montaña como si hiciera ese trayecto todos los días.

De niña, Tess había interpretado a Gretel en una obra de teatro escolar de *Sonrisas y lágrimas*. Se preguntó si eso era lo que había sentido Maria von Trapp subiendo los Alpes, un paso por delante de los nazis. Solo que Tess no huía de los nazis, sino del cáncer, y ya sabía que no podía escapar. Si podía mantenerlo a raya mientras durase la aventura, era lo mejor que podía hacer.

En un solo día, la Tess de siempre empezó a desprenderse de su escudo. Las máscaras que se había puesto para protegerse no funcionaban aquí. Y eran demasiado pesadas para cargar con ellas. No podía subir nada más que a sí misma, y su cuerpo la delataba ante todos los que pasaban.

Vio a Herman, el alemán de la Oficina del peregrino, mientras estaba tumbada junto a la carretera, abajo. Sonrió y saludó mientras Tess enrojecía de vergüenza. Para Herman no era problema subir la montaña.

Tess se dio la vuelta y reanudó la marcha, sabiendo que Pen estaba en algún lugar más adelante. Después de más cuestas, por fin divisó unos edificios de piedra al girar una curva. Un grupo de gente estaba sentada fuera en mesas, con bebidas frías en la mano, riéndose y disfrutando del sol. Como si hubieran llegado en coche y no andando desde Saint-Jean. Su hija estaba entre ellos.

Después de comer, les asignaron las literas y Pen hizo una amiga, y la tarde transcurrió dando patadas a un balón de fútbol. Mientras tenía un momento, Tess se tumbó en la cama escuchando el murmullo de las voces de fuera.

Varios peregrinos hablaban multitud de idiomas en la terraza de abajo. El sonido era como el de una colmena llena de abejas salpicada con risas. Tess cerró los ojos, maravillada de cómo tanta gente de todas partes del mundo se encontraba en la cima de esta montaña. No tenía ni idea de quiénes eran, ni ellos la conocían a ella, pero Pen ya se estaba haciendo amiga de otra adolescente a la que había conocido una hora antes. Todo iba a salir bien. Podían hacerlo.

Esa misma noche, los alojados en el Refugio de Orisson se reunieron para la comida de tres platos: sopa, carne y un pastel tradicional vasco de postre. El vino fluyó, y una guitarra se fundió con una armónica mientras las voces cantaban la misma canción de U2. El anfitrión sugirió que cada persona se presentara a sí misma y dijera su país de origen. En la sala había una pareja de Brasil que celebraba su 20 aniversario de boda con esta ruta. Y otros de Corea y Eslovenia. Muchos eran alemanes o franceses, e incluso había algunos estadounidenses, como ellos. Pen sonrió cuando se ganó la distinción de ser la peregrina más joven de la sala, con quince años. La gente quería saber por qué caminaba, y Tess contuvo la respiración.

—Porque mi madre quería hacerlo, así que vine con ella —dijo sonrojándose cuando la sala rompió a aplaudir—.

Su hija parecía estar de mejor humor con toda aquella camaradería. El rayo de esperanza que Tess tenía para Pen parpadeó y se hizo un poco más intenso. Mañana cruzarían a España y aparecerían por el otro lado de los Pirineos.

CINCO
LOS PIRINEOS

A la mañana siguiente, los cansados y doloridos peregrinos del Refugio Orisson se levantaron casi a la misma hora. La noche anterior, Tess había puesto la ropa y los medicamentos al pie de su litera, para poder ir directamente al baño y tomárselos antes de salir. Había repasado detalladamente los efectos secundarios con su médica, quien le hizo prometer que, si experimentaba alguno de ellos, se pondría en contacto con ella y buscarían una clínica local para que le sacaran sangre. Pero ahora, mirando el papel, se reía. Los síntomas que había que vigilar eran cosas como:

- Cansancio
- Fatiga
- Debilidad
- Dificultad para respirar
- Mareos

Todas las cosas que había experimentado el día anterior. Y al escuchar a sus compañeros peregrinos, ellos también tenían esos síntomas. Eso no significaba que no tuviera que estar atenta a otras cosas, como hemorragias nasales o problemas estomacales, pero parecía que su estado de forma era similar al de los demás.

Pen estuvo callada mientras recogía las cosas y durante el desayuno. Los demás intentaron darle conversación, pero ella no era una persona de mañanas y pronto captaron el mensaje.

La niebla se asentaba en el valle abajo, así que parecía como si estuvieran flotando sobre las nubes del cielo. Tess echó un vistazo a la montaña, pero sabía que esta vez no podía ser la cima, así que ni siquiera intentó calcular la distancia o el tiempo que tardarían. Una falsa meseta, como había oído que la llamaban otros, una de las innumerables subidas que encontrarían a lo largo del día antes del temido y acusado descenso hasta el pueblo de Roncesvalles. Tess decidió mirarse los pies y concentrarse en dar un paso más. Con el tiempo, llegaría a España y a una cama para pasar la noche si empleaba esta estrategia.

Tenían compañía, ya que todos salían al mismo tiempo. En el grupo estaban los que habían salido de Saint Jean en la oscuridad de la madrugada y llegaban por fin a Orisson. Estas almas decididas afrontan los Pirineos en un solo día.

La multitud marchó en masa hacia el suroeste. Se recordaban nombres y se reconfirmaban países, con conversaciones que iban desde por qué la gente caminaba hasta si el café español podía competir con el *espresso* italiano. Durante estos debates, Pen se adelantó y Tess la perdió de vista en una curva de la carretera.

Al principio estaba preocupada y después un poco dolida. Tess no había traído a su hija a este viaje para que hacerlo sola. Esperaba que pudieran forjar una nueva y mejor relación, entender por qué Pen se sentía atraída por las drogas y encontrar el momento adecuado para hablarle de su enfermedad. No había cobertura para el móvil en las montañas, y alcanzar a su hija no era una opción, así que hoy no ocurrirían esas cosas. La rebelde adolescente tendría que valerse por sí misma, y Tess esperaba que Pen supiera encontrar el camino en una ruta que ninguna de las dos había recorrido antes.

Todos los años mueren personas en los Pirineos. Las historias son leyendas y monumentos en recuerdo de los que se equivocaron de camino o se vieron atrapados en una tormenta salpican el sendero; cada uno de ellos es un testimonio del impredecible clima de las montañas. Tess esperaba que hoy el destino fuera benévolo con ellas.

La niebla entraba y salía con el viento cortante, pero se mantenía seca mientras el cielo amenazaba lluvia. De repente, por la izquierda de Tess apareció un acento alemán. Al girarse, Tess vio a un hombre pequeño y calvo vestido de payaso. Llevaba un gracioso sombrero de medio lado, adornado con alfileres que debían de ser lo bastante importante como para llevarlos en su Camino. Alrededor del cuello llevaba una bufanda con la bandera americana, y lucía una camisa de colores salvajes y un kilt escocés.

Su bastón era un trozo de árbol que había recogido por el camino, todavía cubierto de corteza, con un extremo dentado donde se había separado del árbol. Atadas al bastón había más bufandas estampadas, como si estuviera imitando a Steven Tyler y fuera a cantar en cualquier momento una versión germánica de *Dude (looks like a Lady)*. De los numerosos agujeros de sus orejas colgaban pendientes como adornos navideños, que brillaban cuando se movía.

—¿Por qué recorre el Camino? —preguntó bruscamente a Tess.

—¿Perdón?

—Estoy interrogando a todas las personas que me encuentro sobre el motivo por el que caminan. —Sacó un cuaderno y un pequeño lápiz, humedeciendo la punta de la lengua, dispuesto a anotar sus pensamientos.

—No lo sé —le dijo, sorprendida—. Simplemente quería hacerlo.

—Es usted americana —afirmó.

—Sí —confirmó ella.

Tess se dio cuenta de que lo había escrito.

—Creo que los americanos tienen menos claras sus razones. O son más reservados a la hora de admitirlas.

Tess pensó que quizá fuera porque no querían compartir sus secretos más profundos con alguien que parecía que se había escapado de una feria. Pero intentó no juzgarle con demasiada dureza.

—Soy Peter. De Austria.

Tess asintió pero no dijo nada.

—¿Y usted es? —le preguntó.

—Lo siento. Soy Tess. De los US.

—Así que es *Rhyming Tess, de Estados Unidos*, que no sabe por qué está aquí —dijo. Ella no se molestó en responder.

—Me di cuenta en Orisson de que usted camina con su hija, pero no la veo por aquí.

—Sí, bueno, se ha adelantado —le aclaró Tess.

—Hm —dijo—. Quizás la acompañe mañana.

—Quizás. —Los ojos de Tess se entrecerraron, preguntándose adónde quería llegar con aquel interrogatorio.

Una bombilla pareció encenderse en la cabeza de Peter. Golpeó su pequeño lápiz contra la cúpula.

—Creo que camina para intentar acercarse a su hija, pero ella no coopera —se aventuró.

Tess se detuvo, dispuesta a no estallar contra aquel payaso de circo que iba demasiado al grano.

—Creo que cada uno camina por sus propios motivos —le dijo—, que son personales, y no es necesario compartirlos con cada desconocido que pregunta.

Peter de Austria parecía sorprendido.

—¡Hala! Bueno, *Tess*, de los *US, cuya hija camina por delante*. Le dejo tranquila. Buen Camino.

—Buen Camino —dijo ella de mala gana, mirando cómo se alejaba a un ritmo que ella era incapaz de seguir. ¿Por qué se metía tanto en sus asuntos? Quizá porque aquel ridículo desconocido había descubierto sus secretos. Recordó lo rocambolesco de su aparición y empezó a reírse a carcajadas. Pen tenía razón, tenía que controlarse. - get a grip (aeropuerto) - venga ya

Tras varias horas andando, Tess se detuvo con los demás en el único *coffee truck* de los Pirineos. Pidió un café con leche y se adelantó a los demás, esperando que la corta parada le permitiera alcanzar a Pen.

Rápidamente, se encontró sola, caminando entre los verdes prados llenos de niebla de la cresta montañosa. Los robustos caballos rubios entraban y salían de la niebla como fantasmas entre rebaños de ovejas y vacas de cara negra y enormes cuernos. Las grandes campanas de latón que llevaban al cuello eran como música en el viento, que agitaba la niebla a su alrededor. Era espeluznante y hermoso al mismo tiempo. La soledad se apoderó de ella. No era exactamente soledad, pero allí de pie en las montañas, sin nadie más, sentía que no encajaba en absoluto. Una extranjera que estaba de paso, como millones de peregrinos a lo largo de los siglos. Y deseó que Pen estuviera con ella.

Por fin, Tess cruzó la frontera entre Francia y España por una puerta de ganado. Después atravesó el bosque sola, corriendo a veces tras asustarse con cada chasquido de una ramita o crujido de hojas bajo sus pies.

De repente, sintió que se le enganchaban los cordones de las botas y apenas pudo evitar caerse con los bastones. En ese momento recordó el consejo del francés de Saint-Jean y se dio cuenta de que ya se había olvidado de atarse los cordones. No había nadie cerca para ayudarla si se caía o se hacía daño. Tendría que esperar a que los demás la alcanzaran. Se agachó y se los metió dentro de las botas, prometiendo no volver a olvidarlo. Se levantó y miró hacia delante, luego hacia atrás. Seguía sin haber nadie ni rastro de Pen. ¿Dónde podría estar? Tess tenía que seguir adelante si quería encontrar a su hija.

Por la tarde, llegó al otro lado de las montañas, donde empezaba la gran cuesta abajo. Las oscuras nubes amenazadoras que se cernían sobre ellos durante todo el día descargaron lluvia mezclada con granizo cuando el camino que tenía delante se dividía en dos. La oficina de peregrinos de Saint-Jean recomendaba tomar el camino de la derecha. La ruta de la izquierda era más corta y llegaba directa a Roncesvalles, en el valle de abajo, pero era pronunciada y traicionera. La de la derecha era más gradual pero estaba más expuesta a los elementos.

Tess se preguntó qué camino habría elegido Pen. Su hija había escuchado el discurso de la mujer, pero Pen era adolescente y tenía una vena independiente bastante demostrada. Tess decidió seguir el consejo de la mujer. Caminando hacia la derecha, pudo ver las luces del pueblo en el valle, justo debajo, a través de la niebla, como un faro que la llamaba.

Tras salir de entre los árboles, una fuerte ráfaga le llegó por la izquierda y la tiró al suelo. Varios caballos rubios grandes pasaron galopando como si los persiguiera el diablo mientras la lluvia y el granizo le golpeaban la cara, cegándola. Era lo único que Tess podía hacer para volver a ponerse en pie con la pesada mochila que la agobiaba. Con dificultad, miró hacia atrás, pero no había nadie.

Se dio la vuelta y miró hacia abajo, con la esperanza de que hubiera alguien que pudiera oírla si tenía más problemas en el pronunciado sendero embarrado. Vio un punto rojo más abajo: alguien que había llegado media hora antes que ella, pero que estaba demasiado lejos para oír su llamada. No tuvo más remedio que bajar sola.

«Despacio» —se dijo Tess en voz alta. «Ya lo tienes. No es una carrera, y podemos tomarnos todo el tiempo que necesitemos».

El sonido de su voz era extrañamente reconfortante. El camino era resbaladizo y lento; utilizaba los pies para frenar el descenso y los bastones para mantenerse en pie. El viento azotaba a su alrededor y el granizo derretido le corría por el cuello, empapándole la camisa. La lluvia se filtraba por su chaqueta y sus pantalones. Temblando, dio otro paso mientras cantaba una canción inventada que solía cantar a sus hijos cuando eran bebés. La llamaban «La canción de Sham Sham». La cantaba durante horas hasta quedarse afónica. Pen y Charlie la pedían y se dormían con ella casi todas las noches hasta que les pareció demasiado infantil. Ahora la cantaba para tranquilizarse, tratando de acallar el creciente miedo. Sin previo aviso, Tess resbaló y cayó, raspándose las manos con la grava suelta mientras sus rodillas se hundían en el barro profundo. Empezó a cantar más alto para poder escuchar la familiar melodía por encima del viento mientras se levantaba y examinaba los daños. Avanzar era su única opción.

Finalmente, llegó a unos árboles y, aunque el camino era empinado y resbaladizo como el flan de chocolate, pudo mantenerse en pie y protegerse mejor del viento. Por fin, tras atravesar un campo de vacas con enormes cuernos que bloqueaban la entrada al pueblo, Tess fue en busca de Pen. Encontró a su hija sentada en uno de los dos cafés del pueblo, bebiendo una coca-cola que el dueño le había servido hacía más de una hora. Cuando vio a su madre, se echó a reír.

—Pareces una rata ahogada.

Tess respiró hondo.

—Me dejaste y te fuiste corriendo. ¡No tenía ni idea de dónde estabas! —Las lágrimas le caían ante el alivio de ver a Pen—. Si estabas herida o te habías caído por un acantilado. Me pasé todo el día dándome prisa para encontrarte'.

—Estoy bien. Caminabas demasiado despacio y esa gente era aburrida, así que seguí. He llegado hace unas dos horas. Eres una tortuga.

Pen vio que los pantalones de Tess estaban llenos de barro. «¿Te has caído?» —le preguntó a su madre con un gesto de preocupación que casi sorprendió a Tess.

Tess asintió. Tenía frío y estaba cansada; apenas era capaz de reunir un pensamiento coherente.

—Bueno, hay que registrarse en el monasterio —dijo Pen—, pero llevabas tú los documentos, así que no he podido conseguirnos camas todavía.

Pen le dio al dueño la botella vacía y le dijo: «Gracias por la coca-cola». Tess pagó y le dio las gracias en español, y él respondió del mismo modo.

Pen rodeó a su madre con el brazo. «Venga, vamos a que te laves».

Se dirigieron al mostrador de registro del monasterio para reservar un par de camas y ducharse. El anfitrión las condujo a sus literas y les explicó que las duchas estaban al final del pasillo. Al ser la primera en recibir la asignación de camas, Pen se ofreció a quedarse con sus cosas mientras Tess se daba una ducha caliente. Estaba helada hasta los huesos.

Tess se quedó bajo el agua caliente hasta que se calentó. Se secó y salió de la cabina, deseando ponerse la ropa limpia y seca. Al levantar la vista, vio una cola que salía de las duchas por la misma puerta por la que había entrado. Pero había algo curioso en esa cola.

—¿Por qué solo hay hombres en esta cola? —preguntó a nadie en particular, mientras la sangre le subía por las mejillas.

Una persona sonriente le aclaró: «Esta es la ducha de hombres».

Toda la congregación soltó una carcajada.

Sus ojos se abrieron de par en par y sus mejillas se volvieron rojas. Cada hombre estaba en distintas fases de desnudez, pero todos sonreían.

—¡Madre mía! Juro que no he visto nada. Lo juro. —Al darse cuenta de que tampoco llevaba nada puesto, agarrando su ropa, Tess corrió de vuelta al retrete, cerrando la puerta. Con dificultad, se puso la ropa sobre la piel mojada y se envolvió el pelo en la toalla. Al salir de las duchas, vio el cartel que confirmaba que estaban reservadas para hombres. Con la cara roja, volvió corriendo a las literas.

—¿Qué te pasa? —preguntó Pen al ver a su madre tan agitada.

—Nada —dijo Tess, ocupándose de organizar su litera—. Por cierto, las duchas están al final del pasillo, luego a la izquierda. Es un poco complicado.

—Estoy segura de que puedo encontrar las duchas de mujeres. —le aseguró Pen, yéndose a asearse. Buscaré la foto del símbolo internacional de «chica con vestido».

Tess se tumbó en la litera de abajo, envuelta en el saco de dormir, deseando ver a John y su mano firme mientras el agotamiento se apoderaba de ella. No se despertó cuando Pen se fue a comer la comida peregrina con los demás. Ni oyó el tañido de las campanas de la iglesia, que señalaban la misa del peregrino para recibir la bendición. Había planeado encender una vela y rezar por su viaje y por su hija, pero durmió hasta por la mañana y solo la despertaron los ciclistas españoles de las literas de enfrente cuando se preparaban para salir.

SEIS

LA CALZADA ROMANA A PAMPLONA

Tess y Pen estaban en el exterior del monasterio, poniéndose ropa de lluvia grande para cubrirse y cubrir sus mochilas. La niebla había empezado a descender y el chaparrón era inminente. Tess ayudó primero a Pen con la suya.

—Por favor, no te adelantes hoy. No sé cómo es el siguiente tramo hasta Zubiri, y te agradecería que te quedaras conmigo. Me gustaría que pasáramos tiempo juntas.

Pen no respondió y, después de que Tess tuviera problemas cubrirse la cabeza con su propio poncho para la lluvia, se dio la vuelta y Pen ya no estaba. Cerró los ojos y respiró hondo un par de veces. Sería otro día sola. Tendría que caminar con el resto de peregrinos; todos iban en la misma dirección.

Tess recorrió el camino lleno de gente y barro. Empezó a descomponerse en el bosque hasta que, de nuevo, se encontró sola. Empezó a caminar más deprisa, con la esperanza de alcanzar a otros peregrinos que pudieran estar delante, pero había tramos largos en los que estaba sola. Sola y asustada. Sacudió la cabeza. La inseguridad no era propia de ella. Sabía que podía ocuparse de todo, pero quería que Pen estuviera con ella. Sin duda, la enfermedad le hacía sentirse más vulnerable.

Tess guardaba en su mochila una lista de cosas que quería hablar con Pen. Por supuesto, una de ellas era lo de su cáncer, pero había otras. Necesitaba hablar de muchas cosas con su hija, con la que la comunicación era tan complicada y tan dolorosa.

Tess lo recopiló todo porque esta podría ser su última oportunidad de pasar un período de tiempo largo con Pen sin centrarse en su enfermedad. Cosas de las que podrían haber hablado más tarde, cuando Pen estuviera en la universidad o en el mundo. Pero Tess sabía que su destino podría impedírselo, así que quería hablarlas con ella en las próximas semanas, antes de contarle a Pen su diagnóstico. Así, estas conversaciones no se verían afectadas por lo que estaba por venir.

Tras varias horas de caminata, Tess entró en el pueblo de Viscarret-Guerendiain y se detuvo a descansar en un café. Colocó su mochila contra la valla del patio junto a las demás y entró. Con un mar de mesas ocupadas, le preguntó a un hombre que estaba sentado solo si podía compartir la suya. Él también estaba tomando un café.

—Por supuesto —Le ofreció la silla de enfrente mientras ella dejaba el café sobre la mesa—. ¿De dónde es?

—Soy de Estados Unidos —respondió ella. Le dio un sorbo al café para no decir nada más.

—Ah —dijo.

Algo en su tono hizo que Tess dejara de mirar hacia el patio y se volviera hacia el hombre.

—¿Y usted de dónde es? —le preguntó.

—Soy de Madrid —dijo bebiendo de su taza.

—Entonces, como la mayoría de los europeos, ¿empezó el Camino en la puerta de su casa? —preguntó Tess.

Había oído hablar de otros que habían empezado en los Países Bajos o en Francia. Habían caminado 1.000 km o más antes de llegar a Saint-Jean y la subida a Orisson el primer día no les había parecido tan agotadora como a ella.

—Originalmente, sí. Caminamos de Madrid a León. Este año hemos venido a Saint-Jean y estamos caminando hasta Santiago.

—Ha dicho «nosotros». ¿Camina con su esposa?

Una sombra pasó por el rostro bronceado del hombre.

—No, con mi hijo. Pero encontró a alguien con quien prefería caminar hoy. La conocimos ayer en el tramo de Saint-Jean a Roncesvalles. En la cena de anoche quedaron en verse hoy para caminar hasta Zubiri, así que me he quedado solo.

—Casualmente, estoy caminando con mi hija, y se ha adelantado por segundo día consecutivo —le dijo Tess.

—¿Está su hija en el instituto? —preguntó.

—Sí, ¿por qué?

—Creo que puede estar caminando con mi hijo.

Tess sacó una foto reciente de Pen en su teléfono y se la enseñó al hombre.

—Sí —confirmó él—. ¿Se llama Pen?

—Sí, eso es —dijo Tess.

—Un nombre poco común —observó.

—Es la abreviatura de Penélope. Ella prefiere su apodo —explicó.

—Ah —y el hombre dio otro trago a su café.

Se hizo un silencio incómodo. Tess no sabía qué pensar de aquel hombre y de su hijo, que conocía a Pen. ¿Por qué Pen no había mencionado a este chico y a su padre en el monasterio? ¿O le había dicho que quería caminar con él hoy?

—¿Cómo se llama su hijo? —le preguntó Tess.

—Lo siento. No me he presentado. —Le tendió la mano a Tess para que se la estrechara. Soy Javier Silva. Mi hijo se llama Mateo. Tiene casi diecisiete años y el año que viene terminará el último curso de bachillerato antes de ir a la universidad.

Tess tragó saliva. Pen solo tenía quince años, y lo había dicho. Javier soltó una risita y se le escapó una sonrisa al ver su sorpresa.

—Pen parece una chica muy responsable, y mi hijo es un caballero. No creo que ocurra nada malo mientras caminan hacia Zubiri. No tenemos nada de qué preocuparnos.

Aquel hombre parecía muy seguro de lo que decía. El recuerdo de Pen agachada sobre un cubo en la fiesta de hacía unas semanas aún estaba fresco.

—¿Y cómo se llama? —preguntó Javier.

Tess se dio cuenta de que estaba siendo grosera.

—Lo siento. Soy Tess, Tess Sullivan. Encantada de conocerle.

Javier sonrió y terminó su café.

—Bueno, ya que nuestros hijos van andando a Zubiri, ¿le apetece acompañarme hasta allí? Parece que hoy también me vendría bien un amigo.

Tess respiró aliviada.

—Me encantaría tener compañía. Me he sentido un poco sola estos dos últimos días —admitió.

Javier llevó sus tazas vacías al bar y se reunió con Tess junto a la valla mientras los peregrinos se agolpaban para descansar en el café. La ayudó con su mochila y luego se encogió de hombros para ponerse la suya. Atravesaron el pueblo siguiendo las flechas amarillas y caminaron en silencio. Tess no sabía cómo entablar conversación con aquel hombre con el que, de alguna manera, se había cruzado por culpa de Pen. Javier le resolvió el problema.

—¿Qué le hizo venir a España para hacer el Camino de Santiago desde Phoenix, Arizona?

A Tess le sorprendió que él supiera de dónde era, pero recordó que el día anterior habían caminado con Pen.

—He soñado con hacer el Camino desde que leí el libro de Paulo Coelho *El peregrino*. Han pasado más de 25 años desde que lo leí por primera vez, pero siempre ha estado ahí de trasfondo. Hace poco dejé mi trabajo y mi marido apoyó mi necesidad de venir a España. Decidí traer a Pen conmigo, con la esperanza de encontrar una manera de salvar la brecha que se ha abierto entre nosotros desde que ella se hizo adolescente.

Javier asintió.

—Dijo antes que habían empezado en Madrid. ¿Por qué están haciendo el Camino usted y su hijo?

Javier se detuvo, mirándose las botas antes de enfrentarse a la pregunta.

—Caminamos en honor a mi mujer y a la madre de Mateo. Alejandra falleció hace cinco años. Ha sido una época difícil para nosotros. Muy difícil para Mateo, por perder a su madre a una edad tan joven y crucial. El año pasado decidimos que haríamos este Camino por ella. También por nosotros, pero en su honor.

Su reflexiva respuesta conmovió a Tess. Era evidente que había querido mucho a su mujer, y eso era algo que llevaba consigo. Mateo debía de haber pasado por muchas cosas en los últimos años.

—Entonces ambos caminaron con Pen ayer —dijo Tess.

—Sí, nos la encontramos cuando volvía de hacer fotos a la estatua de la Virgen María. Se había arrastrado por las rocas, y cuando apareció de entre la niebla, nos sorprendió verla. Estaba encantada de haber conseguido las fotos, y nos entretuvo todo el camino hasta Roncesvalles —Javier sonrió—. Nos quedamos prendados de su entusiasmo.

Tess se encogió. No quería saber que Pen se había arriesgado en los Pirineos el día anterior. Pero oír que su hija estaba haciendo fotos era alentador, teniendo en cuenta los silencios a menudo hoscos de Pen cerca de su madre. La Pen que describía no era la Pen que ella conocía. Tess decidió cambiar de tema.

—Entonces Mateo terminará pronto el instituto. ¿Sabe qué le gustaría estudiar en la universidad? —preguntó.

—Sí. Estudiará medicina, como yo.

Tess no había considerado que Javier fuera médico. No se había presentado como tal. En Estados Unidos, el título de médico habría salido en la conversación de la cafetería.

—¿Es usted médico? —preguntó sorprendida.

—Sí. Médico de familia. La mayoría de mis pacientes son geriátricos. Me gusta tratar a esa generación. Tienen mucha sabiduría. Mientras les ayudo, aprendo mucho en el proceso.

Sonaba amable, compasivo y preciso.

—¿Le seguirá en su consulta? —preguntó Tess.

—No creo. A Mateo le gustaría ser oncólogo. Su madre murió de cáncer, y él espera poder tratar a pacientes e investigar. Quiere ser la persona que descubra una cura. Un noble empeño.

Tess tragó saliva y siguió caminando antes de recuperar la voz.

—Sí, un empeño muy noble —coincidió ella—. ¿Es buen estudiante?

—Excelente. Mateo puede conseguir todo lo que se proponga —dijo Javier con seguridad.

Tess sonrió.

—Eres un padre orgulloso.

Sonrió.

—Tengo muchos motivos para estar orgulloso de mi hijo.

Llegaron a la base de una empinada cuesta. Tess sacó su botella de agua y se dio cuenta de que había olvidado llenarla en la cafetería, como había previsto. Se había distraído con la conversación con Javier. Vio que se estaba bebiendo las últimas gotas.

—Tome. Tome un poco de la mía y échele estas sales. Tiene la cara un poco roja y creo que no está bebiendo suficiente agua.

Le llenó la botella de agua y le puso las sales. En cinco minutos se sintió lista para escalar.

—¿Vamos? —se ofreció.

—Gracias. Me siento mucho mejor.

—Bien.

Solo quedaban otros 7 kilómetros hasta Zubiri, pero la antigua calzada romana era pronunciada, irregular y pedregosa. Javier la ayudó en lo peor, sujetándola para que no resbalara en las piedras lisas y húmedas y también caminando más despacio de lo que ella estaba segura de que él era capaz de ir.

Pronto llegaron al Puente de la Rabia, el viejo puente de piedra que cruza el río Arga para entrar en el pueblo de Zubiri, y fueron en busca de sus hijos. Los encontraron sentados en una cafetería, en la esquina de las dos carreteras principales del pueblo. Pen se estaba bebiendo una coca-cola y se reía de un chiste compartido.

—¿Cuándo has llegado? —preguntó Javier a su hijo mientras se quitaba la mochila.

—Hace unas 2 horas. A Pen le gusta correr. Hemos comido y hemos buscado los mejores albergues. No estaba seguro de si nos quedaríamos aquí esta noche o iríamos a Larrasoana. Pero Pen dijo que ellas se quedaban aquí.

Javier sonrió. Miró a Tess, que se encogió de hombros.

—Claro. Podemos quedarnos aquí esta noche. ¿Qué albergue creéis que es el mejor?

Mateo y Pen lo señalaron. Habían estado escuchando a otros peregrinos, y la guía de Mateo lo confirmó.

—Vigilad nuestras mochilas. Tess y yo podemos ir a reservar camas.

Pagaron cuatro camas y volvieron con los chicos, acompañados por gente que conocían. Los peregrinos, que iban y venían, les estaban contando sus historias cuando, de repente, el cansancio se apoderó de Tess. Necesitaba una ducha y tomar su medicación.

—Voy al albergue a asearme. Te veo allí para cenar —Miró fijamente a Pen, esperando una respuesta.

Mateo le dio una patada a la silla de Pen.

—Vale —dijo Pen sin mirar a su madre.

Después de ducharse y cambiarse de ropa, Tess volvió a sentirse persona. Se tomó las pastillas y se tumbó a descansar antes de la cena con los peregrinos. Tess se estaba recuperando. En los libros decían: «El Camino provee», pero ella no tenía ni idea de lo bien que iba hasta ahora. Probablemente caminarían con el doctor Javier y su hijo uno o dos días más. Una vez que llegaran a Pamplona, la ciudad se llenaría de gente y era muy probable que no volvieran a verlos. Tess estaba segura de que Javier iba más despacio por ella, pero cada uno tenía que ir a su ritmo. Cada uno tenía que recorrer su propio Camino.

Al día siguiente, se tomaron su tiempo para levantarse y desayunar, y no caminaron hacia Pamplona hasta pasadas las 7, que es tarde en el horario del Camino. La mayoría de los peregrinos decían que se levantaban a las cuatro y media o a las cinco para poder caminar cuando refrescaba. El calor del verano en España puede ser brutal, y los peregrinos aprovechaban cualquier cosa que aliviara las penurias del camino.

Mientras volvían a cruzar el viejo puente para retomar el camino, a Tess le quedó claro que Pen volvería a caminar con Mateo. Eso significaba que ella caminaría con Javier. Era un compañero agradable y poco exigente, que no esperaba que ella hablara, pero cuando hablaba, solía ser para hacer una pregunta o explicar algo de lo que habían visto. Estudiante de la Historia, Javier parecía saber mucho sobre Navarra.

El sendero moteado serpenteaba entre bosques, salpicado de pequeñas aldeas a lo largo del río Arga, y se parecía tanto al estado de Washington que Tess se sintió inundada por la nostalgia. Sus hijos se habían adelantado hacia Zabaldika, donde ella esperaba que se encontraran.

Al cruzar el estrecho puente de piedra que conducía al pueblo, divisaron un café a orillas del río. Tess reconoció caras conocidas que les saludaron con gritos y brazos levantados haciéndole señas para que se uniera al grupo. Incluso el austriaco Peter estaba allí con su bastón dentado y sus bufandas.

—¡Lo habéis conseguido! —dijo uno de los alemanes.

—Claro. ¿Acaso lo dudabas? —le preguntó Tess, sonriendo.

—Bueno, estábamos haciendo apuestas después de verte tirada en el camino hacia Honto. ¡Pero he ganado yo! Me imaginé que seguirías adelante.

Javier miró a Tess inquisitivamente.

—Lo pasé mal el primer día. Hacía mucho calor y, francamente, Phoenix no ofrece mucha elevación para entrenar —se paró y se puso a reírse—. Vale, no estaba preparada para esa subida.

—Ah —dijo.

Tess estaba aprendiendo rápidamente que esa palabra tenía múltiples significados.

—Escucha —le dijo—. Si te estoy retrasando, puedes caminar más rápido. Sé que soy más lenta que la mayoría, pero es mi ritmo. El tuyo es probablemente mucho más cercano al de Pen y Mateo.

Javier frunció el ceño.

—Estoy caminando tan rápido como quiero. Disfruto de tu compañía y del paisaje. Hoy no tengo ganas de ir más deprisa. —La intensidad de su mirada incomodó a Tess.

—Traeré café —se ofreció a modo de reconciliación—. ¿Quieres tortilla?

—Sí. Voy a buscar una mesa.

Al salir con la comida, encontró a Javier sentado con el grupo.

—Oye, Tess —dijo uno de los chicos de California—, hemos visto a tu hija esta mañana mientras descansaba junto al río. Estaba con un chico que no habíamos visto antes.

—¿Cuánto hace de eso? —le preguntó ella.

—Una hora o así. Caminaban bastante rápido. Puede que ya estén en Pamplona.

—El chico es mi hijo —dijo Javier con orgullo.

—Un chico muy guapo —se rio el californiano—. Tess, tendrás que llevar cuidado si quieres llevarte a Pen de España al final del Camino.

Las gallinas camperas picoteaban la comida que caía a sus pies. Tess cerró los ojos momentáneamente y escuchó a Javier hablar con sus amigos. Una vez que cruzas los Pirineos con gente, los consideras amigos. Pronto, tras consumir el café y las tortillas, llegó la hora de irse. Se despidieron y recogieron sus mochilas.

El siguiente tramo fue caluroso. El mapa indicaba que Pamplona estaba a 8 km, pero la ruta fluvial añadió más distancia a su caminata. Estaban sudorosos y cansados cuando llegaron a la ciudad, y los cuatro se registraron en el Albergue Jesús y María. Cuando Tess salió de las duchas vestida con ropa limpia, vio que Javier había hecho lo mismo.

—¿Dónde están los chicos? —preguntó Tess.

—Pidieron unos euros hace 10 minutos para comprar pizza. —explicó—. ¿Qué tal un poco de vino?

Las laberínticas calles del casco viejo de Pamplona estaban repletas de restaurantes y tiendas. El famoso jamón español se exhibía orgulloso en los escaparates, con representaciones de plástico de los pinchos en los que se especializaba cada bar, al frente y en el centro. Era la primera vez que Tess se enfrentaba a una ciudad española de tamaño considerable desde Barcelona, teniendo que navegar por el menú y la barrera del idioma. Javier era un experto guía.

—He pasado mucho tiempo aquí. San Sebastián está más al norte y es conocida por su comida y su espectacular costa. Pero Pamplona también tiene buena comida y una animada vida nocturna.

Tess le siguió, observando cómo Javier hablaba con cada propietario y examinaba la comida expuesta en las vitrinas. Finalmente, eligió un pequeño local tras hablarlo con el hombre de detrás de la barra. El hombre los acompañó a una mesa y el vino llegó casi de inmediato.

Javier lo probó y asintió. El camarero le sirvió una copa a Tess y rellenó la de Javier antes de marcharse a la cocina.

Levantó su copa.

—Por los nuevos amigos y las nuevas aventuras. ¡Salud!

Tess inclinó la cabeza y bebió un sorbo. El vino que había elegido era fresco y más dulce de lo que ella esperaba. Cerró los ojos y saboreó cada parte mientras se deslizaba por su lengua y bajaba por su garganta.

—Te gusta el vino.

Abrió los ojos ante un Javier sonriente que estudiaba su rostro.

—Sí, mucho —dijo ella.

—He pedido comida para nosotros. Espero que no te importe. Pedir en España puede ser difícil para la gente que no es de aquí, y pedir en Navarra puede ser aún más difícil porque a menudo prefieren hablar en su idioma. Tengo la suerte de saber algo de *euskera*, así que eso facilita las cosas.

Tess le había observado conversar con varias personas hasta que encontraron este restaurante. Estaba claro que sabía mucho *euskera*.

—Empezaremos con unos *pintxos* y veremos cómo vamos después. Si seguimos con hambre, podemos pedir algo más. —Levantó su copa—. Y, por supuesto, siempre está el vino.

Llegó la comida y Tess se relajó y disfrutó enormemente del ambiente. Los sabores eran tan diferentes, mezclando pescado o carne con pimientos; y salsas y especias que estaba segura de no haber encontrado nunca antes. El pan duro era solo un mecanismo de entrega. Ya había elegido sus favoritos y hacía fotos con el móvil.

—Veo a los americanos hacer esto todo el tiempo en Madrid, —observó Javier.

—¿El qué? —preguntó Tess, confusa.

—Hacer fotos de su comida.

Tess se rio.

—No soy una foodie que publica cosas en Instagram. Quiero enseñarle la foto a alguien en otro restaurante. Porque nunca recordaré los nombres.

—Ah —sonrió.

Tess lo dio por bueno. Se preguntó cómo le iría a Mateo, intentando encontrar algo que Pen pudiera comer. Su hija no era una pionera culinaria, y esta comida estaba definitivamente fuera de su zona de confort. Javier la trajo de vuelta al presente.

—Dijiste que habías dejado el trabajo para hacer el Camino.

Relajada por el vino, casi se había olvidado de todo lo demás. De repente, se puso tensa. Una o dos copas más y podría habérselo contado todo a Javier, pero hacía menos de 36 horas que lo conocía, aunque ya habían dormido en una habitación a un metro de distancia y volverían a hacerlo esta noche.

Javier la observaba atentamente, esperando pacientemente su respuesta.

—Sí —se bebió de un trago lo que quedaba de vino—. Decidí que quería tomarme un tiempo. Hacer balance.

Su mirada era intensa, como si esperase algo más.

—Pensaré en los próximos pasos cuando vuelva a casa. Ahora mismo, solo estoy disfrutando de la aventura. Tengo una lista de cosas que quiero hablar con Pen a medida que avanzamos. Pero creo que Mateo podría no querer oír esas cosas.

Esbozó una sonrisa torcida.

—Eres una persona muy organizada. —Bebió más del vino que había elegido—. Si necesitas tiempo a solas con Pen, me aseguraré de que Mateo esté ocupado. Sé que disfrutan el uno del otro. Tal vez, incluso un romance de verano. Pero hay cosas más importantes, y no quiero que nos interpongamos.

—Gracias. —Sonrió—. Te lo agradezco. Pero tenemos un largo camino por delante, así que estoy segura de que hay tiempo de sobra para tachar cosas de mi lista —dijo antes de añadir—, aunque tengo que hacerlo todo antes de llegar a Santiago.

Javier le preguntó si quería otra copa o explorar un poco. Ella optó por caminar. La noche era cálida y las estrechas calles de piedra se llenaban de gente. Las tiendas exhibían guiños a San Fermín, el patrón por el que la fiesta celebra los mundialmente famosos encierros. Y la concha de vieira, símbolo del peregrino, ocupaba un lugar destacado en diversas formas para atraer a los peregrinos, tan cruciales para la economía local. Tess vio una pulsera en una tienda y optó por comprarla.

—¿Sabes que estas cosas para los turistas están por todo el Camino? —bromeó.

—Sí. Pero si lo compro aquí, me acordaré de esta noche cada vez que la mire. Me gusta hacer cosas así cuando viajo. Como hacer una foto, pero mejor.

—Eligió una cinta con todas las ciudades desde Saint-Jean hasta Santiago bordadas por 2 euros e insistió en ponérsela con la ayuda de Javier. Después, se levantó la muñeca.

—¡Mira! —dijo con el entusiasmo de una niña—. Ahora viajo con el mapa en el brazo. Y podré seguir mi progreso. Todos los sitios en los que he estado y todos los sitios que me quedan por ir.

Javier soltó una risita, un poco sorprendido.

—Eres una romántica. Una romántica organizada. Interesante combinación.

—¡Esa soy yo!

De alguna manera, a Tess le gustó cómo sonaba eso.

Pasearon por las calles empedradas, disfrutando de otra copa de vino antes de regresar al albergue. En la puerta, Javier la detuvo.

—Eres una persona encantadora.

Tess sonrió.

—Gracias. Tú también. Te agradezco que me guíes por el mundo de *los pintxos*. La próxima cena corre de mi cuenta.

Javier sonrió.

—Ha sido un placer.

Se prepararon para acostarse y oyeron llegar a los chicos un poco más tarde. Esa noche
Tess durmió profundamente. Por la mañana se despertó, oyendo la respiración de Pen en
la litera de arriba. Al darse la vuelta, vio que la cama de al lado estaba vacía. Javier y Mateo
se habían ido.

SIETE

EL CAMINO A LOGROÑO

Tess despertó a Pen. Su hija bajó despacio de su litera, aún con los ojos soñolientos, e inmediatamente preguntó dónde estaban Mateo y Javier.

—Creo que ya se han ido —le dijo Tess.

—No puede ser. —Parecía confusa—. Habíamos hecho planes para hacernos fotos enfrente de las esculturas del *Alto de Perdón*. Mateo dijo que es famoso. Él no se habría ido sin mí.

Miró a su alrededor y luego a su madre. Sus ojos se entrecerraron. »—¿Le dijiste algo a su padre? ¿Hiciste algo que le obligara a llevarse a Mateo e irse?

Tess recordó la conversación de la noche anterior. Le había hablado a Javier de la lista. Él le había dicho que se aseguraría de que tuviera el tiempo que necesitaba con su hija. Pero no tan pronto. Pen estaba enfadada. Por supuesto, culpaba a su madre.

—No. No le dije a Javier que se lo llevara. Sé que te gusta. Javier probablemente quería empezar temprano para evitar el calor. Habló de ello anoche, pero no pensé que se iría tan temprano. Quizá podamos alcanzarles.

—¿Estás de broma? Eres la persona más lenta del Camino. Nunca les alcanzaremos.

Pen empezó a echar sus cosas en la mochila con rabia. Para cuando Tess estuvo lista, Pen estaba sentada fuera del albergue en un banco junto a la puerta, con los brazos cruzados y enfurruñada. Se levantó, malhumorada, y caminó junto a su madre. Tras una breve búsqueda, encontraron la primera flecha amarilla del día. Tess soportó más de un kilómetro de silencio. Finalmente, decidió romper la barrera del sonido.

—Entonces sí que te gusta Mateo, ¿eh? —preguntó Tess con falsa alegría.

—Sí, ¿ y qué? —preguntó Pen, como solo un adolescente puede hacerlo.

—¿Qué te gusta de él? —le preguntó Tess.

—¿A qué te refieres? —Pen frunció el ceño.

—Bueno, sé que es guapo, así que podemos tachar eso de la lista. Y con su altura, su pelo rubio y sus ojos azules podríais ser hermanos.

—Sí, ¿y que? —Pen la miró. Su hija tenía curiosidad por saber adónde quería llegar su madre.

—¿Y qué más? —preguntó Tess.

—No lo sé.

—Claro que lo sabes —insistió Tess—. ¿Es inteligente?

—Sí. Mateo es inteligente. Quiere ser médico como su padre —Pen añadió con entusiasmo.

—Entonces, ¿te gusta que sea inteligente? —Tess le insistió de nuevo.

—Supongo —dijo Pen, con recelo.

—¿Hace deporte?

—Juega al fútbol. Pero aquí no hay deportes en el instituto, así que si quieres jugar, tienes que apuntarte a un club —explicó su hija.

—Ah —se le escapó. Tess había sonado igual que Javier.

—Tiene casi 17 años. —Levantó las manos para evitar la reacción de su Madre—. No te asustes. Su cumpleaños es mientras hacen el Camino. Pensé que podríamos hacerle una pequeña fiesta o algo así. Pero como se han ido y no puedo ponerme en contacto con él, no sé cómo podría ocurrir.

—¿No le has solicitado amistad en Facebook? —preguntó Tess, esperando que fuera una posibilidad.

—¿Facebook? ¿En serio? —se burló Pen.

Tess sonrió. »Bueno, pues Snapchat o Tik Tok, entonces.

—No se me ocurrió en ese momento. No sabía que se iban a ir.

—¿Dónde fuisteis anoche? —preguntó Tess, intentando no parecer preocupada—. Llegasteis un poco tarde.

—Conocimos a otros chicos y estuvimos escuchando música en ese sitio y comiendo pizza.

—¿Te tomaste una cerveza o algo? —Tess pasó de puntillas sobre el tema.

Pen dudó. »Bueno, alguien pidió una cerveza y la probé. No me gusta la cerveza, así que me pedí una coca-cola.

—Ah. —De nuevo la expresión. Tess no quería empezar una discusión, pero el estómago le daba vueltas pensando en Pen y el alcohol. Sabía que Pen esperaba una reacción más fuerte, pero se mordió la lengua. Por el momento.

—Así que te gusta de verdad —reafirmó, con la esperanza de cambiar de tema.

—Sí. *Me gusta de verdad* —dijo Pen, imitando a Tess—. ¿Por qué?

—Solo preguntaba —le dijo Tess alegremente.

Hubo más silencio.

—¿Ya os habéis besado? —preguntó ella.

—¡¡MAMÁ!! —Pen parecía horrorizada—. ¡¿Por qué me preguntas eso?!

—Has pasado horas caminando con este chico y saliste hasta tarde anoche, así que me imaginé que probablemente había intentado besarte.

—Pues no, no lo hizo. —Pen esperó un par de pasos—. Fuimos de la mano.

—Ah.

—Otra vez estás diciendo eso —Pen casi le estaba gritando—. No es para tanto.

—No he dicho que fuera para tanto —dijo Tess con calma—. No me importa si vas de la mano con un chico o le besas, Pen. Te estás haciendo mayor. No soy tonta. Harás mucho más que eso en los próximos años.

Pen parecía incómoda.

—¿Cómo sabes que *haré mucho más que eso*? —imitaba de nuevo a Tess—. ¿Hiciste tú mucho más que eso?

—Sí —dijo Tess con naturalidad.

—¿En el instituto? —Los ojos de Pen se abrieron de par en par.

—Sí —dijo Tess, pero no dio más detalles. De momento. Era como pescar: no hay que tirar el anzuelo demasiado pronto.

—¿Qué hiciste?

Después de cuatro días caminando sin su hija, ahora tenía la atención de Pen.

—La policía nos pilló a mi novio y a mí enrollándonos en una calle apartada cerca de Rose Gardens en Portland —admitió—. A mí me faltaba bastante ropa onsiderable.

Su hija se quedó boquiabierta. Tess sabía que estaba admitiendo algo que Pen no quería pensar de su madre ni en su peor día. No eran sus conversaciones habituales durante la cena.

—Puedes levantar la barbilla del suelo —Tess se rio—. Yo también he tenido tu edad. Me acuerdo de lo que se sentía, y no fue hace tanto. Ser adolescente y descubrirlo todo eso no es fácil.

—Pff —se rio Pen—. Y le preguntó: «¿Querías al chico con el que estabas saliendo?

—¿Quererle? —Sonrió Tess—. Probablemente me convencí a mí misma de que sí para justificar mis actos. Por aquel entonces, si dos personas se querían de verdad, no era tan malo como si solo querían tener sexo. En los ochenta los adolescentes todavía éramos puritanos.

Al mirar a su hija, se dio cuenta de que Pen se había quedado descolocada con estas revelaciones. Esta no era la madre que ella creía conocer. Tess saboreó el momento.

—He cometido muchos errores, y confundir amor con sexo ha sido alguno de ellos. Pero al final lo aclaré todo: se puede tener amor sin sexo y buen sexo sin amor. Lo mejor es tener las dos cosas. Pero debes tener claro lo que quieres.

—Entonces, ¿eras una guarrilla total? —preguntó Pen, incrédula.

Tess frunció el ceño y luego se echó a reír.

—En primer lugar, odio esa palabra. No existen las guarras. Las chicas que controlan sus experiencias sexuales como quieren son fuertes, no débiles. En esas circunstancias, de un chico seguramente dirían que »«tiene suerte»«. De todos modos, me gustaba el sexo.

Lo hice a mi manera, usando protección. Pero te habrás dado cuenta de que no te he dicho que evites el sexo.

Pen pareció reflexionar sobre estas nuevas revelaciones.

—Mi amiga Jenny es un poco religiosa —dijo Pen—. Me contó que su madre le había dicho que si se acostaba con su novio antes de casarse iría al infierno.

Tess se rio. »Lo siento, pero creo que Dios tiene cosas más importantes de las que preocuparse, como las guerras, la pobreza, las enfermedades y el cambio climático. Las mujeres que tienen sexo antes de casarse son una de las últimas prioridades de esa lista.

Pen pensó sobre eso.

—Entonces, ¿si tuviera relaciones sexuales con Mateo, no te importaría? Le preguntó a su Madre – observándola intensamente para ver cuál era su reacción.

—Pues me importaría, y mucho. Espero que antes de hacerlo, tú y yo lo hablemos. Me gustaría asegurarme de que tengas métodos anticonceptivos y usaras preservativo. Pero el sexo es una parte natural de la vida. Admitámoslo, es divertido, y si es entre dos personas mayores de edad que están de acuerdo en el motivo por el que lo practican —sea amor o simplemente diversión— ¡puede ser genial! Y con el tiempo, cuando eres mayor, puedes hacer todo tipo de cosas para mejorarlo. Pero no vamos a entrar en eso ahora.

Tess sabía que, en casa, Pen habría evitado esta conversación a toda costa con *la Reina de Hielo*.

—¿Papá sabe todo esto? —preguntó Pen, mirándola mientras subían una empinada cuesta.

Tess se rio.

—Sí, claro. Esa suele ser una de las cosas que se hacen al principio de una relación. Contar las locuras de pareja, tu primer amor y tu primera vez. Así que él sabe *todo lo* mío, y yo sé *lo suyo*.

Pen volvió a abrir los ojos. »¿Papá hacía cosas así?

—Sí. Papá también hacía cosas así —Tess sonrió—. Estaba en una fraternidad. Bueno, era de estudiantes de ingeniería, pero aún así.

Pen se sorprendió.

—¿Papá? ¿De verdad?

—Papá. De verdad —repitió Tess—. Éramos personas, como todo el mundo. Incluso antes de convertirnos en los poderosos padres perfectos que tienes hoy ante ti.

Pen se rio.

—De todos modos, quiero que tengas garantías en lo que decidas hacer, y no se trata solo de no quedarte embarazada. No querrás contraer algo de lo que no puedas deshacerte. Y querrás asegurarte de que la persona con la que tienes relaciones sexuales se preocupe por ti como persona. Que te respete.

Tess se sorprendió cuando Pen asintió sin más.

—Vale. Hablaré contigo de ello antes de tener relaciones con alguien.

—Genial. Incluso puedes hablar con tu padre si yo no estoy —ofreció—. Él y yo estamos en la misma onda en todo esto.

No pensaba que Pen fuera a hablar de sexo con su padre, pero al menos tenía un plan B, por si acaso.

La conversación pareció despertar/activar algo más en su hija.

—¿Papá o tú habéis fumado alguna vez hierba?" —se le paró el corazón— ¿U otras cosas, como yo? susurró Pen.

Tess tragó saliva y tomó a su hija del brazo. Esa es una conversación para otro día.

Para entonces, ya habían subido una pronunciada colina que domina el valle, pasando por *el Alto del Perdón*. Se detuvieron e hicieron algunas fotos tontas con las oxidadas esculturas de peregrinos y los molinos de viento a lo lejos. El viento soplaba con fuerza a su alrededor y Tess oyó cómo el viento arrastraba la risa de Pen. No recordaba la última vez que había visto a su hija tan alegre.

Al entrar en Obanos, estaban cansadas y, en lugar de seguir hasta Puente la Reina, como habían planeado, decidieron quedarse en el único albergue de un pueblo llamado *Primo*. Por alguna razón, a Tess le llamaba la atención el nombre.

La noche fue muy parecida a las demás. Estaban metidas en la cama antes de que se pusiera el sol. Tess estaba tumbada en su litera. En secreto, tenía la esperanza de haber visto allí a Javier y Mateo, pero supuso que se habían ido a Puente la Reina, ya que esa era la etapa oficial en todos los libros. No los alcanzarían otra vez y no tenían forma de ponerse en contacto con ellos. Tess no tenía claro por qué estaba tan triste por eso.

—Nos iremos temprano por la mañana —le dijo a Pen— para evitar el calor. He visto en la aplicación un albergue llamado *La Casa de Misterio* en Villatuerta. Creo que deberíamos quedarnos allí mañana por la noche. Un lugar con ese nombre es una experiencia obligada.

Tess decidió que enviaría su mochila al día siguiente. A lo largo de las rutas había servicios que llevaban la mochila de los peregrinos a su siguiente albergue si estaban cansados o heridos. Tess necesitaba un día sin peso.

Pen se levantó temprano al día siguiente y estaba preparada para salir cuando Tess salió por la puerta. Aún no había salido el sol, y llegaron a Puente la Reina cuando se asomaba por el horizonte.

—Date la vuelta, Mamá. ¡Para ver el amanecer!

La vista regalaba a los peregrinos un cuadro de la antigua ciudad con tonos rojos, azules y morados como fondo mientras cruzaban el puente medieval de Puente la Reina con las primeras luces de la mañana reflejándose en el agua que pasaba por debajo. Tess no recordaba haber visto algo tan hermoso.

Siguieron a través de pequeños pueblos, y Pen tapaba a su Madre cuando tuvo que hacer pis junto a un granero.

La mayoría de los peregrinos se dirigían a Estella como siguiente etapa oficial, pero como Tess había decidido enviar su mochila a *La Casa de Misterio* en Villatuerta, les faltaría un pueblo para completar la etapa.

Como llegaron pronto, antes de que el albergue abriera oficialmente, la limpiadora les pidió que dejaran sus cosas en recepción. La mochila de Tess ya estaba entregada. La mujer les condujo a un patio abierto donde les dijo que podían esperar hasta la hora de apertura. Era como el paraíso, con piscina incluida.

Tess reunió la ropa sucia de ambas para meterla en la lavadora antes de que llegaran otros peregrinos. El dueño las registró y les dejó elegir cama en la amplia habitación del piso de arriba. Camas individuales, no literas. Pen estaba tan emocionada que dijo en voz alta que el lugar era « el Cielo ».

Cada una eligió una cama en un rincón separado, con una toma de corriente exclusiva. Con acceso Wi-Fi ilimitado y un enchufe, Pen se dejó caer en la cama y se conectó a internet. Tess sonrió. Después de apenas una semana, las cosas sencillas ya significaban mucho para su complicada adolescente.

Tess se duchó y se aventuró a salir a pasear sola por el pueblo. No había gran cosa, pero encontró una tienda con algunas provisiones y tentempiés para tenerlas contentas.

De vuelta al albergue, guardó las compras en su rincón y bajó a recoger la ropa mojada y tenderla en el tendedero junto a la piscina. Era extrañamente satisfactorio lavar y tender la ropa a diario. Le resultaba reconfortante realizar tareas tan sencillas. Volvió a la recepción y subió la antigua escalera de baldosas.

—¿Tess?

Al girarse, se encontró con Javier y Mateo detrás de ella, justo al otro lado de la puerta, junto al mostrador de recepción. Ambos parecían acalorados y cansados. Tess contuvo la respiración.

En inglés, Javier se volvió hacia su hijo y le dijo: «Te dije que se alojarían en un lugar que tuviera la palabra *Misterio* en su nombre.

La sonrisa de Mateo se hizo más grande.

—¿Cómo lo has sabido? —le preguntó a Javier.

Su rostro tan bronceado hacía que sus dientes brillaran con luz propia. »Eres una romántica organizada, ¿recuerdas? Pensé que el misterio te atraería.

Se rio, admitiéndolo. »Eso es justo lo que le dije a Pen anoche.

Se quedaron sonriendo hasta que Tess apartó la mirada.

—Bueno, os dejo que os registréis y os aseéis. —Luego subió las escaleras de dos en dos para decirle a Pen que estaban allí.

—¡¿Cómo?! —Pen se incorporó al oír la noticia.

—Están en el vestíbulo. Acabo de hablar con ellos.

Pen se levantó de la cama. »¡Pero si todavía no me he duchado!

—Pues te sugiero que te des prisa; subirán las escaleras en cualquier momento.

Pen agarró la mochila y sacó ropa limpia. Tess le entregó la bolsa de ducha y los nuevos botes de champú y acondicionador que acababa de comprar en la tienda. Su hija los miró como si nunca hubiera visto nada tan preciado y abrazó a su Madre. Hasta entonces, se habían lavado el pelo con jabón en pastilla o gel de baño para ahorrar peso en la mochila. Ninguna de las dos estaba contenta con el resultado.

—Hay un secador de pelo en la pared —le dijo Tess, sonriendo.

Pen soltó un grito de alegría y salió corriendo de la habitación; el sonido del agua de la ducha contigua se oía a través de la pared.

Otros peregrinos estaban ocupando ahora las camas de su habitación, así que supuso que Javier y Mateo dormirían en otro piso.

Tess se sentía más fuerte, con más energía y no percibía ninguno de los efectos secundarios de los medicamentos que estaba buscando.

Los otros tres se reunieron con ella más tarde en una mesa del patio. El cabello entrecano de Javier aún estaba húmedo y ondulado. Llevaba una camisa blanca de lino, pantalones cortos y chanclas, y estaba más moreno que antes de Pamplona, lo cual parecía imposible. Mateo entretuvo a Pen con sus dos últimos días. Sonriendo, Javier disfrutaba escuchando el entusiasmo de su hijo.

—Anoche nos quedamos en Uterga. Pensé que quizá nos alcanzaríais, pero no os vimos —explicó Mateo.

Pen sonrió, feliz de escuchar que la había echado de menos.

—Nos quedamos en Obanos —le dijo—. Pensábamos ir a Puente la Reina, pero teníamos demasiado calor y estábamos cansadas. Pensamos que probablemente ya estaríais allí. Nos levantamos muy temprano esta mañana y salimos a las cinco. Esperábamos poder alcanzaros cuando salierais por la mañana.

—No salimos hasta las seis, así que íbamos por detrás de vosotras todo el camino —replicó.

Se rieron al unísono y Javier sonrió ante sus errores de cálculo. Se volvió hacia Tess.

—Estaba pensando en tomar una copa de vino antes de la comida de los peregrinos. ¿Te gustaría venir conmigo al bar de la calle de arriba?

Tess estaba dispuesta a continuar con esa sensación de relajación.

—Me encantaría tomarme una copa de vino —Dejaron a los chicos pensando en cómo evitar perderse de nuevo.

Esta vez, Tess pagó el vino que eligió Javier, y se lo llevaron fuera. Era un día caluroso y soleado, y se agradecía la sombra de la mesa.

—¿Has podido tachar alguna cosa de tu lista? —preguntó mientras servía el vino.

—Sabía que por eso te habías ido tan de repente. Sin decir una palabra. —Después de decirlo, se dio cuenta de que sonaba un poco a acusación.

Javier palideció ante su reacción, pero se concentró en el líquido rubí que llenaba su copa.

—En primer lugar, pensé que necesitabas pasar tiempo con Pen. Parece que no ha caminado contigo hasta ahora, y tus posibilidades de mantener las conversaciones de tu lista no eran altas si ella seguía caminando delante o con otras personas.

»En segundo lugar, nunca se me ocurrió que nuestros hijos no se hubieran intercambiado los números de teléfono o conectado en alguna de las aplicaciones en las que pasan tanto tiempo. Cuando descubrí que no lo habían hecho y que no teníamos forma de ponernos en contacto con ninguna de las dos, me preocupó no volver a veros. Pregunté a varias personas ayer en nuestro albergue y hoy en la ruta, pero aunque sabían de vosotros, no os habían visto. Por eso nos quedamos en Uterga. Nos sentamos en la cafetería de enfrente y pensé que seguramente os veríamos pasar, pero no fue así. Tendrías que haber oído a Mateo insistiendo en que nos sentáramos allí durante horas. Me gusta el café, pero ayer tomé más de lo habitual y tuve una noche de insomnio. Pensé que Mateo me iba a matar por haberle levantado temprano y no despertaros cuando salimos del albergue de Pamplona. Nunca le había visto así.

Era el conjunto de palabras más largo que este hombre había encadenado desde que Tess lo había conocido cuatro días antes.

—Bueno, tuvimos una de nuestras conversaciones y he podido tachar «Sexo y amor» de mi lista.

Javier parecía sorprendido.

—Esa es una señora conversación.

—Sí que lo fue. Fui sincera y, tras algunos momentos incómodos, Pen hizo buenas preguntas y tuvimos una conversación agradable. Creo que descubrió que soy humana y no *la Reina de Hielo de otro planeta*, como me llaman ella y sus amigos cuando creen que no les oigo. Una vez que se recuperó del shock, pareció asimilarlo todo. —Javier se rio entre dientes—. Sin embargo, eso fue después de una hora de silencio total, tras serias recriminaciones cuando salimos de la ciudad. Sufrí la acusación de haberte dicho algo horrible aquella noche en Pamplona. De obligarte a alejar a Mateo de ella para siempre. —Puso su brazo dramáticamente delante de los ojos, fingiendo desmayarse.

–¡Uff! —Javier hizo una mueca.

—Sí, sí. Fue divertido.

—Bueno, pues me disculpo por eso.—Levantó su copa—. Intentaba ayudar, pero veo que había falta de comunicación en mi plan. Quizás si hubiera dejado una nota o . Pero veo la falta de comunicación en mi plan - tal vez dejar una nota o grabar tu número de móvil en WhatsApp habría sido una estrategia mejor.

Tess sonrió.

—Es posible. Pero ahora estás aquí, y estamos tomándonos un vino y disfrutando de la tarde, así que no hay daños graves. Tomó un sorbo más grande y se permitió saborearlo plenamente. No había duda de que Javier entendía de vinos, y además conocía a la gente que lo hacía. Eran los cinco euros mejor gastados hasta entonces.

—¿Me das tu número de móvil? —preguntó él—. Por si ocurre otra vez.

Ella lo leyó en voz alta y él lo guardó en su teléfono. Luego le envió un mensaje para que ella tuviera el suyo. Tess estaba creando un nuevo contacto para él cuando John le envió un mensaje.

John: *¡Buenos días, sol!*

Tess tragó saliva sin saber por qué.

Tess: *Buenos días. O Buenas tardes aquí.*

John: *¿Todo bien?*

Tess: *Sí. Disfrutando de una copa de vino con un nuevo amigo en el Camino. Pen ha conocido a un chico y estoy charlando con su padre.*

John: *¿Qué tal las rutas de ayer y hoy? No me has contado nada.*

Tess: *Estuvo bien. ¿Recuerdas que hice una lista de conversaciones que quería tener con Pen? Ayer tuve la de 'Amor y Sexo' con ella.*

John: *¡Vaya! ¡Ya veo que te lo has tomado en seri te has metido de lleno!*

Tess: *Ya me conoces.*

Javier se aclaró la garganta e hizo ademán de levantarse. —Yo me vuelvo y te dejo que hables con tu marido.

Fue entonces cuando Tess se dio cuenta de que estaba siendo grosera.

—No. Quédate. Se acercó y le agarró la mano. Espera que le diga a John que hablaré con él más tarde.

Tess: *Oye, no quiero ser grosera con Javier, ya que estamos aquí sentados. ¿Puedo mandarte un mensaje cuando vuelva al albergue?*

John: *'¿Javier? Claro'.*

Tess: :)

Tess colgó el teléfono y le dio la vuelta. Javier la observó pero no dijo nada.

—A veces me resulta extraño estar aquí, al otro lado del mundo, viviendo esta experiencia. Mi marido no está aquí con nosotras. Sé que a veces se siente desconectado de lo que estamos haciendo. Es duro para él, y creo que yo no me comunico muy bien.

—Creo que eres muy dura contigo misma —observó Javier.

—¿A qué te refieres?

—Tus expectativas sobre tu papel en la felicidad de los demás parecen muy elevadas. No estoy seguro de que sean alcanzables —dijo, observando cómo fruncía el ceño.

—Por favor, no pares ahora —dijo con cierto sarcasmo—. Dime lo que piensas de verdad.

—Lo siento. No es asunto mío —dijo, tomando otro trago.

Tess se detuvo. «No. Puede que tengas razón.» —admitió a regañadientes—. «A veces creo que tengo que intentar hacer feliz a todo el mundo. Y cuando no puedo, me siento culpable por ser feliz yo misma.

—¿Eres feliz aquí sentada disfrutando de este vino conmigo? —preguntó.

Tess no dudó. «Sí. Me siento ligera. Como si no estuviera en ningún sitio excepto aquí. El mensaje de John me desconcertó un poco. Me recordó que ese otro lugar no era aquí. Mi hogar. No puedo explicarlo muy bien.

—Entiendo. Pero que seas feliz aquí no significa que el *otro lugar*, como tú lo llamas, no sea importante. Pero tú estás aquí. Todo está bien.

Tenía razón. Incluso John estaría de acuerdo porque habían tenido conversaciones similares en otras ocasiones. Ella le llamaría más tarde.

—A veces lloro mientras camino cuando estoy sola. Hoy, cuando Pen caminaba un poco por delante de mí, me he sorprendido a mí misma llorando, pensando en cosas. No soy una persona demasiado emocional.

—Una romántica organizada, lo sé —Sonrió.

En el fondo, Tess sabía por qué las lágrimas salían con tanta facilidad. Necesitaba hablar con alguien sobre su enfermedad, pero tenía miedo de hacerlo hasta que se lo hubiera contado a Pen. Los dos días anteriores habían sido agradables con su hija, una distensión inesperada. No quería echar a perder el momento.

—He trabajado mucho. Allí . *Mucho.* La crianza diaria de nuestros hijos recayó sobre todo en John. He viajado y estado fuera de casa dos o tres semanas de cada cuatro durante casi 20 años. Me he perdido muchas cosas del día a día de mis hijos. Ellos han tenido todo lo que yo podía proporcionarles materialmente. Simplemente no estaba físicamente allí la mayor parte del tiempo.

Javier se encogió de hombros. «Estoy seguro de que estuvieron cuidados».

—Pero siempre me he sentido culpable. Pienso en ello mientras camino. Supongo que es arrepentimiento.

—¿Cuántos años tiene tu hijo? —preguntó.

—¿Charlie? —Tess tragó saliva y susurró: «Dieciocho». Pero siempre tendría dieciocho, claro. No sabía por qué le resultaba tan difícil hablar de su muerte. Simplemente era difícil. «Y luego está Pen«» —dijo, redirigiendo la conversación.

—Sí. Luego está Pen. Tiene personalidad, y es inteligente y guapa. En unos pocos años, será una fuerza de la naturaleza — Levantó las cejas y sonrió—. Un estilo a su madre.

Tess puso una cara rara.

—¿Qué? ¿No tienes personalidad? ¿No eres inteligente? Eres guapa, pero eso ya lo sabes.

Este hombre no se andaba con rodeos/tenía pelos en la lengua.

—¿Qué quieres decir? —preguntó ella, incómoda por el cumplido.

—Has criado hijos capaces. Son independientes y les irá bien en la vida. Las decisiones que tomaste y el ejemplo que les diste lo garantiza. Y aunque creas que no estabas, sí estabas. Podían contar con que volverías a casa de un viaje de negocios. Si te necesitaban, podían localizarte.

—Sí, podían hacerlo —admitió.

—Estoy convencido de que Mateo habría dado cualquier cosa por que su madre se convirtiera en ejecutiva y viajara todo el tiempo. En lugar de morirse.

Esta afirmación le sentó como una patada en el estómago. No podía respirar, así que bebió un buen trago del vino que él acababa de refrescar.

—Siempre lo veo en mi consulta cuando la gente me trae a sus hijos para que los trate. Los niños son mucho más duros de lo que sus padres imaginan. Más que los padres, incluso. Pueden soportar el dolor y sonreír ante cosas que nos destrozarían a ti o a mí. A menudo proyectamos nuestros sentimientos e inseguridades en nuestros hijos. Sé que lo hice con Mateo después de la muerte de su madre. Estuve en el lugar más oscuro del dolor durante mucho tiempo. Él se recuperó antes que yo, pero aun así le traté como si se fuera a romper. Hice cosas que te habría dicho que eran por su bien, pero eran por el mío porque no podía soportarlo. No estaba preparado para vivir mi vida sin ella.

Tess lo veía hablar. Veía las sombras de su dolor recorrer el rostro de Javier. La tortura de hablar de su mujer y de lo que había pasado seguía a flor de piel. Le brillaban los ojos. Se preguntó si John estaría así después de cinco años si el monstruo que llevaba dentro ganaba. Se dio cuenta de que estaba asistiendo en primera fila a las secuelas. Pero Javier no se disculpó por sus sentimientos ni trató de minimizarlos. Se limitó a sentarse con ellos como viejos amigos, como si se hubiera acostumbrado a su presencia a lo largo de los años. Levantó su copa.

—Tu marido es un hombre afortunado —le dijo antes de beber un trago.

—Yo soy la afortunada —susurró, preguntándose si debía decir algo más. Finalmente, se decidió—. «Me escribió una carta y la puso en mi mochila. No la encontré hasta que llegamos al hotel de Barcelona». —Dudó.— Me gustaría que la leyeras.

Javier asintió, pensativo. «¿Tiene algo que ver con la medicación que has estado tomando?

Tess contuvo la respiración y entrecerró los ojos.

—En parte, sí. ¿Has registrado mi mochila? —susurró.

—No —le dijo—. Se te cayó una de las recetas en el aseo del albergue de Zubiri. La recogí y vi que era tuya. También vi lo que era. Antes de cenar, la puse con el resto de tus medicinas. No quise entrometerme.

Tess se quedó sentada, atónita. Aterrorizada de que el cáncer hubiera invadido la pequeña burbuja que había creado para sí misma, pero también aliviada de poder hablar de ello con alguien. Sus siguientes palabras salieron más punzantes de lo que pretendía.

'Entonces, Doctor Silva, ¿algún consejo mientras recorro el Camino con esta cosa dentro de mí? Cuando me preguntaste en Pamplona por qué había dejado mi trabajo, ya sabías que tenía cáncer.

—Sí —dijo en voz baja—. Por la medicación que estabas tomando. Pero no era mi historia, y me la habrías contado si hubieras querido que lo supiera. Como quieres que lea la carta de tu marido, creo que ahora quieres que lo sepa.

Respiró hondo un par de veces.

—¿Podemos volver a buscar la carta y luego bajar por el puente antes de que la leas? Necesito asegurarme de que Pen no está cerca, porque sé que voy a llorar.

—Por supuesto —susurró.

Javier cogió la botella medio llena y esperó a que ella le indicara el camino. Bajaron la cuesta en silencio y él se quedó en recepción mientras ella subía a la habitación. Ninguno de los dos vio a Mateo ni a Pen, lo cual vino de maravilla.

Cuando llegaron al río, cruzaron hasta la mitad del puente y Tess se detuvo. Necesitaba saber que podía ir en cualquier dirección si era necesario. Planear una vía de escape contra un enemigo del que no podía huir. Cuando le entregó la carta a Javier, había olvidado que la foto seguía dentro. La sacó antes de que cayera al empedrado. Observó la imagen, levantó la vista y sonrió.

—Un hombre inteligente. Yo también me habría enamorado de ti.

Luego desdobló la única hoja de papel y la leyó. Tess analizó su rostro. Respiraba con dificultad y ella lo observó mientras la leía, de nuevo.

—John es un buen hombre. Te quiere mucho, eso está claro. Y tiene miedo —Javier analizó el papel—. Y tiene razón al tenerlo. ¿Por qué estás aquí? ¿Por qué no empezaste el tratamiento enseguida? Si yo fuera tu marido, nunca te habría dejado hacer esto.

Tess ya había empezado a llorar y, con las palabras de Javier, empezó a sollozar. Él la rodeó con sus brazos y sintió cómo su cuerpo vibraba. Tess tardó un momento en darse cuenta de que él también estaba llorando. Ella se apartó, secándose las mejillas.

—Puede que a los demás les parezca ridículo, pero necesito hacer este camino con Pen. Hay tantas cosas que no sabes sobre todo; tenemos que resolver asuntos complicados. Estoy tomando mis medicinas, y en cada iglesia, enciendo una vela y rezo por mi familia —Se detuvo antes de susurrar—. Y egoístamente, por un milagro para mí. Pero necesitaba venir aquí porque puede que nunca vuelva a tener la oportunidad de hacerlo. Para vivir como si no tuviera cáncer e intentar llegar a mi hija.

Javier guardó silencio un momento antes de responder.

—No me cabe duda de que tu marido lo entiende. Y yo también. Te prometo que no haré de tu médico ni jugaré a ser el viudo por culpa del cáncer. Estaré aquí contigo si me dejas —afirmó, apretando su mano—. Tengo suerte de poder estar cerca de alguien que vive de verdad. Plenamente.

Tess asintió agradecida y se secó los ojos.

—Aún no se lo he dicho a Pen. Necesito encontrar el momento apropiado y la forma apropiada. Ha sido tan feliz por primera vez desde que yo recuerdo. Quiero esperar a que hayamos avanzado más antes de aguarle la fiesta.

Javier parecía sorprendido de que no se lo hubiera dicho a su hija, pero volvió a abrazarla. Se quedaron un rato en el puente y luego volvieron al albergue caminando despacio. Cuando llegaron a la puerta principal, escucharon a los chicos en la piscina. Tess recordó que su ropa se estaba secando en unos tendederos junto al agua y se apresuró a cogerla antes de que se mojaran, mientras Javier se quedaba mirando a los chicos. Parecía una escena normal, pero nada más lejos de la realidad.

Durante la cena, Tess se recordó a sí misma que había venido aquí para recorrer el Camino, acercarse a Pen y hablar con ella de lo que se estaba por venir. Ahora se lo había contado a Javier, un relativo desconocido, antes que a su hija. Tess necesitaba buscar el momento adecuado, pero al ver la cara de Pen sonriendo a Mateo, supo que esperaría un poco más.

Los días siguientes transcurrieron con la misma cadencia, incluida una tarde marcada por una lluvia torrencial en la que se escondieron de los rayos en una cabaña de piedra. Tess pudo hacer algunas caminatas con Pen, pero no consiguió tener ninguna de las conversaciones de su lista.

Finalmente, tocaba pasar la noche en Logroño, el mayor núcleo urbano desde Pamplona. Al entrar en la ciudad, se hizo extraño tener que preocuparse por el tráfico en la concurrida calle peatonal. Sin embargo, Tess pudo reponer sus provisiones, que eran más difíciles de encontrar en las pequeñas tiendas de los pueblos a lo largo del camino.

Al día siguiente, pudieron respirar de nuevo, atravesando la región de La Rioja, conocida por su vino y sus interminables campos de vides. Tess había vivido durante un corto período en la región vinícola del norte de California nada más salir de la universidad, que le traía buenos recuerdos.

Los viñedos de La Rioja son muy distintos de los de California. Aquí las vides están más bajas, y los hombres mayores/viejos recorren las hileras pellizcando los brotes con los dedos. Apenas se veían máquinas ni equipos industriales: solo manos y rostros curtidos y espaldas fuertes.

Javier llamó a uno de los hombres, que levantó la vista sorprendido y avanzó por la fila para abrazarle. Mateo sonrió cuando el hombre de baja estatura le dijo algo, rodeándolo en un abrazo monstruoso, y luego le pellizcó la cara con fuerza.

—Este es mi tío, el Tío Diego —dijo Javier, resolviendo el misterio. Tess dijo, *'Buenos Días.'* Luego presentó a Pen. Javier tradujo. Diego se quitó la gorra.

El rostro curtido del hombre delataba una vida transcurrida al aire libre, y su camisa a cuadros, muy gastada, estaba rota y manchada por varios sitios. Los hombres hablaron un rato y el tío Diego los invitó a la casa. Tess le aseguró a Javier que no hacía falta que ellas fueran con él. Había planeado quedarse en Ventosa y le explicó que podían reunirse con ellos más tarde si él quería pasar tiempo con su familia.

Javier torció el gesto.

—No seas tonta. Vamos. —Él y Mateo cargaron sus mochilas en la caja de la maltrecha camioneta de su tío. Pen y Mateo subieron a la parte trasera, y Javier abrió la puerta de la cabina.

—Su carroza, mi señora.

Riendo, Tess se deslizó hasta la mitad del raído asiento corrido. Javier se sentó a su lado mientras su tío Diego se ponía al volante. Recorrió los caminos de tierra como un piloto de Indycar antes de llegar a una vieja casa de piedra rodeada de palmeras. Al ver a Diego en el campo, nunca habría pensado que vivía en un lugar tan grandioso.

—Estos son los viñedos de mi familia —explicó Javier—. Mi padre creció en esta casa antes de trasladarse a Madrid para estudiar en la universidad y convertirse en cirujano. De pequeño pasaba aquí todos los veranos y la mayoría de las vacaciones, mimado por mi abuela. Y mi abuelo y mis tíos me enseñaron todo sobre la uva y las ovejas.

Tess sonrió. Otra faceta más de este hombre complicado y tranquilo.

La tía de Javier les recibió y les hizo pasar. En un santiamén estaban sentados a la mesa en el patio central de la casa, con café y platos de pastas calientes delante. Su tío no hablaba inglés, pero Javier traducía cuando era necesario. Mateo pidió permiso para levantarse de la mesa y enseñarle la casa a Pen, y su tía los echó, riéndose mientras se marchaban.

—*Amor Joven* —dijo sonriendo a Tess.

—"Jóvenes amantes", tradujo Javier—. Vio la expresión de sorpresa en su cara. Quiero decir *'amor joven.* Completamente inocente. Mi tía no insinuaba nada.

Tess se rio cuando él se sonrojó, y aprovechó el tiempo mientras hablaban para mirar a su alrededor. La casa era un oasis. Un hermoso lugar para crecer, y a Javier debió de encantarle venir aquí de niño.

Tess se excusó y salió. Eran las tres. Podría intentar hablar con John antes de que se fuera a la oficina.

—¿Dónde estás? —le preguntó él cuando respondió a su llamada.

—Casi hemos llegado a Ventosa. Ayer llegamos a La Rioja. Ahora mismo, estamos en casa del tío de Javier. Estábamos paseando por las viñas y lo vio. Su tío nos ha llevado hasta la casa para tomar café y pastas. No hablan inglés y, por lo que parece, están teniendo una conversación seria. Mateo le está haciendo a Pen el tour de la finca, así que pensé en llamarte antes de que te fueras a la oficina.

—Parece que la cosa se pone seria —dijo John.

—Creo que puede que Pen esté teniendo un romance de verano con este chico. Nada más —le aseguró—. No estaba hablando de Pen —dijo John en voz baja—. Javier te ha llevado para que conozcas a la familia.

—Ja. Ja. Nos encontramos por casualidad con su tío. Habríamos pasado de largo sin detenernos si no lo hubiéramos visto.

Pero John no se estaba riendo al otro lado. Tess supuso que era normal que tuviera celos, aunque ella no hubiera hecho nada malo.

—¿Cómo te encuentras? —preguntó, cambiando de tema—. ¿Estás tomando la medicación? ¿Algún efecto secundario?

—Pues la verdad es que me siento mucho más fuerte. No he tenido fatiga desde los primeros días. No me sangra la nariz. Tengo un moratón en el muslo desde el segundo día en los Pirineos, pero no va a más. Lo tengo controlado.

—Vale. Si va a más, prométeme que irás al médico —le pidió, esperando escuchar que lo haría.

—Javier es médico, así que le pediré consejo si estoy preocupada, sí —dijo ella.

John se quedó callado.

—¿Sabe lo del cáncer? —preguntó con calma.

Tess quería hablar con John de lo que estaba viendo y haciendo. No quería hablar con él de su enfermedad.

—Sí, lo sabe —dijo con impaciencia.

—Entonces no se lo has dicho a Pen, pero se lo has dicho a Javier —exclamó, casi como una acusación. Tess suspiró.

—No se lo dije a Javier. Encontró un bote de medicinas que se me cayó en el aseo de un albergue hace más de una semana. Sabía para qué eran las medicinas.

—Oh —exclamó John.

—Escucha, John. Sé que esto es duro. Quiero decírselo a Pen, pero deberías verla. Nunca la he visto tan feliz. Es como si lo de la droga nunca hubiera pasado. Quiero esperar hasta que estemos más cerca del final, quizás en León o Sarria, antes de soltarle esto.

John suspiró. «¿Seguro que no te estás escondiendo de esto?»

El silencio de Tess flotaba entre ellos. John lo rompió.

—De todas formas, Tess, lo que dije en la carta que te escribí lo decía de verdad. Ya sé que no estoy allí viendo esta milagrosa y nueva versión de Pen, pero creo que tengo derecho a estar un poco celoso de este Doctor Javier, que está pasando tanto tiempo con mi mujer. No mientas: parece una actor de cine español, ¿verdad?

Tess se preguntó si debía contarle la verdad y decidió que sí.

—En realidad, sí. Salido del mejor cásting de España.

—¡Lo sabía! Es como si le oyera decir: «*Bienvenido a la Isla de la Fantasía.*» Tess se echó a reír con su imitación de Ricardo Montalbán en los años setenta.

—No es exactamente así —le dijo ella—. No lleva el traje blanco.

—Bueno, dije que eras libre para hacer lo que necesitaras, y lo decía en serio.

Ella sabía que John estaba tratando de desviar la atención de sus sensaciones. Él estaba pasándolo mal, y a ella eso no le hacía sentir bien.

—Pero este Javier... dijo en voz baja—. Pasáis mucho tiempo juntos.

—Pen y Mateo no se despegan. Creo que empezó a caminar conmigo por defecto. Yo sé que camino mucho más despacio que él —le dijo Tess con sinceridad.

—Pero también podría haberse adelantado o haber caminado con otras personas —le contestó John.

—Podría haberlo hecho. Escucha, John. Me gusta. Es un tipo tranquilo. Muy parecido a ti, en ese sentido. Sabe escuchar y se siente muy cómodo con el silencio cuando no tengo ganas de hablar. Javier perdió a su mujer de cáncer hace cinco años. Él y Mateo empezaron su Camino desde la puerta de su casa el año pasado. Así lo hacen aquí. Caminaron desde Madrid hasta León. Luego lo retomaron este año, empezando en Saint-Jean, y lo hacen en honor a ella. Se encontraron con Pen en el sendero de los Pirineos el segundo día. Me alegro de que no caminara sola por allí. Hasta ahora, solo he caminado con él y he dormido en literas a su lado.

John asimiló sus palabras en silencio. «No sabía que había perdido a su mujer de cáncer». John le había escrito una carta diciéndole que debía hacer lo que la hiciera feliz. Le había dado un bolsillo lleno de pases gratis. Pero los celos eran de esperar.

—¿Te ayudan las conversaciones con él? —preguntó.

—Mucho. No hablamos del cáncer, pero Javier sí habla del dolor por la pérdida de Alejandra. Aún le acompaña cada día. Habla de Mateo, de estar solo y de abordar su pérdida. Sé que todo esto aún es nuevo para mí, pero me ha ayudado a entender por lo que estás pasando. Por lo que pasarás si pierdo esta batalla —Ella nunca había dicho esas palabras en voz alta.

—Escúchame —le dijo John—. No vamos a perder. Estarás en casa en 6 semanas y ganaremos. No voy a aceptar otro resultado.

Ahora le tocaba a Tess guardar silencio.

—No me lo tengas en cuenta. —dijo—. Hoy me he levantado de mal humor. Por favor, relee mi carta. Era sincero en cada una de mis palabras. Ve y haz lo que necesites. Da igual lo que eso implique, pero necesito sinceridad total, Tess. Siempre ha habido sinceridad entre nosotros y eso no puede cambiar ahora. Pase lo que pase. ¿De acuerdo?

—Por supuesto —susurró.

—Termina esto y luego vuelve a casa. Estaré en Nueva York la semana que viene, así que estaré más cerca de tu zona horaria. Estaré despierto más temprano. Podemos hablar a la hora de comer a tu hora.

—Eso estará bien. Te avisaré cuando lleguemos a Burgos. Creo que nos daré un capricho y nos quedaremos en habitaciones de hotel. Pen y yo llevamos diez días durmiendo en literas. A veces somos las únicas chicas en una habitación llena de 50 hombres apestosos y malolientes. Me vendría bien un baño privado con bañera y una cama sin barandillas.

—Suena genial. No te cortes: cinco estrellas, con servicio de habitaciones y buenas sábanas.

John era un snob de la ropa de cama. Unas buenas sábanas en un hotel significaban mucho para él.

—Sí, señor —se rio, jadeando.

—Tengo que levantarme —escuchó cómo John retiraba las sábanas y se dio cuenta de que salir de la cama le resultaba pesado—. Te quiero.

—Yo también te quiero.

Tess colgó y se quedó mirando el valle con viñas hasta donde le alcanzaba la vista. Aunque su conversación había dado un giro incómodo, John había reiterado su compromiso con lo que había escrito. Tess se alegró de que al final lo mantuviera, pero no podía engañarse a sí misma sobre lo que todo este asunto le estaba haciendo. Le gustaba estar con Javier. Todas las cosas que le había contado a John sobre él eran ciertas. Su compañía era algo en lo que Tess confiaba cada día. Se secó los ojos con la manga de la camisa y volvió a entrar.

Se encontró con la risa de Pen cuando entró al patio donde estaban todos. La tía de Javier había estado ocupada. La gran mesa crujía bajo montones de comida. Era como si hubiera sabido que iban a venir y llevara días cocinando. Javier la miró con los ojos muy abiertos y se echó a reír.

—Es una comida típica de aquí —explicó—. Durará varias horas.

Pen se inclinó y le susurró al oído «¿Te puedes creer esta cantidad de comida?»

Mateo metió algo misterioso en la boca de Pen. Algo que Tess sabía con seguridad que nunca habría aceptado probar en Arizona.

—Mmm. Esto está buenísimo —Pen sonrió soñadoramente a Mateo.

Qué diferente a todo lo que tenían en casa, pensó Tess. Pero el ambiente era relajado y era fácil caer en esa relajación, así que Tess se rindió a ella. La tía de Javier llenó un plato y se lo puso delante. Estaba segura de que no podría comérselo todo, pero atacó el plato. El vino era del viñedo que les rodeaba. Los movimientos "de la granja a la mesa" de Estados Unidos estarían quejándose.

A lo largo de la comida se produjo un intenso debate antes de que Javier se volviera hacia ella y le dijera: «A mi familia le gustaría que nos quedáramos todos aquí esta noche en lugar de ir a Ventosa».

Tess negó con la cabeza. «Oh, no quiero decepcionarlos».

—En España no hay nada que decepcione a la familia. Insisten —le dijo.

Mirando la cara de impaciencia de Pen, vio que había mayoría.

—Vale. Por favor, dales las gracias de nuestra parte. Pero luego se volvió hacia su Tía y su Tío y sonrió: "*Muchas gracias*".

—*De nada* —respondieron ambos, con la decisión tomada.

—De todos modos —dijo Javier— trabajaré para pagarme el alojamiento y la comida. Mi otro tío tiene problemas con unas ovejas que están pariendo. Va a venir a recogerme y a llevarme a la granja para que les eche un vistazo. Tiene problemas para conseguir un veterinario, están todos ocupados. Le dije que le ayudaría.

Tess se preguntó cómo podría utilizar Google Translate para comunicarse con su familia mientras él no estuviera.

—¿Quieres venir? Puede ser aburrido o puede ser emocionante. ¿Has visto alguna vez nacer un cordero? —le preguntó.

—No, nunca, y me encantaría ir. Pero no creo que sea de mucha ayuda —se rio.

—Llevaré nuestras mochilas a las habitaciones. Tú quédate con la de los adultos. La mía todavía está como cuando tenía diez años. ¿Quieres refrescarte antes de irnos?

—No quiero retrasarlo si es urgente —dijo.

—Nos vamos a ensuciar, así que esta ropa servirá hasta que vuelva.

—Entonces yo también estoy listo.

Javier cogió las bolsas y subió las escaleras de dos en dos. Bajó justo cuando llegaba su segundo tío. El hombre parecía una versión mayor y más baja de su sobrino médico, y le sorprendió aún más que se presentara como *Tío Javier*. Tess subió las cejas.

—Lo sé —Javier sonrió—. Era el hermano favorito de mi padre y nos parecemos. Pero claro, también me parezco a mi padre.

Los tres se amontonaron en otro camión igualmente maltrecho y condujeron menos de una hora hasta una granja de ovejas al norte de Logroño. Abandonaron la carretera asfaltada y continuaron por una pista de tierra durante unos kilómetros, pasando por una casa grande cerca de algunas casas de campo hasta llegar a un gran granero.

—¿Todo esto es la granja de tu tío? —preguntó Tess, sorprendida por el tamaño.

—Sí, ahora estamos en el País Vasco. La finca es bastante grande y pertenece a nuestra familia desde hace mucho tiempo. Mucho antes que el viñedo. Mi tío no tiene hijos, así que probablemente algún día me dedique a la cría de ovejas. Siempre me ha gustado estar aquí.

El camión se detuvo delante del establo. Los gritos de las ovejas se oían como un coro a través de las paredes. Javier explicó la situación.

—Las ovejas suelen parir en los corrales. El parto las hace vulnerables a los depredadores, que huelen la sangre y se sienten atraídos por la placenta. Es un momento peligroso para ellas y sus crías. Durante este tiempo, mi tío y los que trabajan en la granja están fuera todo el día y toda la noche. Intentan comprobar si alguna de las ovejas tiene problemas y se encargan de que los depredadores sepan, como los perros de los vecinos, que las ovejas no están solas. Nosotros también tenemos perros. Consideran que las ovejas les pertenecen, así que son muy protectores.

—¿Por qué están estas ovejas en el establo? —le preguntó.

—Estas son las que mi tío y su gente han encontrado en apuros. Por alguna razón, este año hay muchas así, y es tarde en la temporada de cría. Las han traído al establo y voy a ver si puedo ayudarlas. Ven, te las enseñaré.

Dentro había más de 40 ovejas. Todas ellas luchaban por parir a sus corderos por sí solas.

—No pueden seguir así mucho tiempo. Si lo hacen, se estresan demasiado. Y entonces, aunque den a luz, podrían morir del *shock* o no recuperarse nunca del parto, con lo que dejarían huérfano al cordero. Si no dan a luz, tanto la madre como el cordero morirán, y ese el peor resultado posible.

Javier se lavó las manos en el viejo fregadero y se las secó en un paño limpio que había cogido de un montón para ello. Le dijo algo a su tío, que señaló a una de las ovejas. Javier se acercó a ella y le auscultó el vientre con el estetoscopio.

—Esta es joven. Es su primer parto, y ha estado mostrando signos de parto desde esta mañana, pero no está progresando. Tenemos que sacar al bebé. He traído un barreño y un cubo del viñedo. Están en la parte de atrás del camión. ¿Me los puedes traer, por favor? —le pidió a Tess.

Tess corrió al camión y cogió los objetos que le había indicado.

—Llena el cubo con agua caliente y jabón y acláralo. Luego llénalo hasta la mitad con agua hirviendo y añade una taza de la solución que hay en esa bolsa azul debajo del fregadero —le dijo Javier.

Tess hizo lo que él le indicó.

—Pon varios paños a remojo en el cubo y tráemelo.

Tess lo hizo y le llevó el cubo. Javier había estado acariciando y calmando a la oveja durante todo el proceso. Luego, Javier se puso los guantes, cogió los paños antisépticos diluidos y limpió la zona a fondo. A continuación, se puso una funda de plástico de una caja que le había traído su tío y le pidió a Tess que apretara el tubo de lubricante que llevaba en la bolsa y se lo echara en la mano. Una vez más, ella hizo lo que él le pedía y luego observó cómo él esperaba a que remitiera la contracción antes de introducir la mano en la abertura.

—El cordero está en apuros, pero la buena noticia es que está casi en la posición correcta —Lo dijo tanto en español como en inglés. El tío Javier siguió las indicaciones de su sobrino y luego Javier se volvió hacia Tess—.

—Lava el barreño con el agua más caliente que puedas y tráeme más paños —le dijo.

Estaba muy tranquilo y hablaba con deliberación. Tess fue a hacer lo que él le pedía y, cuando regresó, él tenía las correas que le había traído su tío dentro de la oveja y le explicó que le estaba atando a las patas al cordero. A partir de este momento, todo ocurrió relativamente rápido. No tiraba, sino que esperaba una contracción y estiraba, comprobaba y estiraba. De repente, nació el cordero. Frotó al bebé hasta que dio señales de que tenía suficiente vitalidad y baló. Dejó que la madre limpiara al bebé y se vinculara con él.

Javier se puso en pie, se quitó la funda de plástico y los guantes de látex. Le preguntó a su tío qué oveja era la siguiente y empezó a repetir el proceso. Primero, evaluar y después, decidir el plan. El proceso para cada oveja llevaba su tiempo, pero Tess aprendía rápido, y limpiaba sin pausa el cubo con agua y jabón. Lo llenaba con el agua caliente, el antiséptico y los paños y se lo llevaba a Javier. Tess tenía preparado el lubricante y no hizo falta que le pidiera que llenara el barreño con agua caliente. También le llevó jabón para que se fregara entre nacimientos. Javier la observaba hacer sus tareas de manera espontánea y sonreía cuando ella volvía con el siguiente cubo.

—Serías una gran enfermera —Sonrió.

—Sí, doctor —dijo de una forma coqueta que sorprendió a ambos.

Pasaron las horas. Ya era tarde cuando llegaron al último. La buena noticia es que salvaron a todas las ovejas. Habían nacido dos corderos muertos cuyos partos habían sido demasiado largos para la madre. Eso fue duro para Tess, pero trató de concentrarse en el significado de su trabajo y en todos los que habían salido adelante.

El tío Javier le dio una palmada en la espalda a su sobrino y estrechó la mano de Tess. Dijo algo en español y a Tess: "Gracias", con su marcado acento.

—Nos quedamos aquí esta noche —dijo Javier—. O esta mañana, porque dentro de unas horas saldrá el sol. Le diré a mi tío Diego que les diga a los chicos que hoy no iremos de excursión. —Tess estaba tan cansada que aceptó de buena gana. El tío Javier los llevó a la finca en su camioneta y le dio a Tess un pijama bien usado, indicándole dónde dormir. Ella le entregó los pantalones a Javier.

—Lo comparto —Sonrió, agotada.

—Muchas gracias. Solo por eso, puedes darte la primera ducha —se rio.

Cubierta de una mezcla de fluidos, al mirarse en el espejo del baño, se echó a reír. Apenas tenía el pelo recogido en la coleta y su cara estaba llena de suciedad. Si sus antiguos compañeros pudieran verla ahora, nadie creería que había pasado toda la noche con el brazo metido en una oveja, aprendiendo a parir/ayudar a nacer corderos. Hace un mes, ni ella misma se lo habría creído. Pero aquí estaba, en esta casa de una finca del norte de España, alojada con gente que hace 24 horas no conocía, confiando en este hombre, que no conocía diez días antes. Nada de esto era propio de ella. De hecho, no era la Tess que había sido durante los 25 últimos años.

Después de ducharse, Tess se puso la antigua camiseta de franela suave y se deslizó bajo las sábanas. Estaba tan cansada que se olvidó la ropa que llevaba en el suelo del cuarto de baño y se quedó dormida antes de que su cabeza tocara la almohada.

Alrededor del mediodía, se despertó y necesitó un momento para recordar dónde estaba mientras los muelles de la vieja cama chirriaban debajo de ella. Echó un vistazo a la habitación de piedra y recordó que tenía la ropa sucia en el cuarto de baño, pero cuando fue a buscarla, ya no estaba. El murmullo de abajo llegó hasta ella y no tuvo más remedio que bajar las estrechas escaleras solo con el pijama de gran tamaño. El rellano crujió, anunciando su llegada a la cocina de techo bajo y entramado.

—Ahí llega —dijo Javier junto a una máquina de café—. ¿Quieres un café?

—Me encantaría tomarme un café.

El tío Javier le dijo algo en español, y Javier lo rechazó pero no lo tradujo.

—Loco —dijo su tío, y dio una palmada al hombro de Tess antes de salir por la puerta de la cocina. Tess lo vio arrancar el camión y alejarse por la pequeña ventana.

—¿Qué ha dicho?

—Va a ver a las nuevas madres y a sus bebés —le dijo, entregándole el café y sentándose de nuevo a la antigua mesa de la cocina.

—Tess estaba de pie junto a la ventana, bebiéndose el café a sorbos. Cuando se dio la vuelta, vio a Javier mirándola, con un cuenco delante lleno de manzanas verdes brillantes. Le rugió el estómago, pues no había comido nada desde el enorme almuerzo del día anterior.

—¿Quieres una manzana? —preguntó, escogiendo una para ella y dándole un mordisco.

Cuando levantó la vista, el deseo puro que vio en los ojos de Javier la dejó sin aliento. La electricidad de la pequeña cocina era una tormenta eléctrica que los golpeaba a los dos. Ella dejó la manzana sobre la mesa mientras él le rodeaba la cintura con los brazos y le hundía la cabeza en su vientre, frotándosela de un lado a otro. La espesa barba le hacía cosquillas a través de la tela mientras ella le rodeaba la cabeza con los brazos, pasándole los dedos por el pelo.

—No puedo seguir así —le dijo en su vientre.

Se levantó, tomó su cara con las manos y la besó. Primero suavemente, y luego, más profundamente. Tess le devolvió el beso con avidez, sorprendiéndose a sí misma. Javier se separó de ella, la levantó y la subió por la escalera desnivelada hasta la habitación donde había dormido. En lugar de tumbar a Tess en la cama, la dejó sobre sus pies. Volvió a besarla mientras le desabrochaba los botones del pijama y le quitaba la parte de arriba por la cabeza. Ella estaba ante él, completamente desnuda.

—Eres perfecta. Tal y como me imaginaba —susurró.

—¿Te lo imaginabas?

Javier puso cara rara. «Sabes que he imaginado desde Pamplona. No hay nada malo en imaginar.»

—Hmm.

—¿Tú no te lo imaginabas? —preguntó.

—Quizás un poco —admitió sin aliento.

—Has tenido cara de hambre durante la última semana —le dijo con valentía.

—¿Hambre?

—Sí, mucha hambre.

Se arrodilló y puso una de las bronceadas piernas de Tess sobre su hombro. La dejó completamente expuesta ante él, y ella tuvo que agarrarse a su cabeza para apoyarse mientras él la mantenía erguida con la mano izquierda y la acariciaba con la derecha. Estaba segura de que se desmayaría por las sensaciones que inundaban su cuerpo, y él empezó a explorarla con la lengua. Tess gemía tan fuerte que temía que la finca vecina pudiera oír sus gritos. Javier echó la cabeza hacia atrás para poder verle la cara.

—Creo que te está gustando.

Tess le miró. «No pares».

—Sí, señora —Y no lo hizo hasta que ella se corrió estrepitosamente y casi se cae, arrastrándolo con ella. Pero él la sostuvo y le quitó la pierna del hombro para que volviera a estar de pie, balanceándose.

—Madre mía —dijo, como borracha.

Él se levantó, sonriente, y volvió a besarla. Ella podía saborearse en sus labios y en su lengua. Luego la levantó y la tumbó en la cama antes de quitarse los grandes pantalones de pijama, y ella pudo verlo por primera vez.

No le decepcionó lo que vio, y él se quedó mirándola. Estaba claro que la deseaba, y ella se acercó al borde de la cama y le tendió la mano. Lo acarició con la mano derecha mientras él cerraba los ojos y se balanceaba un poco. Cuando se lo metió en la boca, él gimió con fuerza y dijo algo en un idioma que ella no entendió. Ella lo lamió, jugando con él y sonrió mientras echaba la cabeza hacia atrás para mirarle.

—Supongo que te está gustando —Ella sonrió, usando las palabras de él, y lo tomó profundamente en su boca antes de que pudiera responder. Una y otra vez. Él le sujetó la cabeza y empujó contra ella. Tess se dio cuenta de que le faltaba poco porque se le aceleró la respiración y susurró algo en español que ella pensó que podría ser una especie de "Dios mío". De repente, él se apartó y la empujó hacia atrás.

—Creo que los dos queremos esto —Y se sumergió dentro de ella. Ya no les preocupaba el ruido que hacían ni quién pudiera oírlos. No fue hasta que estuvieron tumbados juntos que a Tess se le ocurrió que su tío Javier podría haber vuelto del establo y estar escuchando cómo la vieja cama de hierro hacía un poco de ejercicio.

—Mi tío no está aquí —dijo cuando ella sacó el tema—. Estará en el establo varias horas.

—¿Cómo lo sabes? ¿Te lo ha dicho cuando se ha ido? Pensé que te había llamado 'loco.' ¿No significa 'crazy'?

Pero Javier se rio.

—Sí, así es. Mi tío me dijo que estaría un rato en el establo. También me dijo que si mientras estaba fuera no le hacía el amor a esta hermosa americana, él mismo volcaría sus encantos pasados de moda en ti cuando volviera.

Tess abrió mucho los ojos. «»¿Qué has dicho? «»

—Le dije que era demasiado viejo para esos menesteres y que saliera a ver cómo estaban sus ovejas. Me dijo que estaba loco.

—Ah —dijo más que avergonzada.

—No pensaba seguir su consejo, pero estabas tan hermosa allí de pie mordiendo la manzana, y cuando la camisa se te resbaló del hombro al darte la vuelta para hacerme una pregunta, que no recuerdo cuál era, no pude contenerme. ¿Estás bien? —preguntó, preocupado.

Tess se apoyó sobre su codo. Recorrió el vello entrecano de un pezón marrón a otro.

—Estoy bien —susurró, acurrucándose contra él.

Él sabía que no debían hacerlo, pero no podía evitarlo. Tess era la primera mujer con la que había hecho el amor desde la muerte de su esposa, y necesitaba estar con ella todo el tiempo que pudiera. Se durmieron hasta más tarde; un ruido los despertó.

—Creo que tu tío ha vuelto —le dijo.

—Sí. Tenemos que volver al viñedo y ver qué hacemos —dijo Javier con tristeza.

—¿Podemos ducharnos juntos? —preguntó Tess tímidamente.

Él le dio una palmadita en el trasero. «» "Claro que podemos". «»

Javier la tomó de la mano y la condujo por el chirriante pasillo hasta el cuarto de baño.

—He lavado nuestra ropa esta mañana temprano y la he colgado en el tendedero. Voy a buscarla y la subo —Se marchó con la toalla enrollada en la cintura. Tess miró por la pequeña ventana y lo vio hablando con su tío, que fumaba en pipa en una silla de su cuidado jardín de rosas. Le dijo algo a su sobrino mientras Javier le quitaba las pinzas a la ropa. La respuesta de Javier le arrancó una risa a cambio.

—¿Qué le has dicho a tu tío? —le preguntó cuando volvió a la habitación con la ropa limpia.

—Le he dicho que debería retirarse. Que no necesitabas a un viejo pastor de ovejas". Dijo con una gran sonrisa que hizo reír a Tess.

—¿Va a ser un viaje incómodo de vuelta al viñedo?

—En absoluto —Y no lo fue. El tío Javier les cantó una serenata. Tenía la voz de un cantante de ópera y parecía de buen humor en el viaje de vuelta.

—¿Siempre está tan feliz? —susurró al oído de Javier.

—No, no. Pero todas sus ovejas han parido. Seguro que nos canta el resto del camino.

Finalmente, el tío Javier se desvió por el camino de tierra que conducía a la gran casa entre las viñas. Pen y Mateo estaban delante para recibirlos.

—¡He oído que habéis traído corderitos al mundo! —dijo Pen entusiasmada, dando saltitos mientras Tess salía del camión—. Ojalá hubiéramos ido con vosotros.

Tess miró a Javier. Un poco culpable.

—Bueno, tu madre es una campeona con los corderos. No podría haberlo hecho sin su ayuda, y ahora ella puede trabajar en una granja de ovejas como su próxima empleo.

Pen miró a su madre con sorpresa.

—¡¿*Tú* has traído al mundo corderitos?! —preguntó sorprendida.

—Sí —dijo Tess con orgullo.

—Como si hubiera nacido para ello —afirmó Javier, riéndose de la expresión de la cara de Pen.

El tío Javier buscó en la parte trasera del camión y sacó una rosa perfecta de su jardín. Era de un intenso color lavanda y olía a frambuesas frescas. Se inclinó y se la entregó, poniéndose rojo cuando ella le besó en la mejilla.

Los dos tíos empezaron a hablar a la vez y entraron a tomar café. Tess esperaba que hubiera otro festín épico. Solo había tomado un café y dos bocados de manzana desde el almuerzo de ayer.

—Vamos a ver lo que *Tia* tiene para nosotros. —Javier los condujo a la puerta principal y al patio. Habían preparado una mesa en previsión de su llegada. La superficie crujía bajo el peso, y otros miembros de la finca se unieron a la comida. Entre ellos estaba Isabela, la prima de Javier, que los saludó cordialmente.

—Isabela está ayudando en la bodega de sus padres, al otro lado de la montaña. No han estado bien, y se está tomando un tiempo libre de su trabajo este verano como profesora en una universidad americana —explicó.

Tess miró a la recién llegada que charlaba con Pen y Mateo. Isabela era una belleza feroz, con su espesa trenza negra, sus ropas polvorientas y sus botas de vaquero. Parecía que las mujeres fuertes eran una parte valiosa de la familia Silva.

La pesada comida y el poco sueño de la noche anterior hicieron que a Tess se le cayeran los párpados. No tardó en excusarse y subir al piso de arriba. Tomó las medicinas que se había saltado y se metió en la cama. *La Tía* de Javier llamó a la puerta y entró en la habitación con una jarra de agua y un vaso. Se inclinó, besó la frente de Tess, le dio unas palmaditas en el brazo y sonrió.

—Duerma bien —dijo, antes de apagar la luz de la mesilla de noche.

Envuelta en el calor y el amor de aquella familia, Tess no recordaba la última vez que se había sentido tan contenta. Si existía el cielo, debía de ser exactamente así, y ella sería una feliz ocupante. Ese fue su último pensamiento mientras se dormía.

En algún momento en mitad de la noche, Javier entró y la abrazó. Ella se acurrucó en él y volvió a dormirse. Pero cuando se despertó por la mañana, ya no estaba.

El grupo empezaba tarde para los estándares del Camino. Tess encontró a los demás alrededor de la mesa cuando bajó las escaleras con su mochila, lista para salir. Javier le puso carnes y quesos en un plato.

—La proteína es buena —le recordó.

El tío Javier había vuelto a la granja de ovejas la noche anterior, no sin antes pedirle que le agradeciera de nuevo su ayuda.

—Más concretamente, dijo: «Dile a la bella dama americana que la necesitaré para que me ayude el año que viene en la temporada de partos.»

Pen se echó a reír. Tess se preguntó si a su hija se le había ocurrido alguna vez que los demás pudieran pensar que su madre era otra cosa que no fuera ridícula.

Pronto estaban en la puerta de entrada abrazando y dando las gracias a la *Tía* de Javier, y luego cargando las mochilas en el camión del tío Diego para que las llevara de vuelta al Camino. Una vez abajo, donde él los había recogido, se despidieron.

—Por favor, dale las gracias por cuidar de Pen mientras ayudábamos con las ovejas.

—Puedes darle las gracias tú misma. Dile: «Muchas gracias por cuidar de mi hija».

—Así lo hizo.

La recompensó con una inclinación de su gorra y los despidió con un "Buen Camino" antes de desaparecer entre las viñas.

OCHO

A BURGOS

Nunca hablamos de dónde nos íbamos a quedar esta noche. ¿Azorfa o Ciruena?
—preguntó Pen mientras emprendían el camino hacia Ventosa.

—Creo que deberíamos quedarnos en Azorfa —ofreció Javier. No deberíamos tensar
la cuerda demasiado. Los chicos se adelantarán de todos modos, así que solo necesitaban
saber dónde tienen que parar y esperar a sus padres.

—Claro, me parece bien —dijo Tess—. Nos vemos allí.

Mateo y Pen salieron disparados. Tess esperó a que llegaran a la cima de la pequeña
colina antes de detenerse y volverse hacia Javier.

—Bueno, ¿qué tal te sientes a la luz del día? —le preguntó.

Sonrió. »Ayer era de día y me sentía bien. Y sigo sintiéndome bien. ¿Y tú?

—Me siento rara. Posiblemente culpable. He hecho algo de lo que nunca puedo volver.
—Ella vio que Javier se inquietaba—. Solo estoy siendo sincera. John me dio vía libre,
pero nunca he estado con nadie que no fuera él durante más de 25 años. Es como si mi
cuerpo se preguntara qué estoy haciendo. —admitió, con lágrimas en los ojos—. Y tal vez
mi corazón también.

Javier la abrazó y le susurró en el pelo. »Lo comprendo. No es una situación normal.
Para ninguno lo es —dijo en voz baja—. Incluido John.

—No. Especialmente para John —admitió ella.

Tess se secó las lágrimas. Avanzaron por el sendero en silencio. Tess no recuperó su voz
hasta que llegó a Ventosa y se tomó otro café.

—Cuando lleguemos a Burgos voy a tirar la casa por la ventana —le dijo.

—¿Qué quieres decir con *tirar la casa por la ventana* —preguntó frunciendo el ceño.
Tess sonrió.

—Pues que nos vamos a dar un capricho o hacer algo especial. John nos ha conseguido
habitaciones a Pen y a mí en Burgos. Estaría bien remojarse en una bañera y dormir en una
habitación con aire acondicionado y ropa de cama de verdad. Hablé de ello con John hace
un par de días y ha reservado dos habitaciones en el Parador. Me ha mandado un mensaje
esta mañana.

Se hizo un gran silencio.

—¿Qué pasa? —le preguntó ella.

Javier no contestó.

—Escucha. Vamos a hablar de esto ahora. John y yo hemos hablado mucho. Y le he hablado de ti —dijo ella.

—¿Le has contado a tu marido que ayer te hice el amor? —Su expresión era de dolor y vergüenza.

—Todavía no, pero lo haré. No he entrado en detalles, pero John sabe que hemos pasado semanas caminando juntos. También sabe que eres mi amigo, y que nuestra amistad ha llegado a significar mucho para mí. John me dio su bendición para reencontrarme en el Camino. Me dijo que bebiera vino, que bailara bajo la lluvia. Me dijo explícitamente que «abrazara el romance», así que no voy a ponerme para que me apedreen. Dijo, insegura de que sus palabras coincidieran con lo que sentía.

—El otro día, mientras hablabas con tus tíos antes de irnos a la granja, salí y le llamé —reiteró los detalles de la conversación—. Admitió que tenía celos de ti y del tiempo que pasábamos juntos. Pero al final de la conversación, dijo que eso no cambiaba lo que había escrito en la carta. Quiere que haga lo que me haga feliz. Y sabe que para mí tú eres parte de esa felicidad en este momento.

Javier buscó algo en los ojos de Tess mientras ella hablaba. No estaba seguro de qué era. Se quitó el sombrero y se pasó las manos por el pelo.

—No sé si yo podría ser tan generoso en su lugar. Nunca he sido *el otro*. Nunca engañé a Alejandra, y si ella lo hizo, nunca lo supe.

—John es una buena persona —dijo, cogiéndole la mano—, y tú también. Pero no estamos engañando a nadie. Yo nunca le haría eso a John. No quiero estropear las cosas, pero tampoco quiero fingir que John no es mi marido o que no está en casa, esperándome. No sé qué estamos haciendo, exactamente —dijo con lágrimas en los ojos—. De alguna manera, necesito estar contigo. Y creo que tú necesitas estar conmigo. Pero no podemos fingir. Por favor, dime que no lo vamos a hacer.

Javier examinó su taza. Cuando levantó la vista, eran sus ojos los que tenían lágrimas. Extendió la mano y le acarició la mejilla.

—Si algo he aprendido en esta vida, es que solo tenemos hoy, este momento. No voy a estropearlo, pero al igual que John, admito que yo también estoy un poco celoso.

Tess sonrió, pero por dentro sufría por los dos. Porque sabía que ella era la causa de su dolor.

Caminaron hasta Azorfa para reunirse con los chicos y luego hicieron tramos largos durante varios días para compensar la noche extra que habían pasado con la familia de Javier, para que pudieran llegar a Burgos para sus reservas de hotel. Cuando llegaron, tanto Pen como Mateo estaban confusos.

—¿No vamos al municipal? —preguntó Mateo a su padre, refiriéndose al albergue municipal.

—Hemos decidido tirar la casa por la ventana. —Javier utilizó la expresión que había añadido a su vocabulario unos días antes.

Mateo no lo entendía.

Pen se lo explicó, riéndose. «¡Por fin puedo enseñarte algo!»

Miró a su madre y la abrazó.

—También hay piscina —dijo Tess.

—¡Yujuuu!

Entraron en grupo en el fresco y espacioso vestíbulo y se registraron en cuatro habitaciones. Tess estaba deshaciendo las maletas cuando oyó que llamaban a su puerta y se sorprendió al encontrar a su hija en el umbral.

—¿Va todo bien? —Tess frunció el ceño.

—Sí. —Pen no dijo nada más.

—¿Qué pasa?

—Es que la habitación es muy grande, y ya me he acostumbrado a dormir contigo. En la casa de la familia de Mateo no pasaba nada porque las habitaciones eran de tamaño normal, y compartíamos el baño, pero aquí las habitaciones son enormes.

Tess sonrió. «»«¿Quieres decir, como tu habitación en casa?»

—Sí. Pero eso parece que fue hace un año, y siento que ahora vivimos en España. En habitaciones con otras personas.

Tess se echó a reír. Su privilegiada hija había descubierto que, después de todo, no necesitaba tanto.

—¿Vienes a nadar con nosotros? —le preguntó Pen.

A Tess le sorprendió que Pen la invitara.

—No lo había pensado, pero suena bien para un rato. Quiero ir a la Catedral y encender algunas velas. También hemos tenido unos días muy largos, así que me gustaría echarme una siesta.

Pen sonrió y salió corriendo de la habitación. Tess cerró la puerta, preguntándose si podría encapsular lo que fuera que estaba levantando el ánimo de Pen. Cuando terminó de deshacer las maletas, volvieron a llamar a la puerta. Esta vez era Javier. Se había duchado y estaba listo para salir por la ciudad.

—Hola. Parece que te has preparado para nadar, no para explorar una ciudad.

—Le prometí a Pen que iría a la piscina con ellos. Vino a mi habitación a pedírmelo. Le resulta desconcertante dormir en una habitación tan grande después de los albergues.

Javier se rio entre dientes.

—Pero quiero ir a la Catedral y encender algunas velas. Y luego creo que debería acostarme un rato. Hoy admito mi derrota. Estoy cansada. Igual me doy un baño más tarde.

—Vale. —Le besó la nariz—. Ven a buscarme cuando quieras ir a la Catedral.

Tess se entretuvo con los chicos. Al cabo de un rato, Pen y Mateo se estaban divirtiendo lo suficiente como para que no se dieran cuenta si ella se escapaba. Tess se duchó y se vistió con lo que le quedaba de ropa limpia. Cuando llamó a la puerta de Javier, este la estaba esperando.

En la catedral, pagaron la entrada para la visita autoguiada. Javier ya había estado allí antes y añadió detalles sobre la historia del norte de España a algunas de las cosas que vieron. A Tess le encantó que se sintiera tan orgulloso de la zona de la que era originaria su familia.

—Sé que tu padre se fue a Madrid para ser médico, pero nunca hablaste de la familia de tu madre.

—Mi madre es de Madrid. Fue un problema grave que mi padre no volviera a ejercer la medicina en La Rioja o en alguna de las grandes ciudades del Norte. Y que no se casara con una chica de aquí. Pero mi madre era demasiado tirón para él, y quería quedarse cerca de su familia en Madrid. La familia de mi madre es castellana. Los vascos y los castellanos tienen una larga historia de amargura. Cuando mi padre se lo contó a sus padres, hubo muchos gritos y bastantes recriminaciones. He oído que la boda fue muy tensa. Puede que la abuela de mi padre soltara alguna que otra palabrota.

—Me lo puedo imaginar. Una anciana, sentada en la iglesia vestida de encaje negro, murmurando en voz baja.

Se dio un golpecito en un lado de la nariz y sonrió.

—Justo. Mi nacimiento ayudó a romper el hielo. Cuando venía al norte en verano, mis abuelos, tías y tíos me enseñaban a hablar euskera. Aprendí a cuidar las viñas y la química de la elaboración del vino. Ayudaba en la granja de ovejas, pero eso ya lo sabes: ordeñar, hacer queso, parir, esquilar a las ovejas. Mi madre nunca dejó que mi padre hablara de ello??. No le gustaba que su único hijo se convirtiera en granjero. Ella me considera castellano. La familia de mi padre es vasca. Pero a él nunca le importaron las etiquetas.

—¿Y qué te consideras tú? —preguntó.

—Yo soy yo. Me gustan las dos culturas y entiendo por qué el pueblo vasco anhela la autonomía. Está en nuestra naturaleza independiente.

—¿Y Mateo? ¿Cómo se ve a sí mismo?

Javier se lo pensó un momento.

—Las supersticiones y las viejas rencillas no pesan tanto en esta generación. Aunque no soy ingenuo respecto a lo que ha ocurrido en Cataluña, todos podemos sentirnos orgullosos de nuestro patrimonio sin pelearnos por ello. Las generaciones más jóvenes parecen más propensas a pelearse por el fútbol. Además, Mateo habla euskera y gallego, la lengua de la familia de la madre de Alejandra, que es de Galicia. Es un crisol del norte de España.—Sonrió—. Heredó de su madre el pelo claro y los ojos azules.

—¿No te casaste con una chica de ninguna parte de la familia? —le preguntó.

—No. Me casé por amor, como mi padre. Alejandra era hija de un cardiocirujano muy famoso que fue uno de mis profesores en la Universidad de Barcelona. Me enamoré de ella al instante, en una fiesta que organizaba para sus protegidos más prometedores. Quería que su hija se casara con un médico. Ella era rebelde y me gustó su espíritu. Y era encantadora. —Sonrió, recordando a su mujer.

—Cuando volví a Madrid para hacer la especialidad en la Universidad Complutense de Madrid, me volví loco echándola de menos. Su padre no le dejó que se trasladara conmigo a Madrid. Sebastián vio que yo carecía de la misma ambición que él, y no iba a seguirle como cardiocirujano. Me gustaba la medicina porque podía ayudar a la gente y marcar una verdadera diferencia en su vida cotidiana. En su desdén por mi enfoque, se unió a mi madre, que esperaba que yo fuera más ambicioso. —Javier se rio entre dientes—. Si me hubieran visto el otro día ayudando a parir a los corderos, uff —chasqueó la lengua—. Un desperdicio de talento.

—¿Qué les hizo cambiar de opinión? —preguntó Tess.

—No, no pasó nada. No hubo ningún *cambio de opinión*. Excepto que nos escapamos a París, y volvimos casados. Sus padres se pusieron furiosos. Menos mal que yo ya tenía mi plaza en la universidad de Madrid, o de lo contrario que su padre me habría echado de la escuela. Así las cosas, retiró su apoyo a su hija. Mi madre estaba fuera de sí. No pudo organizar una gran boda en Madrid e invitar a todos sus amigos. Mi padre guardaba silencio, pero todas las semanas se tomaba un café conmigo en una cafetería cercana a la universidad. Alejandra le caía muy bien.

—La madre de mi padre me apoyó mucho. Mi abuela me dijo que tenía el carácter apasionado de su gente. Creo que le gustaba bastante ver a mi madre tan disgustada. Nos organizaron una gran fiesta en el viñedo, con mucha comida y vino. Mi madre se negó a venir, pero mi padre estaba allí. Y la madre de Alejandra y sus tías y primas hicieron el viaje. Vinieron cientos de personas desde muy lejos. Nos casamos por lo religioso en la iglesia de Navarrete. Eso hizo muy felices a mis abuelos.

—¿Cómo viviste durante tu formación médica si todo el mundo te repudiaba? —le preguntó Tess.

—Ser repudiado es diferente aquí. Mi madre estaba enfadada, pero no iba a permitir que su único hijo viviera en la pobreza. Habría quedado muy mal ante sus amigos y familiares, así que siguieron ayudándome económicamente. Recibí la herencia que me dejaron sus padres cuando murieron. Entonces tuvimos una casa en Madrid y monté mi consulta. Mateo nació en esa casa.

—¿Qué hacía tu mujer?

Javier sonrió. «Era pintora» —le dijo con orgullo—. Pintaba todos los días y tenía mucho talento. Fue muy apropiado que nos casáramos en París. Nuestra casa de Madrid tiene una habitación en el ático con grandes ventanales donde ella podía pintar todo el día, con una luz perfecta, según decía.

Javier parecía perdido en el recuerdo mientras caminaban en silencio por las capillas. Pero su tristeza al recordar todo lo anterior se desvaneció rápidamente.

—¿Volvemos para que descanses antes de cenar? —preguntó.

—Perfecto —dijo Tess, cogiéndole del brazo.

Javier la dejó en la puerta de su habitación.

—Duerme un poco, y por favor no te olvides de tomar las medicinas. Avísame cuando te despiertes.

Se durmió antes de que su cabeza tocara la almohada. Más tarde se despertó al oír que llamaban a la puerta. Tess se incorporó y miró a su alrededor antes de acordarse de que se alojaban en un hotel de Burgos y que estaba en su propia habitación. Se levantó y se dirigió a la puerta, donde estaba Pen saltando con Mateo.

—Sé que íbamos a cenar todos juntos, pero hay una fiesta en la calle fuera del albergue municipal y tenemos muchas ganas de ir —suplicó—. Podemos cenar en algún bar. —Se señaló a sí misma y a Mateo.

A Tess le costaba seguir el ritmo. Todavía estaba medio dormida. Fue Mateo quien se dio cuenta.

—¿Te hemos despertado? —preguntó preocupado.

—Sí. No. No pasa nada. Todavía estoy procesando lo que estáis diciendo. Queréis ir a esta fiesta en la calle en vez de cenar en un buen restaurante con los mayores. ¿Lo he entendido bien?

Mateo sonrió y Pen se rio. El sonido terminó de despertar a Tess.

—Supongo que sí, eso es lo que estamos diciendo —le dijo a su madre.

—Excepto la parte de los mayores —matizó Mateo, tímidamente.

Tess se lo pensó un momento.

Mateo, sabes que solo tiene quince años. ¿Te encargarás de que no se meta en líos y vuelva a su habitación antes de medianoche? Sé que es temprano para el horario español, pero mañana nos vamos a Hornillos, y vosotros no estaréis en condiciones de caminar si estáis fuera toda la noche.

Con mirada seria. «»Por supuesto«». —Le aseguró.

A Tess le gustaba este chico y la influencia que tenía sobre Pen.

—¿Le habéis preguntado a tu padre?

—Sí, pero ha dicho que teníamos que pedirte permiso antes de irnos.

Ella sonrió.

—Vale, pasadlo bien. A medianoche. No más tarde. —Levantó un dedo para enfatizar su seriedad.

—Entendido. Salieron corriendo hacia el ascensor.

Tess sacudió la cabeza. Ay, ser joven y estar en España. Nunca la habrían vuelto a ver. Cerró la puerta y llamó a recepción para ver si su ropa estaba limpia. Llevaba todo el día con el cartel de *No molestar en la* puerta, algo que no había disuadido a Pen y Mateo. Estaba lista y se la subieron. Se puso el único vestido que había traído y un par de sandalias de cuero. Se peinó y se miró en el espejo: parecía bronceada y sana, a pesar de lo que había debajo de la superficie. Tess encontró un pintalabios en el neceser, se lo puso y se lo quitó enseguida. Después de semanas sin preocuparse por su aspecto, le resultaba antinatural arreglarse

La habitación de Javier estaba en otra planta. Abrió la puerta, aún más atractivo si eso era posible.

—¿Has dormido bien?

—Sí. Los chicos me despertaron. Dijeron que los habías mandado a pedirme permiso para sus planes nocturnos.

Javier dijo algo en español en voz baja.

—Les dije que necesitaban tu permiso, no que tuvieran que despertarte ahora para conseguirlo. Hablaré con Mateo.

—No. No quiero dormir toda la tarde. Me muero de hambre. ¿Tienes en mente algún sitio al que te gustaría ir a cenar, o paseamos por la ciudad a ver qué encontramos?

—Tengo planes le dijo.

—¡Ah, bueno! —se sorprendió—. Bueno, voy a buscar algo de comer y nos vemos más tarde. Se volvió para marcharse.

Javier frunció el ceño.

—Después de que los chicos pidieran permiso para irse, hice planes para cenar en esta habitación. Hablé con el encargado del restaurante y pedí que nos trajeran la comida aquí. Pensé que sería bueno tomarnos nuestro tiempo. No tenemos que estar en ningún sitio y he seleccionado los vinos, así que no tenemos que pensar en nada más.

—Parecía decidido y no parecía haber margen para el debate. A Tess le gustó que hubiera sido tan considerado.

Javier cerró la puerta tras ella. Después de llamar a la cocina para avisar de que estaban listos, centró su atención en la botella de vino que se enfriaba en una cubitera y se puso a abrirla.

—Este vino no es de La Rioja. Es un vino blanco que se llama Txakolí. Espero que te guste.

Tess cogió la copa que le ofrecía y probó la fruta de peras, manzanas y hierbas. Estaba delicioso.

—Es bueno, ¿no? —Javier estudió su rostro buscando su reacción.

—Sí, es excelente. Nunca relaciono España y vino blanco.

A mucha gente no, pero a mí me gusta.

Dio un par de palmadas al sofá a los pies de la cama. «»Ven y siéntate conmigo. «»

Tess hizo lo que le pidió, sin saber lo que vendría después.

—¿Qué tal la siesta? — preguntó.

—Dormí bastante profundamente hasta que los niños llamaron a la puerta. —Javier frunció el ceño antes de que ella replicara—. Pero me alegro de haberme levantado. Así puedo pasar más tiempo contigo.

—Sonrió y dio un sorbo a su vino. La guitarra española sonaba muy suavemente de fondo, y él extendió la mano por el sofá y le frotó el cuello. Ella cerró los ojos, disfrutando del suave masaje.

Tess sintió cómo le quitaba la copa de la mano y oyó cómo la dejaba sobre la mesa. Él mantuvo la presión sobre su cuello y luego la sustituyó por sus labios, dándole besos suaves detrás de la oreja.

—Eres encantadora —susurró—. Te he echado de menos mientras dormías. Pensaba en ti en la granja. Te he deseado todos estos días desde entonces".

Tess estaba desesperada por que la tocara y sentirlo con sus manos. Él siguió así; al final, fue demasiado para ella. Giró la cabeza y lo besó profundamente.

—Mmm. Sabes bien —le dijo ella sin aliento.

Javier sonrió.

—Pero debemos esperar. La cena empezará pronto. Además, tenemos toda la noche.

Le devolvió la copa y bebió profundamente de la suya.

—Me encuentro con energía estos días —dijo él, sonriendo—. Me haces sentir como un chaval otra vez.

Tess se rio.

—Cuando yo estaba en el instituto no había chavales con tus habilidades —le aseguró.

—Bueno, tú no fuiste a mi instituto de Madrid.

—Una pena.

Llegó la cena y el personal la puso sobre la mesa de la sala, con mantelería blanca. Volverían para el siguiente plato cuando él llamara para decir que estaban listos. Javier acercó una silla para que Tess se sentara.

—Espero que no te importe. Me quedé con los tipos de comida que parece que prefieres y me decidí por algo parecido.

Empezaron con una ensalada de marisco. Burgos no está precisamente cerca del mar, pero marisco y España son sinónimos. Tess dio el primer bocado y gimió audiblemente.

—Me alegro de que te guste —dijo—. Me recuerda a las vacaciones en Tarragona y San Sebastián. Ambas regiones sirven excelentes frutos del mar.

—Sabes de comida —Sonrió.

—Me gusta comer. Eso es lo que sé. Francamente, creo que solo estoy presumiendo para ti. Si me llevas a Estados Unidos, estaría perdido —dijo humildemente.

Tess puso mala cara. «»Lo dudo mucho. «»

—Bueno, tal vez no perdido, pero probablemente tendrías que guiarme en una comida en Nueva York —dijo antes de tomar otro sorbo de vino.

—Eso no sería problema, pero creo que tu amor por la comida es parte de la pasión de la que has hablado antes. Sabores, olores y sensaciones en la lengua. Todo forma parte de una naturaleza apasionada. No importa en qué parte del mundo estuvieras, porque llevarías eso contigo.

Javier se lo pensó.

—Quizás tengas razón.

Miró su plato vacío.

—Huy. Los americanos coméis muy rápido.

Tess frunció el ceño.

—Los españoles tardáis mucho en hacerlo todo —bromeó—. A lo mejor solo quiero pasar del postre al evento principal.

Él arrugó la frente.

—Tsk, Tsk. Demasiado impaciente. La digestión es esencial. De todos modos, creo que la anticipación puede ser casi tan buena como «el evento principal», como tú lo llamas. Aprende a disfrutar del momento. Lo que está por llegar, llegará. Relájate.

Sus ojos decían *Lobo Feroz*, pero su lenguaje corporal reflejaba todo lo contrario. Era desconcertante.

—¿Qué te parece este vino?

—Me gusta —dijo ella.

—Este vino es de la bodega de mi familia. Mi prima Isabela me regaló una botella y me dijo que buscara el momento adecuado para bebérmelo mientras caminaba. De *la Reserva,* que es solo para la familia.

—¿Has llevado una botella de vino desde Navarrete? —dijo Tess, sorprendida. Ella había hecho todo lo posible por limitar el peso de su mochila.

—No me importaba. Y ahora lo estamos disfrutando, así que ha valido la pena el peso extra durante unos días.

Tess sonrió, cerró los ojos y empezó a relajarse. El vino la hizo pensar en el tiempo que pasaron con su familia. La vida en la granja de ovejas era agitada, pero también de ensueño. Había sonado muy bien cuando Javier le había dicho en broma que podría dedicarse a la cría de ovejas.

Desde que estaban en el Camino, se habían despertado cuando todavía estaba oscuro casi todos los días, justo a tiempo para ver el amanecer en el sendero. Caminaban hasta el mediodía y, tras registrarse para pasar la noche en un albergue, comían, lavaban la ropa y dormían la siesta. Era una cadencia natural, como las mareas, un ritmo que Tess encontraba reconfortante y al que podría acostumbrarse a largo plazo. Estaba ensimismada en sus pensamientos cuando se dio cuenta de que Javier la observaba atentamente.

—¿Dónde estabas hace un momento? —Sonreía—. Parecías feliz.

—Estaba pensando en nuestra vida en el Camino. Y en lo mucho que me gustaría vivir en España y ser criadora de ovejas.

Javier se rio, pero enseguida se dio cuenta de que hablaba en serio.

—Creo que serías una excelente criadora de ovejas —le dijo. ¿Me dejarías ir a vivir contigo a tu granja de ovejas? Prometo ponerlo todo de mi parte.

Ya que estaban fantaseando, »Por supuesto, pero estarías confinado en la casa, descalzo. Espero que haya comidas como esta en la mesa todos los días cuando llegue del campo. Como sabes, ser criadora de ovejas te acelera el pulso.

A Javier le gustaba este lado juguetón de ella.

—Estaría dispuesto a darte lo que desearas. Necesitaría tenerte contenta si quisiera que te quedaras en la granja en lugar de ir a buscar fortuna a la gran ciudad.

—No te preocupes —le aseguró Tess, dando un trago a su vaso—. Las grandes ciudades y yo hemos terminado.

—¿Y eso por qué? —preguntó—. Por cómo habla Pen, parece que te has pasado la vida trabajando en grandes ciudades. Parece admirar tu *épica colección de zapatos*.

Tess se sintió un poco avergonzada por ello.

—Así ha sido —dijo ella—. Pero ahora, después de pasear por estos pueblecitos y ciudades, me gusta la vida más tranquila. Será difícil volver al tráfico y la locura.

—Nunca me has contado qué trabajo tenías. Lo evitas. Como si fuera una especie de veneno y no quisieras esparcirlo por ahí.

—No era veneno —le dijo—. Era buena en lo que hacía, pero de algún modo, ya no soy esa persona.

—¿Qué *hacías* exactamente? —preguntó.

—Encontraba oportunidades de inversión para mi empresa, sobre todo en pequeñas empresas emergentes u otras que estaban más avanzadas y maduras para ser adquiridas antes de la salida a bolsa. Tenía muchas relaciones con incubadoras y aceleradoras de todo el mundo. Recibía llamadas y volaba para reunirme con ellos en cualquier momento. A veces presentaba a dos empresas en dificultades que podían ayudarse mutuamente.

—¿Uno más uno es igual a cuatro? —ofreció Javier.

—Algo así. —Un poco sorprendido, pero lo entendió muy rápido. Observaba si su colaboración era prometedora y luego los adquiríamos a los dos. Solían llamarme *el Unicornio*. Veía cosas que otros no veían: potencial de mercado o propiedad intelectual que monetizar. Hice ganar mucho dinero a mucha gente. Incluida yo misma.

Tess bebió un buen trago de vino. No había pensado en su trabajo desde el primer día que subió a Orisson. Pero el discurso del ascensor le había salido a borbotones, como un discurso ensayado en la jornada de demostración de alguna incubadora. No sabía de dónde había salido.

Javier la observó mientras hablaba. Pasó un momento y luego otro antes de decir. Pareces distinta cuando hablas de tu trabajo. Muy al mando.

—¿No parezco estar *al mando* normalmente? No sé si debería sentirme insultada por eso —le dijo, medio en broma.

—No. Es solo que mientras hablabas, pude ver la persona que eras. Vestida de traje, en una sala de reuniones con gente importante. Haciendo tratos.

Tess suspiró profundamente.

—Y entonces lo dejé y vine aquí. Vestida con ropa con la que no me habrían pillado muerta hace un mes. Todo se ha derretido como una muñeca de cera bajo el ardiente sol español. La persona que era antes no importa aquí, y me alegro de ello. Siento haberme puesto borde con el comentario *de al mando*. En el Camino, no tengo que dirigir nada. Ya no tengo que imponer plazos, maniobrar con la financiación ni hacer encaje de bolillos. Mi vida es sencilla. La mayoría de los días me lavo la ropa interior en el lavabo del baño con jabón de manos, y me gusta mucho más que antes.

De repente, se dio cuenta.

—Es como si tuviera que morir para aprender a vivir —susurró Tess. La afirmación la tomó por sorpresa. Las lágrimas corrieron por sus mejillas, y Javier se levantó de la silla y se dirigió hacia ella, abrazándola mientras sollozaba. Hablar de su vida anterior era como tocar un tema tabú/meterse en la boca del lobo. Tocar emociones que normalmente podía mantener a raya, estando tan lejos. Tess no podría haber hecho nada de eso sin John a su lado. En ese momento, lo echó mucho de menos: echó de menos su constante acercamiento. Su amor por ella la conmovía. En ese momento, esperaba que el suyo lo encontrara.

Javier se apartó y Tess se secó las lágrimas con la servilleta. Levantó la mirada hacia su rostro lleno de amor y comprensión; empezó a llorar, una vez más. ¿Cómo había encontrado a ese hombre que se había vuelto tan importante para ella en tan poco tiempo? ¿Por qué lo merecía?

—Ven —dijo—. Vamos a comer algo más. Nos hará sentir mejor a los dos.

Llamó abajo. Pronto volvieron los camareros con el plato principal, retiraron los platos del entrante y pusieron una mesa nueva. Tess recuperó el apetito cuando vio que las chuletas de cordero parecían preparadas.

—Chuletas de cordero para mi organizada y romántica ganadera —dijo Javier con una sonrisa mientras se colocaba la servilleta en el regazo. Esperaba poder sacar a Tess de su depresión.

Se le hizo la boca agua cuando cortó la carne a la parrilla perfectamente sazonada. Dio un pequeño mordisco y cerró los ojos. Cuando los abrió, estaba de nuevo en la habitación con Javier.

Como él había sugerido, se comieron el cordero despacio y bebieron más del vino de la familia. Tess se sintió cansada y soñolienta después de la comida.

—Ha sido perfecto. No creo que hubiera podido comerme otro bocado —dijo frotándose el estómago con la mano y mirando al otro lado de la mesa la expresión pensativa de Javier. »¿En qué estás pensando? —le preguntó.

—Si pudiera —le dijo—, detendría el tiempo para que esta noche se repitiera una y otra vez. Solo nosotros, juntos en esta habitación, hablando, comiendo y bebiendo buen vino. Ninguna otra cosa lo estropearía.

—Mmm —Cerró los ojos—. Es un bonito pensamiento. —Sin cáncer, sin remordimientos.

—¿Has podido hablar con John hoy? —preguntó.

—Sí. —Todavía se sentía rara al hablar de su marido con él—. Ha preguntado si vosotros también os quedabais aquí.

—¿Qué le has dicho?

—Le he dicho que los dos teníais habitaciones y que acababa de volver de nadar con Pen y Mateo. Estaba un poco preocupado de que me sintiera cansada.

—Te estás tomando la medicación, ¿verdad? —le preguntó Javier, preocupado.

—Sí, doctor. Me estoy tomando mis medicinas. Solo necesitaba asegurarme de descansar bien. De ahí la siesta.

—Pero no te has echado una siesta larga. Los chicos. —Frunció el ceño.

—Cierto —dijo ella.

Miró el reloj. —Es hora de irse.

Se levantó y tiró de ella para ponerla en pie.

—¿Adónde vamos?

—A tu habitación. ¿No te acuerdas?

—Vamos a mi habitación. Solo estaba de broma cuando hablé de pasar la noche allí. Aquí también está bien.

—No. Prometí dormir en tu habitación, y lo vamos a hacer. Todas tus cosas están allí, y te hará la mañana más fácil. —Tomaron el ascensor hasta su piso. Javier cogió su llave y abrió la puerta.

Al entrar, se sorprendió con la transformación. Sonaba música suave y se habían encendido unas velas que parpadeaban en el cuarto de baño.

—¿Cómo has hecho todo esto? —le preguntó mirando a su alrededor.

—Una simple llamada telefónica y una propina al estilo americano. Ven. Necesitas relajarte.

La condujo lentamente al cuarto de baño. La bañera estaba llena de burbujas y Javier le quitó el vestido, le desabrochó el sujetador y le bajó la ropa interior. Ella le miraba desde lejos. Él la miró a los ojos, le acarició la cara y la besó suavemente.

—A la bañera —dijo.

Hizo lo que le decía, deslizándose en el agua tibia cuyo aroma olía exactamente como la rosa del jardín de su tío en la granja.

Se levantó, se quitó la camisa y empezó a desabrocharse el cinturón.

—¿Te vas a meter conmigo? —preguntó sorprendida.

—De repente, creo que sí —Sonrió.

Tess hizo sitio y él se metió en el agua caliente y se colocó detrás de ella, rodeándole la cintura con los brazos. Ella se echó hacia atrás y se relajó.

—¿Sabes? —dijo Javier, hablándole al pelo—. Me acabo de dar cuenta de que sabes mucho de mí, pero no me has contado tantas cosas sobre ti.

Tess estaba confusa.

—¿Qué quieres decir? Sabes las cosas más importantes. Sabes lo de John y mis hijos. Sabes cosas de mi trabajo —vaciló—, del cáncer. Hemos pasado las últimas semanas juntos durante horas todos los días, caminando bajo el calor. Hablando. Creo que sabes mucho.

—Hmm —Seguía sin estar convencido—. Creo que sé muy poco. Se te da bien hablar de cosas superficiales. Hablas, pero no me dices mucho. Y eres muy buena haciendo preguntas y redirigiendo la conversación. Creo que los americanos son como los melocotones. Es fácil llegar a la carne, pero al corazón... —le puso la mano entre los pechos—. No hay mucha gente que llegue a él.

—Creo que eso no es así. Soy un libro abierto —le dijo ella—. Tu vida es más interesante.

—¡Ja! Si eres un libro abierto, entonces el libro es más bien un folleto.

Tess respiró hondo.

—Vale, dispara. ¿Qué quieres saber? —preguntó ella, apoyándose en su pecho y jugando con las burbujas.

—¿Dónde naciste? ¿Dónde creciste? ¿Cómo era tu vida de pequeña? ¿A qué universidad fuiste? ¿Cuál es tu color favorito?

—Ah, quieres la historia antigua. Vale. No sé si puedo acordarme de hace tanto —afirmó.

—Inténtalo —le susurró Javier en el pelo.

—Bueno, nací en Oregón, ese irónico estado de la costa oeste de EE.UU. lleno de gente que viste como leñadores pero que nunca ha talado un árbol. Mi padre era viajante de comercio y mi madre, ama de casa. Soy la más pequeña de todos los hijos de mi familia.

Esta revelación sorprendió a Javier. »¿En serio? Pensaba que eras la mayor. Dicen que los mayores son muy responsables. Que están muy centrados.

—No —dijo—. La más pequeña y la payasa de la familia. Yo era el bufón de la corte que reía en una casa sin risas. No me tomaba nada en serio, algo que no gustaba mucho en un hogar de blue-collar. El trabajo duro era lo único que valía, y el humor no estaba en el orden del día. Donde yo crecí, una niña a la que le gustaba ir al colegio con tutú de ballet y deportivas altas no se consideraba interesante, sino rara. Incluso en los años ochenta. Y dabas vergüenza. ¡Uf! En mi casa, *dar vergüenza* era lo peor que te podía pasar. Es decir, ¿qué iban a pensar los vecinos? —preguntó con fingido horror.

Javier rio entre dientes.

—Así que les importaba parecer diferentes.

—Sí. Mi madre quería chicas que destacaran en Economía doméstica para poder casarlas «bien». Casarte «bien» era casarte con un cartero o un bombero, alguien con una buena pensión del gobierno. Sin riesgos. Me dijo que nunca encontraría marido porque a los chicos no les gustan las chicas que llaman la atención.

Javier se rio de nuevo.

—¿Qué es eso de la *Economía doméstica*? —preguntó, confundido por el término.

—Es cuando te enseñan a coser y a cocinar en el colegio, a llevar una casa. Yo suspendí Economía doméstica. En serio. La cateé. Estaba *Destinada al fracaso*. Lo escribió en los comentarios de mi boletín de notas mi profesora de Economía Doméstica en octavo. —le contó a Javier.

Javier frunció el ceño.

—En España no se enseña cocina ni costura en el colegio. La mayoría de las niñas lo aprenden de sus madres o de sus abuelas. Pero aun así, ese comentario me parece muy duro. ¿Qué edad tenías? —preguntó.

—Trece años. Y ya estaba *destinada al fracaso*. —Tess sonrió—. En muchos sentidos, fue un regalo. Mi madre me dio por perdida y ya no tuve que ir a Economía doméstica después de aquello. Tenían tan pocas expectativas sobre mí con respecto al colegio y a la vida que pensaron que si podía vivir sola y vestirme, eso era lo máximo que podían esperar de mí. Volcaban toda su energía en mis hermanos. Una vez oí cómo mi madre le decía a mi padre: «¿Para qué vamos a invertir dinero en algo que ya está perdido?» cuando estaban en la cocina hablando sobre mi futuro.

—Eso no es posible. —Frunció el ceño—. ¿Cómo podían concluir eso solo porque no sabías cocinar y coser?

—Bueno, eso era lo que habían decidido que debían hacer las chicas, y mi madre había sacado muy buenas notas en esa asignatura en el colegio, así que quería que yo hiciera lo mismo. A mí me gustaban otras asignaturas, como matemáticas y ciencias. Hacía deporte y era un poco «marimacho».

—¿Marimacho? No sé a qué se refiere eso —dijo, confundido.

—Es como una chica que actúa más como se supone que debe hacerlo un chico. Creo que ya no se oye tanto este término, ni siquiera en Estados Unidos, porque los roles tradicionales de género para chicos y chicas están cambiando. Pero en los años 70 y 80, todavía estaban muy consolidados. Yo era motivo de frustración constante para mis padres. No encajaba en sus esquemas como mi hermana. Ella era la reina de la fiesta y parecía una princesa de cuento. Yo lloraba cuando mi madre me obligaba a maquillarme. Hasta bien entrado el instituto, parecía que había crecido en la selva, entre los árboles. Siempre llevaba la ropa sucia y rota, era una experta en construir fuertes en nuestro barrio.

—¿*Construir fuertes?* —Se esforzó por entenderlo.

—Es como coger trozos de madera o ramas caídas y construir pequeñas cabañas o un club. Muchas veces me llevaba las herramientas de mi padre.

Oyó la risita de Javier detrás de ella.

—Eras un inconformista —dijo alegremente.

—Exactamente. Y como puedes ver, todavía lo soy. A mi madre le daría un infarto si me viera aquí contigo. Ya les costó bastante asumir que había dejado el trabajo. Cuando les dije que iba a hacer el Camino, pensaron que se me había ido la cabeza... Y lo de llevarme a su nieta conmigo en este descabellado viaje era el colmo de la irresponsabilidad. Tengo 50 años, y mi madre me dijo: «¿Estás loca? ¿A quién le has contado estos planes que tienes?» Llamaron a John. Por lo que a ellos respecta, él siempre ha sido el que se ha comportado como un adulto.

—¿Cómo reaccionaron cuando les dijiste que tenías cáncer? —le preguntó en voz baja.

Tess dudó.

—No lo he hecho. Sabía que se pondrían histéricos, y no quería lidiar con eso hasta después del viaje y de habérselo contado a Pen. Mi madre no gestiona bien el estrés. Tuvo un problema grave con el alcohol durante toda mi infancia. No necesito meter un tenedor en un enchufe para saber que me voy a electrocutar. Con esto pasa lo mismo —susurró.

Javier se sentó detrás de ella, sin decir nada.

—¿Por qué bebía tanto tu madre? —preguntó en voz baja.

Tess esperó antes de contestar. Quería ser sincera.

—No lo sé —dijo, pensando en el pasado—. No quiere hablar de ello. Nadie habla de ese tema nunca. Viví en esa casa dieciocho años y apenas conozco a mi madre. Pero, si te digo la verdad, ella tampoco me conoce a mí.

—Así que creciste sintiéndote una marginada —dijo con tristeza—. ¿Qué pasó cuando te fuiste a la universidad?

Tess sonrió al recordarlo.

—Era libre. Podía hacer lo que quisiera y recibía comentarios positivos de mis profesores. De repente no estaba limitada por la opinión del lugar donde crecí. También tenía amigos diferentes. Por primera vez en mi vida —le dijo— no estaba sola.

Javier la abrazó con más fuerza. Sabía que este viaje por los recuerdos no era fácil, pero no quería que terminara. Necesitaba conocerla, necesitaba saberlo todo de ella.

—¿Cómo conociste a John? —preguntó.

—Ya viste la foto que iba en la carta de John —le recordó—. Ese fue el momento exacto en el que nos conocimos, en la boda de nuestro amigo. Supe de inmediato que él era *el Elegido*. John me entiende. Nadie me había entendido así antes. Es raro, pero desde que leíste su carta, lo sabes. A menudo, él sabe lo que necesito, a veces incluso antes que yo. Tengo suerte.

—Me gustaría conocerlo algún día. Sé que es imposible, pero parece un buen hombre —dijo Javier, pensativo.

—Lo es. —Tess lo admitió, sonriendo—. Pero no es un santo, ¿eh? Es humano. Su apodo para ti es *EPTE: El Puto Tío Ese*. —Sintió que Javier se ponía tenso, pero ella continuó—. Cuando John me pidió que me casara con él, dudé. No porque no lo quisiera, sino porque le quería tanto que no quería hacerle daño. Soy un tipo de persona diferente y no estaba segura de cómo saldría. El 50% de los matrimonios acaban en divorcio. Si el nuestro no hubiera funcionado, se me habría partido el corazón porque sabría que le habría causado un dolor indecible. Nunca he querido eso para él.

Javier apoyó su barbilla en la cabeza de Tess. Entiendo el punto de vista de John sobre mí. Pero soy afortunado por haber podido pasar este tiempo juntos y por estar metido ahora en esta bañera contigo. Eres extraordinaria, y no me habría perdido esto por nada del mundo.

Tess cerró los ojos. Empezaron a brotar lágrimas de sus ojos y apoyó la cabeza en el brazo de Javier.

—He sido afortunada en la vida. He vivido aventuras de verdad. Hemos formado una gran familia y hemos tenido una vida maravillosa, pero, sobre todo, me han querido y aceptado de verdad. Creo que eso es más de lo que consigue la mayoría de la gente.

Se dio la vuelta y se puso de rodillas para verle la cara.

—Me alegra tanto haberte conocido. Aquí y ahora. Sin ataduras. Sin promesas.

Javier levantó la mano, le apartó el pelo de los ojos y tomó su cara entre las manos.

—No podría estar en ningún otro sitio —susurró, besando suavemente su frente.

El agua se había enfriado.

—Creo que es hora de que nos tomemos el postre —dijo ofreciéndole la mano. Ella se levantó y él la envolvió en un albornoz de rizo.

En la habitación exterior había un cuenco con frutas del bosque que había dejado el personal. Se lo llevaron a la cama.

—Nada de cosas raras —le advirtió Javier—. Si lo ponemos todo perdido, tendremos que dormir aquí igualmente.

—Sí, señor —Tess simuló un saludo militar.

Más tarde, hicieron el amor en silencio. Después, tumbados uno junto al otro, entrelazaron sus manos.

—Estoy perdido —susurró Javier—. Parece que últimamente solo pienso en ti. No me emocionan mucho los albergues ni dormir en esas camas tan separados. Y mientras caminamos, no puedo tocarte.

—¿Por qué no puedes tocarme? Mateo y Pen suelen ir más de un kilómetro por delante —le recordó Tess.

—Estamos al aire libre. Podrían vernos otras personas.

—Podríamos buscar un establo —se rio ella—. Se nos dan muy bien los establos.

Javier se apoyó sobre su codo.

—¿Me estás diciendo que estarías dispuesta a comportarte como una pagana y no como una auténtica peregrina casta?

Tess sonrió.

—Sí, justo eso es lo que estoy diciendo. Estoy dispuesta a renunciar a mi condición de *Auténtica peregrina* si puedo tocarte todos los días, aunque solo sea un momento —Le miró y sonrió.

—Ojalá lo hubiera sabido antes —Javier se rio con picardía y volvió a tumbarse—. Los últimos días podrían haber sido muy interesantes en los campos de amapolas.

Tess soltó una risita.

—Quiero que aprovechemos al máximo el tiempo que estemos juntos.

—Yo también —La besó con ternura y Tess se acurrucó en su brazo con la cabeza apoyada en su pecho mientras se dormían.

—Mi color favorito es el amarillo —susurró ella antes de que ambos se durmieran.

Nueve

A Hornillos

Cuando Tess se despertó por la mañana, Javier ya no estaba. Se sintió triste pero también aliviada. Tess solo se había despertado junto a John durante todo su matrimonio. La intimidad era algo a lo que no podría renunciar tan rápidamente en favor de otro hombre, ni siquiera Javier.

Se duchó y se vistió. Después fue a la habitación de Pen y llamó a la puerta. Mateo abrió la puerta y no llevaba puesta la camiseta.

—¿Qué está pasando aquí? —gruñó Tess, con el ceño bien fruncido. Miró detrás de Mateo y vio a Pen en la cama. Entró en la habitación y cerró la puerta.

—¡¡Mamá, no es lo que estás pensando!! —suplicó su hija.

—¿No es lo que estoy pensando? —replicó mientras intentaba mantener la calma—. ¿Y qué es lo que estoy pensando, Pen?

—Crees que estábamos teniendo sexo —Pen se ahogó con las palabras.

—¿Ah, sí? Eso es lo que pienso, ¿no? Llamo a la puerta y estás en la cama —y parece que desnuda— y Mateo abre la puerta de la habitación de mi hija de 15 años sin camiseta. No tengo ninguna duda de que ha dormido aquí. Pero, según tú, «no es lo que piensas». ¿Tú te crees que soy tonta?

Mateo intervino. Se dijo algo a sí mismo en español y luego se dirigió a Tess:

—No he dormido en la cama con tu hija.

—No me preocupaba la parte de dormir —le dijo Tess con sarcasmo.

—No hemos tenido sexo. Pen estaba enferma. —Se miró los pies, avergonzado—. He dormido en el sofá.

Tess vio el montón de mantas en el sofá que había a los pies de la cama. Fue entonces cuando se dio cuenta de que Pen tenía un color verde claro.

—¿Qué te pasa? —preguntó.

Los chicos intercambiaron miradas. Mateo decidió explicar la situación.

—Pen bebió más de lo que probablemente debía en la fiesta de la calle —apuntó.

Sin palabras, Tess miró a Pen, sacudiendo la cabeza y respirando hondo.

—¿Qué? —imploró Pen—. Alguien me dio una sangría, y luego me tomé otra y luego creo que me tomé otra cosa. Estábamos en la calle con todos los chicos y me lie y eso. No es para tanto.

Tess se volvió hacia Mateo.

—No me di cuenta de lo que se había bebido hasta que fue evidente que era demasiado. La traje aquí antes de medianoche. Estaba preocupado por si vomitaba en la calle.

Tess tenía la cara roja. Miró a su hija.

—¿Pen? —dijo, apenas conteniendo sus emociones.

—No es culpa de Mateo. Todos estábamos cantando, y había bailes y gente tocando música. Él no sabía nada. Me ha cuidado toda la noche. Lo he pasado fatal, y no voy a volver a beber nunca. No porque me lo digas tú, sino porque no merece la pena —Pen empezó a llorar—. Ya lo sé, después de esto, nunca vas a confiar en mí.

Tess veía que Mateo quería ir con ella, pero no lo iba a hacer con su madre delante. De repente le llegó un olor extraño.

—¿Ha estado vomitando? —le preguntó.

Mateo asintió, bajando la cabeza.

Respiró profundamente otra vez.

—Vale —dijo, recomponiéndose—. Dije que hoy íbamos a caminar y vamos a caminar. Quizás un poco más tarde y un poco más despacio de lo que teníamos previsto. Pero vamos a caminar. Primero tenéis que hidrataros y comer. No tengo claro cómo va a reaccionar tu padre a esto, Mateo.

Él levantó la cabeza para mirarla.

—Todavía no he decidido si voy a decírselo. Pero los dos tenéis que ducharos y prepararos para salir. Mantendré a tu padre ocupado durante media hora, así que deberías irte. Tú y yo hablaremos de esto largo y tendido más tarde, pero no ahora. ¡Venga, andando!

—Vio cómo Pen se levantaba de la cama de un salto, tambaleándose y llevándose la sábana con ella.

Tess recogió su mochila de la habitación y se fue al restaurante del vestíbulo. Pidió el bufet y un café con leche y se tomó su tiempo para desayunar. Javier bajó, listo para irse, sorprendido de verla desayunando tan tranquila.

—Veo que hay apetito esta mañana. Estupendo —Sonrió.

—Bueno, alguien me agotó anoche. Cuando me desperté tenía un hambre de lobo, así que he pensado en desayunar tranquilamente algo más —dijo, dándole un trago al café.

—Estupendo. He pasado por la habitación de Mateo, y estaba saliendo de la ducha. Parece que él y Pen llegaron tarde de la fiesta.

—Sí —reconoció Tess.

Javier torció la cabeza. Sabía que ella estaba ocultando algo. Al mirar en la habitación de Mateo, se dio cuenta de que la cama estaba hecha. Crió a su hijo para que fuera educado, pero Mateo no hacía la cama en un hotel. Javier se lo preguntaría más tarde.

Por fin bajaron los chicos y Pen no tenía buen aspecto. Javier se lo iba a mencionar a Tess, pero la vio observando a su hija mientras le decía que comiera algo y que bebiera mucha agua.

—Tengo algo de Tylenol y sales de hidratación en el bolso. Después de comer, puedes tomarte algo.

Pen tenía un aspecto horrible, pero no dijo nada y se fue al bufet con Mateo. Mientras les servían la comida, Javier se inclinó hacia Tess.

—Pen tiene mal aspecto —murmuró.

—Hmm. Sí que lo tiene. Estará bien en cuanto coma algo y tome electrolitos. Estoy segura de que tiene un dolor de cabeza horrible por la deshidratación.

—¿Deberíamos descansar o acortar la caminata de hoy? —ofreció.

—De ninguna manera. Yo creo que estará bien, pero quizás podamos ir a un ritmo más lento del habitual.

Sonrió a Javier por encima de su taza de café, pero no le llegó a los ojos. Él no la presionó.

Salieron hacia Hornillos. Como era de prever, los dos chavales se quedaron rezagados con respecto a su ritmo normal. Javier y Mateo se adelantaron unos 50 metros. Tess captó una o dos palabras, pero no pudo entender lo que decían, ya que hablaban en español. Se volvió hacia Pen, que caminaba cerca de ella.

—¿Qué tal estás? —le preguntó a su hija.

—No muy bien.

Tess suspiró.

—Ya imagino.

—Mira, mamá. No quería emborracharme. Solo me lo estaba pasando bien, y algunas personas me dieron varias bebidas, y no me di cuenta de lo que había bebido hasta que fue demasiado tarde.

De repente, se apartó del sendero y vació su estómago del reciente desayuno en los arbustos. Tess la siguió y le sujetó el pelo mientras vomitaba, recordando la otra ocasión en la que lo había hecho. Se le encogió el corazón.

Pen se levantó y se limpió la boca con la camisa. Tess sacó unos *crackers* de su mochila y un Aquarius y se los ofreció a Pen.

—¿Quieres sentarte un rato en esa piedra? —dijo, señalando a un lado del sendero.

Pen asintió, quitándose la mochila. Se sentó antes de caer, sujetándose la cabeza con las manos.

Tess caminaba de un lado a otro, intentando calmarse.

—Esto es duro para mí, Pen. Más duro de lo que piensas.

Intentando a duras penas ordenar sus pensamientos, Tess eligió cuidadosamente sus palabras.

—La abuela, mi madre, fue alcohólica durante toda mi infancia. No recuerdo las veces que, de niña, la cuidaba por las mañanas después de una larga noche de borrachera.

Pen levantó la vista, sorprendida.

—Nunca me lo habías dicho, y ella nunca ha mencionado nada sobre eso.

—Bueno, hay una larga línea de alcohólicos en esa rama de la familia, desde hace mucho tiempo. El rastro de destrucción que han dejado es bastante largo. Soy la única de toda mi familia que no ha tenido un problema grave de adicción. He cometido excesos, claro, pero puedo pasar semanas sin beber nada. Nunca me ha supuesto un problema.

Intentó mantener la calma.

»Pero he vivido con gente, tu abuela en particular, que bebía todos los días. Y no te haces una idea de lo que te afecta cuando eres pequeña. La imprevisibilidad, la ira y, a veces, la violencia. Asumir la culpa por ser el motivo por el que alguien bebe y luego aprender a culparte a ti misma. El dolor de infinidad de cicatrices que nunca desaparecen. Que te marcan. Incluso ahora, hay días en que me supera. No había pensado en ello durante mucho tiempo y de repente ahí está otra vez. A veces me cuesta, sobre todo cuando viajo sola y no tengo distracciones. Tu padre sabe que me resulta difícil, así que tienes que entender por qué verte en la fiesta y sujetarte el pelo mientras vomitas puede generar emociones complicadas. Me asusta muchísimo.

Brotaron las lágrimas, pero Tess luchó por controlar sus emociones.

—No soporto verte hundirte en ese mundo. Desde que fumaste heroína, me pregunto si has heredado ese gen de mí, y no sé cómo podría perdonármelo si ese fuera el caso —Cerró los ojos—. Nunca me lo perdonaría —señaló.

Ahora Pen parecía más asustada que enferma.

—Menos mal que Mateo te estuvo cuidando. No quiero pensar en lo que podría haber pasado o dónde habrías acabado. Esto es justo lo que hablábamos el otro día. Estás creciendo. Vas a beber, ya lo sé, ¿pero justo después del incidente con la heroína? Ya me cuesta procesar esto.

Apretó los ojos con fuerza y miró al cielo, agitando los puños. «Tú y yo teníamos un trato. Te lo dije, no voy a dejar que te la lleves».

Tess volvió a mirar a su hija mientras las lágrimas corrían por su rostro. El terror se materializó en la cara de Pen cuando su madre perdió el control. Tess tuvo que hacer un par de respiraciones profundas para encontrar su voz de nuevo.

—Nunca os conté ni a ti ni a Charlie estas cosas de cuando era pequeña porque quería mantener toda esa oscuridad, esa nube negra, lejos de vosotros. Lejos de la vida que he construido con tu padre. Pero ha estado ahí, acechando. Y Pen, le he rezado a Dios tantas veces para que nunca te alcanzara, a mi preciosa niña —lloraba—. Pero nos ha encontrado, y quiero luchar como si no hubiera un mañana para que ese puto demonio se mantenga alejado de ti.

Tess no podía creer que estuviera teniendo esta conversación con su hija a los 15 años. Pero era uno de los temas de su lista: «Drogas y alcohol». Y después de los últimos meses, probablemente era el más importante.

»Creía que lo habíamos evitado con vosotros dos. A Charlie siempre le atraían las ciencias, las matemáticas y los ordenadores —susurró—, antes del accidente. Como a tu padre. No las fiestas. Y tú siempre has hecho deporte, así que no estaba prestando tanta atención como habría debido. Bajé la guardia, y entró por la puerta de atrás como una serpiente cuando no miraba.

Pen empezó a sollozar. Miró a su madre y vio su intenso dolor y su desesperación. Pero también vio amor.

Tess se sentía totalmente perdida mientras rodeaba con sus brazos a aquella niña que parecía tener tanta prisa por crecer. Ninguna de las dos quería soltarse. Apartando el pelo que se había salido de la coleta de su hija, Tess sonrió levemente y se recompuso. Tienes un aspecto horrible.

—Lo sé —suspiró Pen—. Me siento horrible.

—Te lo has ganado a pulso. No olvides este sentimiento —advirtió a su hija—. Es otra advertencia. No habrá muchas más hasta que el problema ya sea grave.

Pen no podía discutírselo.

—Mateo está hablando con su padre sobre eso en este momento.

—No le he dicho nada a Javier —le aseguró Tess.

—No tenías que hacerlo. Mateo es una persona sincera. Él mismo se lo habrá dicho a su padre. Se siente fatal por no haberme protegido después de prometérmelo.

—Él no tiene la culpa. Te trajo de vuelta al hotel en cuanto vio lo que pasaba —Tess eligió cuidadosamente sus siguientes palabras—. A veces eres muy difícil de manejar, Pen, incluso para tus padres. Mateo, el pobre, hizo todo lo que pudo anoche. Pero solo tiene 16 años —le recordó—. Además, si cree que puede controlarte, lo va a tener bastante complicado.

Pen agachó la cabeza.

—¿Era esta una de las conversaciones que querías tener conmigo aquí? —preguntó.

Tess se sorprendió.

—¿Qué quieres decir?

—Mateo me dijo que se fueron de Pamplona tan temprano para que tú y yo pudiéramos tener algunas conversaciones importantes madre-hija. Que tenías una lista, y su padre pensó que necesitábamos espacio para hablar.

—Ah —Eso pilló a Tess desprevenida. Su intención no era contarle el plan a Pen, pero ahora que lo sabía, quizás fuera más fácil encontrar el tiempo y el espacio para hacerlo .

—Sí, tengo una lista —admitió, limpiándose la nariz—. No sabía que Javier se iba a llevar a Mateo para que pudiéramos tener tiempo para hablar, sobre todo porque no teníamos modo de volver a ponernos en contacto con ellos. Pero al final todo salió bien.

—¿Cuál era esta? —preguntó Pen a su madre.

—Drogas y alcohol —contestó Tess.

Pen sonrió levemente.

—Bueno, ya hemos tratado la parte de *alcohol*. Y creo que ya traté la parte de *drogas* antes de salir de casa.

Pen decidió ser totalmente sincera con su madre.

—Anoche había gente fumando marihuana en la plaza.

Tess cerró los ojos. Sabía que su hija tendría que tomar estas decisiones en el futuro sin que ella estuviera vigilándola. Pen la tranquilizó:

—Te lo prometo —le aseguró—. Todo eso se acebó.

Tess observó la cara de Pen y soltó la respiración que estaba conteniendo.

—Mejor así, porque sinceramente, Pen, verte en la fiesta así casi me destroza. Cuando volví al cuarto de baño esa noche y estabas tirada en el suelo, por un segundo pensé que estabas muerta, y me dio tanto miedo que me quedé paralizada. Debería haberte protegido y en ese momento me di cuenta de que no podía. —Se detuvo antes de aclarar—. Ni siquiera de ti misma.

Tess volvió a derrumbarse y Pen la rodeó con sus brazos. Finalmente, Tess se serenó y se secó los ojos con la manga.

—Tenemos que irnos. Lo único que tenemos que hacer hoy es llegar a Hornillos y ver si te podemos librar de esa horrible resaca.

Pen asintió y se levantó para ponerse la mochila, no sin antes ayudar a Tess con la suya.

Tras varias horas de caminata bajo un sol abrasador, llegaron al pueblo y encontraron un albergue con un jardín precioso. Pen quería tumbarse en su litera a descansar, y como Mateo se había pasado el día caminando con su Padre, estaba deseando pasar tiempo con ella.

Cuando Javier le preguntó a Tess si quería dar un paseo, ella se rio.

—Claro. Últimamente no tengo oportunidad para caminar al aire libre.

Él hizo una mueca y la empujó juguetonamente hacia la puerta.

—No te pases.

Cruzaron el puente y bordearon el riachuelo hasta que encontraron un lugar a la sombra.

—Mateo y tú parecíais muy serios hoy. Creo que ninguno de los dos nos habéis hablado después de salir de Burgos.

Teníamos mucho de que hablar —le dijo.

—¿Cómo qué?

—Creo que estás al tanto de los acontecimientos de anoche.

—Yo estaba allí, ¿te acuerdas? —sonrió.

Javier negó con la cabeza.

—No esos acontecimientos. Los acontecimientos que involucran a nuestros hijos.

—Sí, estoy al tanto. Fui a la habitación de Pen esta mañana y lo primero que me encontré al abrirse la puerta fue a Mateo sin camisa. A Pen parecía que le habían dado una paliza *10-millas-de-mala-carretera*, y la habitación olía a vómito.

Javier se encogió, aspirando aire entre los dientes.

—No tenía todos esos detalles, pero es evidente que anoche Mateo no cuidó de Pen en la fiesta como había prometido —admitió.

Tess frunció el ceño.

—Espera un momento. No culpo a Mateo en absoluto por el estado de Pen. Ella puede ser muy cabezota y admitió que él no vio lo mucho que ella estaba bebiendo —aclaró Tess—. Creo que si lo hubiera visto, le habría dicho que parase y la habría traído de vuelta al hotel antes. Parecía asustado esta mañana.

—Le dije que tenía que estar más encima en el futuro —dijo Javier.

—Escucha —Tess lo detuvo—. No espero que Mateo haga de canguro de mi hija. No importa lo que haya pasado, yo le dije que me lo prometiera. Parte de la razón por la que la he obligado a caminar hoy es que quería darle una lección. Pero también quería hablar con ella. Creo que ha recibido el mensaje alto y claro. Vosotros ibais caminando por delante, así que no la habéis visto vomitar el desayuno en los arbustos. Ha sido un día duro para ella.

Javier estaba visiblemente disgustado.

»Mateo es un chico maravilloso, y me cae muy bien. Me gusta la influencia que tiene en Pen. Por favor, no estropeemos el día. Él se ha pasado toda la noche despierto cuidando de ella, y ambos están sufriendo las consecuencias hoy.

Javier le tendió la mano y la abrazó.

—Veo que tienes capacidad para ver esto desde múltiples perspectivas. Tal vez he sido demasiado duro con Mateo acerca de este incidente —admitió.

Tess no respondió.

—Todavía son unos niños, al fin y al cabo. —dijo Javier.

Al final había llegado a esa conclusión.

—Pen echaba de menos hoy a John —señaló ella—. Creo que necesitaba conectar con su hogar, así que lo llamamos cuando hubo cobertura en el camino. Me alegró oír su voz, y me sorprendió que Pen se pusiera a llorar al decirle que lo echaba de menos. Cuando me puse al teléfono, él sonaba contento. Dijo que pensaba que este Camino podría ser mágico para todos nosotros.

Javier sonrió.

—Parece que la relación con tu hija ha mejorado gracias a su paso en falso de anoche. Ahora me doy cuenta.

Tess pensó sobre ello.

—Es curioso. Una de nuestras charlas era sobre *alcohol y drogas*. Hoy hemos tenido esa conversación, y las consecuencias de las decisiones de Pen estaban muy presentes. Así que, de algún modo extraño pero horrible, creo que no podría haber salido mejor. Debería comprarle un regalo a Mateo —Tess sonrió, con la esperanza de relajar el ambiente.

—No creo que haga falta tanto —dijo levantando las cejas.

Javier abrió su mochila y sacó la manta que había «tomado prestada» del albergue. La sacudió y la dejó en la orilla del riachuelo bajo los árboles. Sentado, dio unas palmadas en el espacio que había a su lado. Tess sonrió y se sentó, inclinándose hacia él y besándolo suavemente.

A Javier le gustaba esta faceta de ella. Con la cabeza fría y menos estrés. Quizá su marido tenía razón. El Camino podría ser mágico para todos ellos. Quizá esa magia se extendiera a la cura de su cáncer. Pero apartó ese pensamiento. Él era médico y había presenciado milagros, pero nunca había experimentado uno cuando Alejandra lo necesitaba desesperadamente.

—Tengo que decirte algo importante, pero no quiero que enturbie lo que sientes por nosotros, por Pen y por mí —le dijo Tess.

—Suena serio —dijo, preocupado.

—Lo es. Normalmente, me habría guardado esto para mí, pero después de hoy creo que es importante que sepas todas las razones por las que Pen y yo estamos aquí. Juntas.

Tess le contó la historia de Pen y el consumo de drogas. El dolor de encontrar a su hija en esa situación y decidir hacer el Camino con ella, a pesar de que ella misma estaba muy enferma. Cuando terminó, Javier dejó escapar un largo suspiro. Su hijo pasaba mucho tiempo con Pen. Y después de lo de anoche, ella sentía que él tenía derecho a conocer la historia de fondo.

—Vale. Ahora algunos de los motivos por los que estás aquí tienen más sentido. No sé qué decir. Nunca he tenido este tipo de problemas con Mateo. Nunca ha traicionado mi confianza de esa manera. Si me lo hubieras contado sin conocer a Pen, probablemente la habría juzgado con severidad. Pero ahora la conozco. Es una buena persona; quizá esta experiencia le haya enseñado algo que necesitaba aprender. Y, en retrospectiva, tal vez los acontecimientos de anoche contribuyeron a reforzar el mensaje.

Tess cerró los ojos, rezando para que tuviera razón.

—¿Te preocupa que tu hijo vaya con alguien que haría ese tipo de cosas? —preguntó. Javier se quedó pensativo.

—No. No me preocupa que Mateo pase tiempo con Pen. Es una adolescente testaruda, pero no creo que sea una drogadicta. —Esperó antes de decir—: Gracias por confiar en mí lo suficiente como para decírmelo.

—Solo quería ser sincera —puntualizó.

Se echaron la siesta en la orilla del río y luego volvieron andando al pueblo. Los chicos estaban sentados en el banco que había frente a la tiendecita, comiendo bocadillos y jugando a un juego en el teléfono de Pen. Ambos levantaron la vista cuando Tess y Javier se acercaron.

—Ya veo que habéis comido. Iba a preguntaros si queríais pizza o paella, pero si ya estáis llenos... —Tess no terminó la frase.

—¡No! —dijo Pen—. Me muero del hambre —levantó el bocadillo—. Esto era para salir del paso hasta que llegara la comida de verdad.

«Ah, el final de la resaca» —pensó Tess. Hacía falta comida picante.

Encontraron una cafetería que servía la pizza y la paella que había prometido. Conseguirlo no fue tan difícil, ya que casi todos los bares del Camino servían estos platos. En las ciudades más grandes podían encontrar restaurantes donde el menú incluía alimentos de proximidad y chefs que atendían a personas que no eran peregrinos.

Se sentaron en una mesa fuera, en el pequeño patio amurallado adornado con sombrillas y decorado con la ya familiar cerveza «Estrella» que servían en todas partes. Tess se dio cuenta de que Pen había pedido dos botellas de agua. «Chica lista», pensó.

—¡Salud! —Javier levantó su copa, y todos imitaron el gesto.

—¿Cómo te encuentras, Pen? —le preguntó Javier.

—Mucho mejor. Creo que sobreviviré, pero no voy a hacerlo más.

Tess levantó su copa.

—Brindemos por las experiencias y por sobrevivir a ellas —dijo, dirigiéndose al grupo.

Javier inclinó la cabeza y bebió un sorbo de vino.

Pen se acercó:

—¿Se lo has dicho a papá?

—No. No he hablado con él desde la caminata de hoy.

Pen se mordió el labio.

—¿Vas a hacerlo? —le preguntó a su madre.

—No lo he decidido todavía —le dijo Tess a su hija.

Pen bebió un buen trago de su botella de agua. Nunca habían pasado tanto tiempo a solas. Era como si se hubieran conocido por primera vez.

Llegó la comida y todos tenían hambre. Tess y Mateo pidieron paella negra con tinta de pulpo. Javier y Pen pidieron pizza.

—No sé cómo te puedes comer eso —le dijo Javier a Tess—. Es la peor versión de paella que he visto en mi vida. Espera hasta que volvamos a Madrid.

Tess se quedó pasmada ante aquella afirmación.

—¿Qué? —exclamó—. Os venís con nosotros a Madrid cuando terminemos, ¿verdad? Tess estaba alucinando.

—No lo sé —dijo, frunciendo el ceño—. No había hecho tantos planes.

Pen y Mateo se sonrieron.

—Según mis cálculos, terminaremos el Camino dentro de tres semanas. Eso os deja algo de tiempo antes de volver a Estados Unidos. Pensé que os gustaría visitar Madrid y ver cómo vivimos allí. Podemos comer comida de verdad, no del McDonalds de España —hizo una mueca.

Tess sostenía el tenedor en alto delante de la boca. Una cosa era hacer lo que estaba haciendo en el Camino —John le había dicho que aprovechara todo lo que pudiera–, y otra muy distinta era volver con aquel hombre y su hijo a su vida real, a su casa, y quedarse allí.

Pen vio que dudaba.

—Por favor, mamá —suplicó—. Vámonos a Madrid con ellos y así vemos la ciudad.

—Pero volamos desde Barcelona —señaló—. Esas ciudades no están cerca.

Javier se dio cuenta de que estaba incómoda.

—Pero no hemos estado en Madrid —continuó Pen—. Yo estoy estudiando español y podría practicar hablando con la gente de allí.

—Podrías hacerlo también en Barcelona —puntualizó Tess—. O en Santiago, si nos quedamos allí.

El corazón de Tess latía muy deprisa. Necesitó un poco de espacio para respirar y se levantó para ir al aseo de señoras. Los demás se miraron en silencio.

Cuando volvió a la mesa, Javier le sujetó la silla.

—Escucha, no hace falta que vengáis a Madrid. Nos lo estamos pasando muy bien y pensé que sería agradable teneros como invitadas en nuestra casa. Si eso no encaja con vuestros planes, no pasa nada. No me voy a ofender.

Tess respiró hondo.

—No, no pasa nada. Es una invitación generosa. A ver cómo estamos cuando lleguemos a Santiago.

Forzó una sonrisa y bebió un trago de su vino rosado, que se estaba calentando.

—Te traigo otra copa —Javier se dirigió a la barra.

Pen miró a su madre, furiosa.

—Ya me he terminado la pizza. ¿Podemos volver al albergue? Me quiero tumbar.

Tess se estremeció.

—Sí, claro. Id los dos.

Se levantaron y pasaron junto a Javier, que volvía con el vino.

—¿Adónde van?

—Querían volver al albergue —dijo, como ausente—. Escucha. Me has pillado desprevenida. Ni siquiera me había planteado ir a Madrid hasta ahora. En algún momento de este camino, no sé cuándo, tendré que contarle a Pen lo de mi enfermedad. No sé cómo irá eso ni si debo hacer planes concretos después del Camino. No tengo claro qué necesitará ella ni qué necesitaré yo después de contárselo.

Javier escuchó el aluvión de palabras y asintió.

—Pen está enfadada porque no sabe lo de tu enfermedad. Lo entenderá cuando se lo digas.

Tess miró cómo el sol se ponía detrás de él.

—Ahora mismo, solo quiero disfrutar... —Estaba perdida—. No sé. Ahora mismo no quiero planificar más allá de las próximas 24 horas. ¿Puedes hacer eso por mí?

Tomó su mano y le besó la palma.

—Por supuesto que puedo —Sonrió.

Era el primer momento del viaje en el que Tess sentía miedo del futuro. Respira.

DIEZ
DE LA MESETA A LEÓN

Al día siguiente, se despertaron antes del amanecer. Como la mayoría de las mañanas, Pen gritó «¡Daos la vuelta!» unos metros más adelante en el camino, recompensándoles con un amanecer más hermoso que el del día anterior. Tess esperaba ese momento con impaciencia, ya que cada uno de ellos la dejaba sin aliento.

El camino hacia Castrojeriz estaba lleno de baches de tierra compacta y plagado de enjambres de bichos negros voladores. Al pasar las ruinas de San Antón, la imagen que captaron al divisar su próximo destino en una colina con un castillo en ruinas que dominaba a los habitantes parecía sacada de una postal.

Serpenteando por las viejas calles, encontraron un maravilloso albergue con camas individuales y fama de ofrecer una excelente comida para peregrinos. El único inconveniente era que el hospitaleroque lo regentaba intentaba separar a los hombres de las mujeres, así que los colocaba en habitaciones por sexos. Mientras Tess y Pen deshacían la mochila, una de sus compañeras peregrinas las invitó a una fiesta de cumpleaños que se iba a celebrar en la plaza para un peregrino que se alojaba cerca.

—¡Tenéis que venir! —les dijo la mujer—. Nos lo vamos a pasar muy bien.

Pen miró a su madre con ojos suplicantes.

—Vale —cedió Tess.

Pen levantó el puño en el aire en señal de victoria.

Tess vio a Javier fuera de las duchas y le contó lo de la invitación.

—Intentaré ir más tarde. Tengo que devolver un par de llamadas sobre mis pacientes.

Tess y los chicos subieron la colina hasta la plaza del pueblo. Alguien tenía un altavoz Bluetooth y la música y las bebidas iban y venían. Pen pidió una Coca-Cola y Tess aceptó una copa de vino tinto de un hombre bajo y corpulento que estaba sentado a su lado.

—Esto es muy divertido. ¿De quién es el cumpleaños? —le preguntó Tess al hombre.

Él señaló a un corpulento caballero mayor, que hacía tiempo que había dejado de contar las cervezas que había consumido.

—Ah.

Se volvió hacia el cumpleañero y le deseó «Feliz cumpleaños». Él respondió alzando su copa hacia ella.

El hombre que le había dado el vino le preguntó a Tess de dónde era. Ella se lo dijo y preguntó por su origen, sorprendiéndose un poco cuando le dijo que era un sacerdote escocés.

—Escocia ocupa un lugar especial en mi corazón —le dijo.

—¿En serio? ¿Sabes dónde está Fife?

—Sí, he estado allí. Me encanta esa zona. Edimburgo es mágico.

Parecía satisfecho con la afirmación.

—Lo es —dijo, con un brillo travieso en los ojos. Y su siguiente pregunta, que formuló con un marcado acento escocés, lo confirmó.

—Así que, Tess, la peregrina americana. ¿Le importaría compartir lo que ha aprendido hasta ahora en su Camino?

Ella se lo pensó. ¿Qué podía perder siendo sincera con un completo desconocido? El hombre era sacerdote, y su hija y Mateo estaban bailando con otras personas y no alcanzarían a escucharla.

—He aprendido mucho... —le contó algunos detalles.

La cara del hombre se enrojeció.

—¡Madre de Dios! Sería mejor que frenaras la transformación. Apenas llevas unas semanas.

Tess se rio de su balbuceo.

—A este paso, ¿quién serás cuando llegues a Santiago dentro de tres semanas? —le preguntó.

Tess se lo pensó un momento.

—Seré una mariposa y me iré volando —dijo sonriendo.

El sacerdote dio un largo trago de su jarra de cerveza.

—No tengo la menor duda —dijo con una sonrisa reflexiva.

Después de beber más vino de los fiesteros, Tess empezó a sentir los efectos. Saludó con la mano a Mateo y a Pen, dejándoles que se divirtieran, y regresó al albergue para acostarse antes de la legendaria cena de peregrinos.

No tardó en dormirse del todo y soñar que estaba en Madrid con John y Javier. Estaban disfrutando de una cena en un precioso restaurante, sentados al aire libre en una mesa bajo las estrellas, con luces blancas que parpadeaban encima de sus cabezas mientras bebían vino y reían.

Cuando llegó la hora de irse, se quedaron fuera, en la acera. Ambos hombres le tendieron la mano para que les acompañara en direcciones opuestas. «Tess» —llamó John mientras Javier esperaba a que ella eligiera antes de decir en voz baja: «Tess, estamos esperando».

No sabía qué hacer cuando una voz irrumpió en su sueño. Era Javier, que la movía suavemente y la llamaba por su nombre. Se incorporó, sin saber dónde estaba. Él se sentó en la cama y la rodeó con los brazos.

—¿Dónde estoy? preguntó.

—Estamos en el albergue, mi amor. Parecía que estabas teniendo una pesadilla.

Se restregó los ojos.

—No, solo estaba soñando. Decías «Estamos esperando», y entonces me desperté.

—Eso es lo que estaba diciendo. La cena está a punto de empezar, y Pen y Mateo ya están sentados. Nos están reservando los sitios.

Tess se levantó y se alisó el pelo y la falda.

—Lo siento. Me quedé dormida después de la fiesta de cumpleaños. Vamos a cenar.

Javier la tomó de la mano y la condujo al patio, donde descansaban largas mesas con caballetes. La paella se estaba cocinando en un fuego exterior. Se le hizo la boca agua con el olor del pan recién horneado.

Tess se sentó a la mesa junto a Pen.

—Uff. Me alegro de que Javier me haya despertado. No creo que hubiera sido capaz de encontrar el camino hasta aquí. Dijo, todavía aturdida por la siesta.

Pen esbozó una sonrisa.

—Creo que igual el vino que te tomaste al sol en la fiesta de cumpleaños ha tenido algo que ver.

Tess soltó una carcajada. Se lo merecía, después de los sermones que le había echado en la otra dirección durante los dos últimos días.

Pen observó la cara de su madre y se dio cuenta de que parecía cansada. No un poco cansada, sino agotada. Hoy dejaría de burlarse de ella. Quizás la caminata le estaba pasando factura y no se había dado cuenta hasta ahora. Se podían tomar un día de descanso en León, y pensó que quizá su madre lo necesitaba. Javier y Mateo iban a visitar a unos parientes de su madre.

Tras la muerte de su madre, el padre de Mateo se aseguraba de que estuviera cerca de su familia. Javier era un buen tío. Pen deseaba que ella y su madre fueran así, pero tenían demasiados problemas. Casi podía admitir que parte de ello podría ser culpa suya. Su madre tenía razón. Había momentos en los que sabía que era problemática. A veces no podía evitarlo. Pero mientras caminaban, su madre lo intentaba. Tal vez ella también debía esforzarse un poco más.

Javier sugirió acostarse temprano. Tess lo agradeció y Pen no discutió. Ahora se levantaban muy temprano porque las tardes eran mucho más calurosas en la Meseta. Pen había oído que este tramo entre Burgos y León se consideraba aburrido, pero a ella le había parecido precioso hasta el momento. Según decían, les esperaban unos días difíciles. Calurosos y llanos. Pero ella no pensaba igual.

Al día siguiente se despertaron cuando aún estaba oscuro y subieron al Alto de Mostelares. Al darse la vuelta para contemplar el espectacular amanecer desde la cima, Pen observó a su madre buscando indicios de fatiga, pero Tess parecía aguantar. Pen negó con la cabeza. Sin saber por qué estaba tan preocupada, retomó su ritmo con Mateo y se dirigieron al pueblo, donde pararían a esperar a sus padres.

La caminata de ese día fue calurosa y polvorienta. El último tramo fue brutal, sin un árbol a la vista y sin forma de llenar las botellas de agua. Javier compartió su agua con Tess y se aseguró de que descansara cuando veían sombra, aunque ello implicara alejarse mucho del sendero para disfrutar de ella. Tess y Javier llegaron al albergue donde se alojaban, donde Pen y Mateo llevaban horas.

Tess se tumbó inmediatamente y se durmió. Más tarde, los demás se sorprendieron cuando se puso el bañador y decidió bañarse en la piscina al atardecer. El agua estaba unos grados más fría que el aire y disfrutó de la sensación en su piel. Javier se sentó en el borde de la piscina, balanceando las piernas mientras ella nadaba de un lado a otro.

—Te gusta el agua —observó.

—Sí. Estaba en el equipo de natación del instituto. Nadaba todos los días. Pero la vida se cruzó en mi camino y estaba demasiado ocupada. Todo el mundo piensa que si tienes una piscina en Arizona, siempre estás nadando, pero no es cierto. En verano hace demasiado calor para nadar, y en invierno, demasiado frío porque te has acostumbrado a que haga mucho calor todo el verano —Se dio la vuelta y nadó un largo—. Pero aquí se está bien. Podría vivir en España.

Javier sonrió.

—Podría disfrutar de que vivieras en España.

Tess siguió haciendo largos, hasta que salió de la piscina y se envolvió en su pareo. Se sentó en una silla frente a Javier, disfrutando de la luz del atardecer. Tess era muy consciente de su fatiga y tenía miedo de lo que pudiera significar. Le había prometido a John que se lo diría si aparecían efectos secundarios o síntomas. Pero aún no estaba preparada para activar la alarma.

»¿Hora de dormir? —preguntó él.

—Sí, me gustaría acostarme temprano.

Ninguno de los dos reparó en Mateo, que miraba desde la ventana mientras volvían al interior.

El paseo matinal por Frómista fue impresionante a lo largo del canal. El amanecer se reflejaba en el agua, tiñéndola de azul y luego de naranja fuego antes de romperse en el horizonte. El cuarteto llegó hasta Carrión de los Condes sin hacer paradas. Se registraron en un albergue regentado por monjas cantoras, que actuaban con los peregrinos antes de la cena. A los que se alojaban en el albergue se les pedía que contribuyeran con comida o bebida y que ayudaran a cocinar una comida comunitaria.

Fue un cambio de ritmo divertido, y Javier estuvo brillante en el papel de jefe de cocina. Sazonó y condimentó la carne y las verduras y ayudó a abrir los vinos que trajeron los peregrinos antes de que empezara la comida. Tess disfrutó viendo cómo daba de comer a los demás.

Unos días más tarde, llegaron a Mansilla de las Mulas, el pueblo anterior a la gran ciudad de León. El río Esla atraviesa el extremo oeste del pueblo, y Tess les informó de su intención de volver a nadar.

—Necesito estar en el agua. No sé por qué, quizás porque hace mucho calor. Pero necesito meterme en el río frío.

Javier sugirió que fueran todos, y mientras Pen y Mateo corrían escaleras arriba a rebuscar sus bañadores en sus mochilas, él decidió intervenir. Algo que había prometido que no haría.

—¿Te encuentras bien? —preguntó tímidamente.

—Sí, ¿por qué? —replicó Tess, un poco molesta.

—No lo sé —Frunció el ceño—. Pareces más cansada. Estas ganas de nadar de los últimos días son nuevas. Estuvimos en sitios con piscina antes de Burgos y nunca te apetecía nadar. Y esos días también hacía calor. Ahora parece que aprovechas cualquier oportunidad cuando encuentras agua fresca —Sabía que se estaba extralimitando—. ¿Te importa si te tomo la temperatura?

El rostro de Tess se endureció.

—Estoy bien —dijo ella—. Simplemente me gusta nadar, y ha hecho calor en la Meseta. Ya lo has visto.

Levantó las manos.

—Tienes razón. Prometí que no sería tu médico. Vamos a nadar.

Al meterse, el agua del río estaba helada. A Javier y a los chicos les costó aclimatarse. Los tres se quejaron de lo fría que estaba el agua y se metieron solo hasta la cintura. Tess se zambulló y nadó hasta la otra orilla antes de salir.

—¡Hola, *empanaos*! —los llamó Tess, riéndose—. ¡No seáis gallinas!

Javier se volvió hacia Pen para pedirle información.

—¿Qué es un *empanao*? Sé lo que es una gallina.

—Se les llama *empanaos* a las personas que son muy lentas y van por detrás de los demás. Las gallinas son más como *El gato Fraidy*.

—¿El *Gato Fraidy?* —parecía confuso.

Pen puso los ojos en blanco.

—Unos miedicas —explicó.

—Ah. Bueno, eso no podemos permitirlo —Se metió en el agua, nadó hacia el otro lado y salió justo delante de Tess, dispuesto a asustarla. Ella le sonrió y él se dio cuenta de que le goteaba sangre de la nariz.

—Te sangra la nariz —le dijo—. Apriétate con los dedos al lado de la nariz. No creo que los chicos lo hayan visto, porque todavía están en el otro lado.

La llevó a la orilla y se sentaron en una roca. Tess vio cómo su frustración por la anterior pregunta de Javier desaparecía para transformarse en miedo.

—Es un efecto secundario de la medicación que estoy tomando. Le prometí a John que si empezaba a pasarme, me haría un análisis de sangre para comprobar mis niveles.

Javier parecía preocupado.

—Llamaré a una amiga de León. Fuimos juntos a la Facultad de Medicina, y Amelia es una oncóloga destacada en España. Mañana puedes hacerte el análisis de sangre.

Tess se apretó más la nariz y miró a su alrededor. Vio a los chicos salpicándose agua.

—¿Va a ser difícil encontrar cita con ella? Puede que no tenga hueco.

—Te verá tanto si tiene hueco en la agenda como si no —Sonaba muy seguro—. Traté a su abuela en Madrid antes de que falleciera. Somos viejos amigos de la infancia.

Tess asintió, mirándose las manos.

—Creo que la hemorragia se ha parado. Ya puedo nadar hasta el otro lado.

Javier la ayudó a bajar de la roca.

—Volvamos. Traeré hielo, y te ayudará a ralentizar cualquier hemorragia residual hasta que empiece a coagular.

Volvieron nadando y les dijeron a los chicos que a Tess le dolía la cabeza y que iban a buscar algo para ella. Había otro tema del que Javier esperaba hablar con ella.

—¿Cuándo piensas contarle a Pen lo de tu enfermedad?

Ante la pregunta, Tess se echó a llorar.

—No lo sé —Tragó con fuerza para controlar las lágrimas.

—Creo que deberías decírselo cuanto antes. Tiene que entender a qué te enfrentas y cuál es su papel a la hora de ayudarte.

Tess negó fuertemente con la cabeza, deseando que desapareciera. El movimiento hizo que le volviera a sangrar la nariz, y Javier le dio su toalla.

—Voy a buscar habitaciones de hotel en León para mañana, y creo que deberías llamar a John y mantenerle informado de la situación.

—No quiero que se preocupe —replicó.

Javier se detuvo, sin poder evitar que la frustración se reflejara en su voz.

—Tiene derecho a saberlo, Tess. ¿Quieres que le llame y hable con él?

Tess cerró los ojos. No quería que sus dos mundos entraran en contacto. John había expresado celos de Javier y Javier casi siempre evitaba reconocer que estaba casada. No podía imaginarse nada bueno de una conversación entre ellos.

—No. Necesito ducharme y arreglarme. Llamaré a John después de que hayas llamada a tu amiga y me hayas conseguido una cita.

Javier sabía que le estaba dando largas, pero también sabía lo difícil que era para ella.

—De acuerdo —dijo en voz baja—. Haré esa llamada y te traeré hielo. —Se dio la vuelta y salió del albergue con el teléfono en la oreja dejando un rastro de palabras.

Tess se quedó debajo del agua durante bastante tiempo. Sabía que debía limitar la duración de su ducha, pero hoy no le importaba. En cuanto se abriera esa puerta, todo cambiaría. Llorando mientras el agua caía sobre su rostro, se esforzaba por entender cómo se estaba enfrentando a esto en plena España y se preguntaba cómo podía explicárselo a Pen.

Pen y ella acababan de empezar a entenderse. No le gustaba tirar de la manta bajo el mundo de su hija.

Tess cerró el grifo y se secó lo mejor que pudo. En el Camino se había acostumbrado a no estar nunca totalmente seca después de la ducha. Ponerse la ropa interior en el aseo estando aún mojada y mantener el equilibrio sobre un pie era todo un reto. Hoy le costaba más que de costumbre, ya que aún estaba un poco mareada por la pérdida de sangre. Encontró a Javier sentado en su cama.

—Tienes cita mañana a las 3 de la tarde. Te he enviado la dirección por WhatsApp —le dijo en voz baja.

—Vale —replicó—. Gracias por encargarte.

—Faltaba más.

Le dio una bolsa de plástico con hielo que había sacado de algún sitio.

—¿Vas a llamar a John ahora? —le preguntó.

—Quiero tumbarme un rato. Esta hemorragia nasal me ha agotado.

Javier la ayudó a subir a su litera y le extendió el saco de dormir. Tess se apretó la bolsa de hielo contra la nariz, pero se durmió casi de inmediato y se le cayó al suelo.

Javier le tocó la frente, preguntándose qué debía hacer. Estaba claro que estaba enferma, pero ocurría algo más, y le preocupaba que su juicio se hubiera visto afectado, ya que no se comunicaba con John y aún no se lo había dicho a Pen. Respiró hondo y tomó una decisión. Sacó el teléfono de Tess de su mochila e introdujo el número en el suyo. Luego salió del albergue y esperó a marcar hasta que estuvo al final de la calle. Una voz americana contestó, y le llevó un momento encontrar las palabras.

—¿John? —preguntó Javier.

—¿Sí? —dijo la voz cautelosa del otro lado.

—No me conoces, pero me llamo Javier Silva. Soy amigo de tu mujer y de tu hija en el Camino.

Hubo un silencio al otro lado del teléfono, al que siguieron unas palabras pronunciadas con firmeza: «Sé quién eres».

Javier respiró hondo.

—Me estoy extralimitando al llamarte. Lo sé, pero estoy preocupado por Tess y quiero asegurarme de que sepas lo que está pasando.

Pasó un momento y luego se escuchó un «Vale».

Javier puso a John al corriente de los días anteriores y de lo que había sucedido en el río. También le informó de su cita en León.

—¿Sabe ella que me estás llamando? —preguntó John.

Javier dijo que no.

—Su salud es lo más importante. Y sé que usted y su hijo probablemente estén muy preocupados estando al otro lado del mundo.

John no respondió de inmediato.

—Estoy muy preocupado —admitió—. Pero nuestro hijo, Charlie, no está preocupado porque está muerto —John se esforzó por controlarse—. ¿Tess no te lo ha contado?

Javier contuvo la respiración. Tess siempre hablaba de su hijo como si estuviera vivo: un universitario más. No sabía qué decir. ¿Qué más no le había contado?

—Nuestro hijo murió la noche de su graduación de instituto en un coche donde iban todos sus amigos. La semana que viene hará cuatro años —explicó John.

Ambos dejaron transcurrir un instante para asimilarlo.

—Te estás arriesgando mucho al llamarme, ¿sabes? —le dijo John—. Tess es la persona más solitaria que conozco. No deja entrar a la gente fácilmente. No sé cómo lo has conseguido, pero si se entera, la conozco. Nunca volverá a confiar en ti.

—Es un riesgo que estoy dispuesto a correr —dijo Javier en voz baja.

John tenía el destino de Javier en sus manos. Lo único que tenía que hacer era contarle a Tess lo de la llamada y su relación se acabaría en un instante.

—¿Crees que debería continuar con esta caminata? —preguntó John, que ya sabía la respuesta que esperaba oír—. En tu opinión profesional, ¿debería volver a casa de inmediato y empezar el tratamiento?

—Si fuera por mí, se habría ido hace semanas y habría empezado el tratamiento —le aseguró Javier—. Sin retraso. Pero ella no va a hacerlo, así que no creo que sea una opción. Mañana tiene que ver al médico y le he concertado una cita. Después me aseguraré de que te llame para hablar de los resultados, pero quería que tuvieras mi número, por si acaso.

Esta llamada era la más extraña de sus vidas. Ambos amaban a la misma mujer y estaban muy preocupados por ella. Ninguno de los dos estaba cómodo con la situación en la que se encontraban.

—En primer lugar —dijo John—, deja que te diga que si estuvieras aquí delante ahora mismo te daría un puñetazo en la cara —John respiró hondo—. Pero también quiero darte las gracias por llamarme. Estoy aquí muerto de la preocupación por mi mujer y mi hija —se atragantó—. Apenas duermo. Necesito saber qué está pasando allí, y si eres tú quien me mantiene informado, lo aceptaré.

Javier cerró los ojos. Se sentía mal por ese hombre.

—Me pongo en tu lugar, y si yo fuera tú, también querría saberlo. Soy consciente de que estoy traicionando la confianza de Tess al llamarte, pero si eso significa que ella va a estar bien cuando todo esto termine, pues que así sea. Y entonces podrás darme un puñetazo en la cara.

John se rio a su pesar.

—Te tomo la palabra.

La llamada terminó y Javier respiró hondo un par de veces antes de volver al albergue para ver cómo estaba Tess.

John miró la pantalla. Luego agregó a Javier como contacto. Ahora este tío era su puerta trasera si necesitaba estar informado de cómo le iba a Tess. En las últimas semanas, John había pasado bastante tiempo imaginándose un enfrentamiento, pero no era tonto. No iba a desperdiciar esta oportunidad.

ONCE
LEÓN

S e levantaron temprano y salieron a oscuras con los frontales encendidos. Javier no intentó entablar conversación con Tess. Ella se lo agradeció.

Vislumbraron León a las 11 de la mañana y se registraron en el Parador. Javier iba a llevar a Mateo y a Pen a comer a casa de los parientes de Mateo. Pen quiso saber por qué Tess no les acompañaba, pero ella dijo que estaba cansada y necesitaba descansar. Su hija parecía preocupada, pero a regañadientes, accedió a ir sin ella.

Tess pidió un taxi y le dio al conductor la dirección que Javier le había enviado. De pie, a la entrada de la oficina, levantó la vista durante un minuto completo antes de entrar. Tess no quería entrar; no quería oír lo que aquella amiga de Javier iba a contarle porque sabía que, fuera lo que fuese, no serían buenas noticias. Rodeada por las gruesas alfombras y los mullidos sofás, Tess se tranquilizó al acercarse al mostrador. La recepcionista la condujo al despacho privado de la doctora y le ofreció un café.

Las paredes estaban cubiertas de títulos y fotos. Al parecer, la doctora Amelia García Gómez era una mujer activa con numerosos intereses. Tess supuso que la mujer tenía una edad similar a la de Javier, y dedujo que las fotos de un grupo de jóvenes debían de tener unos 20 o 30 años. Tess se levantó y las observó con más detenimiento.

En una de ellas, el grupo estaba en un barco rodeado por el azul del mar Mediterráneo. Pudo distinguir momentáneamente a la mujer con la que hablaría porque su imagen se repetía en otras fotos. Entonces vio una cara muy familiar. Un Javier mucho más joven sonreía a la cámara, sin camiseta y bronceado, con el brazo sobre el hombro de una hermosa chica rubia. Ella le miraba y se reía.

—La época de la universidad.

Sobresaltada, Tess se volvió y vio a la doctora de pie en la puerta, ofreciéndole la mano.

»Buenas tardes. Soy Amelia —dijo la doctora—. Y usted es Tess Sullivan. Mucho gusto —Se estrecharon la mano.

»Esa foto se hizo en nuestros años oscuros, cuando todos éramos estudiantes —explicó, señalando la imagen de la pared. Ahí puedes ver a Javier antes de que le salieran canas —dijo, tirando de sus propios rizos entrecanos—. Cuando conquistó el corazón de Alejandra, para envidia de todos los demás.

Amelia miró la foto con nostalgia.

»Era increíble, por dentro y por fuera. Todos estábamos enamorados de ella, pero ella solo tenía ojos para Javier —dijo pensativa—. Su muerte nos afectó profundamente a todos.

Al cabo de un momento, Amelia sacudió la cabeza.

»Lo siento —Sonrió—. Javier me ha dado algunos detalles, pero me gustaría que me dijera qué le pasa y que me diera una lista de la medicación que está tomando. Si no le importa, también me gustaría ponerme en contacto con su médica en Estados Unidos y hacerle una consulta. Sé que está haciendo el Camino y que está decidida a terminarlo. Quiero asegurarme de que todos colaboremos para que eso sea posible.

—Me parece bien —Tess asintió—. Le daré sus datos de contacto. He anotado toda la medicación y las dosis antes de venir hoy. También la he traído —Tess rebuscó en su mochila y los puso en línea sobre la mesa. La doctora examinó los frascos y asintió.

—Entonces, está experimentando algunos efectos secundarios de algunos de los tratamientos dirigidos. Vamos a sacarle sangre y a ver qué encontramos. Es bueno que esté aquí ahora para que pueda llamar a su médico con los resultados cuando llegue a la oficina en Estados Unidos. Podemos colaborar para hacer los ajustes necesarios para su plan de tratamiento —Amelia se apartó de los frascos que tenía sobre la mesa—. Javier también mencionó que estaba preocupado por un posible aumento de temperatura, así que vamos a comprobar eso también. Y buscaremos infecciones secundarias. ¿Hay algo más que quiera decirme?

Tess repasó algunos de sus síntomas y se echó a llorar. Como oncóloga, la doctora pareció tomárselo con calma. Tess le contó que aún no se lo había dicho a su hija. Amelia la escuchó y después le recomendó que esperase a tener los resultados antes de decidir cuándo hablar con Pen. Tess se secó los ojos y asintió. No había presión, y eso le gustaba.

La enfermera entró y la llevó a una sala de exploración mientras la doctora le explicaba a Tess lo que iban a hacer y le tomaban la tensión y la temperatura. Javier tenía razón. Tenía casi 38 grados. La doctora comprobó si había signos de deshidratación.

—Este año ha hecho un calor excepcional en España. Creo que está un poco deshidratada. Le voy a poner una vía y me aseguraré de que sus electrolitos y sus niveles sean buenos antes de que se vaya. Si se tumba, la enfermera le traerá una manta y podrá relajarse mientras le ponen la vía.

A Tess le sonaba a gloria. Mientras la enfermera la conectaba a la vía, se quedó profundamente dormida y la doctora la despertó un poco después.

—Ya está totalmente rehidratada, así que le vamos a quitar la vía. Sus análisis de sangre estarán listos un poco más tarde, y la llamaré con los resultados después de hablar con su médica. Si necesitamos ajustar la medicación, puedo asegurarme de que tenga los medicamentos esperándole en una farmacia cercana a su hotel. Le tomaremos otra vez la temperatura antes de que se vaya. Javier dice que se va a quedar aquí y mañana se va a tomar un día de descanso.

—Sí. Mañana nos quedaremos a dormir y veremos parte del casco antiguo de León y la catedral —le dijo Tess.

—Muy bien. Eso me dará tiempo para hacer lo que tengo que hacer y a usted para hacer un descanso de la caminata. Descansar mucho es esencial en su estado. Sé que quiere terminar el Camino y, por lo que veo, creo que probablemente pueda hacerlo, salvo que los análisis de sangre me sorprendan. ¿Cuándo vuelve a casa? —le preguntó la doctora.

—Dentro de unas semanas. No sabía cuánto tardaríamos en recorrer el Camino, así que quería que tuviéramos tiempo de sobra —explicó Tess.

—Entiendo. Quizás cuando haya terminado pueda encontrar un buen lugar para descansar y relajarse antes de viajar a casa.

Amelia dudó antes de continuar.

»¿Puedo preguntarle por qué no inició un tratamiento agresivo cuando se lo diagnosticaron hace más de un mes? Tengo entendido que, aunque su médica no le dijo que no podía caminar, le aconsejó que iniciara el tratamiento inmediatamente. Yo habría aconsejado una mastectomía doble. Y con los ganglios linfáticos del cuello y las axilas inflamados, deberían habérselos extirpado de inmediato. Sin retraso. Tiene opciones si lo hace inmediatamente y se somete a quimioterapia y otros tratamientos.

Tess cerró los ojos.

—No sé muy bien cómo explicarlo. Necesitaba hacer este camino, por mí y por mi hija. Sabía que no tendría fuerzas para hacerlo cuando empezara el tratamiento. Y si el tratamiento no funcionaba, quizás nunca podría hacerlo. Estoy obligada; no hay otra explicación —Se detuvo y respiró hondo antes de continuar—. La relación con mi hija ha sido muy conflictiva. Ella y yo nos estamos sanando en este paseo. Necesitábamos estar juntas. Era así de importante.

La doctora asintió, considerando sus palabras.

—La llamaré más tarde para comentar los resultados. La buena noticia es que la fiebre parece haber bajado. Solo está un poco alta, así que tal vez haya sido la deshidratación. Tendrá que estar pendiente a partir de ahora. Diseñaré un plan para que sepa cuándo y cuánto debe beber diariamente y qué terapia de reemplazo de electrolitos debe realizar. Debe seguirla estrictamente, sin variaciones.

Tess asintió.

—Por supuesto. Lo que usted diga.

—¿Tengo su permiso para llamar a Javier y hablarle de su estado, puesto que él me la remitió? —le preguntó la doctora.

Tess se lo pensó durante un momento.

—Sí, puede llamarle. Pero debo pedirle que mantenga en secreto lo que le diga mi médica de Arizona. Es muy importante para mí. Sé que Javier está preocupado y puede que tenga preguntas que yo no puedo responder.

Después añadió:

»Si mi marido quiere hablar con usted, ¿le parece bien?

La doctora levantó enarcó una ceja.

—Por supuesto —dijo ella.

Tess se levantó y se alisó la falda.

—Muchas gracias por recibirme y aceptar tratarme con tan poca antelación.

—Cuando Javier llamó —explicó Amelia—, supe que no lo habría hecho si no fuera importante. Es un buen médico; ayudó a mi abuela cuando estaba en la fase final del Alzheimer y la demencia. Somos amigos de toda la vida —Se dio la vuelta, ocupándose de algo en el mostrador—. Se nota que se preocupa por ti. Creo que le resulta difícil que estés enferma. ¿Lo sabía cuando os conocisteis?

Tess suspiró.

—Sí. Javier lo supo enseguida —Vaciló—. Mire. No quiero hacerle daño. Vine al Camino para hacer exactamente lo que le he dicho. No buscaba una relación, pero ambos la tenemos. Él es un hombre maravilloso. Solo intento vivir, vivir de verdad. Luego volveré a casa y lucharé contra esto.

La doctora se quedó pensativa.

—A casa con su marido y su familia.

—Sí. Mi marido sabe lo de Javier. Saben el uno del otro —a Tess le costaba explicarse—. Si me conociera de antes, nunca me vería en esta situación. Es increíble, incluso para mí. Pero mi marido le está agradecido a Javier por ayudarme. Es una situación complicada. Pero no me avergüenzo —relató, sin saber si era verdad.

El rostro de la doctora se suavizó.

—Parece una buena persona. Solo estoy protegiendo a mi amigo. Sé por lo que pasaron él y Mateo cuando murió Alejandra. Después, Javier sacó a Mateo de la casa familiar que compartían con ella y se lo llevó a un apartamento pequeño. No podía soportar estar en esa casa sin ella, y decía que eso también ayudaría a Mateo, pero no pudo afrontarlo y nunca volvieron a la casa desde la mudanza. Simplemente cerró la puerta y se fue.

Tess contuvo la respiración.

—Nunca me lo contó.

—Nunca lo haría —precisó ella—. Y ahora le ha encontrado; está casada y muy enferma. Fuera de su alcance, realmente. No importa cómo termine su enfermedad. Está fuera de su alcance.

Se miraron intensamente mientras las lágrimas resbalaban por las mejillas de Tess. La llegada de la enfermera rompió el momento. Tess agradeció a la doctora su ayuda y toda la información que le había dado. La enfermera la acompañó a recepción.

—¿Cuánto le debo por la visita? —dijo mientras buscaba su cartera en la mochila.

La enfermera sonrió.

—La doctora dijo que no se preocupara por el pago —le aseguró.

En el taxi hacia el hotel, llamó a John y le puso al corriente de lo que ocurría.

—Entonces, ¿no hay que preocuparse por la fiebre?

—Estamos pendientes de los análisis de sangre, así que hasta entonces, hay que esperar a ver qué pasa. Puede que solo sea deshidratación. La doctora me ha dado un plan y he aceptado seguirlo al pie de la letra.

—Bien hecho.

—Escucha, John. Sé que es duro estar tan lejos —Empezó a llorar—. Lo siento. Por todo.

—No. No lo sientas. Yo quería esto para ti, y lo estás haciendo. El Camino es difícil para la gente sana, y tú lo estás haciendo. Estoy tan orgulloso de ti. Y Pen también está cambiando. Es lo que queríamos para ella.

Tess gimoteó.

—Me refiero a lo otro. Te está haciendo daño, lo sé. ¿Qué clase de persona soy que hace algo que te duele?

—Tess, cariño, quiero que me escuches. Ve, date un baño caliente cuando llegues al hotel y vuelve a leer mi carta. Todo lo que te dije en ella lo dije de verdad. Yo me estoy torturando, pero no quiero que tú hagas lo mismo —Intentó mantener el ánimo—. Si tú eres feliz, yo también lo seré.

—Hoy tengo miedo, John —le confesó ella—. Sé que no te estoy haciendo feliz en este momento.

El silencio flotaba entre ellos.

—Bueno, tú no sabes lo que estoy haciendo aquí —bromeó—. ¡Estoy en Tinder pasándomelo pipa! Deberías ver a esas chicas. Estoy arrasando con ellas, deslizando a la derecha en todas. No se cansan de mí.

Tess se rio entre lágrimas.

—Sabes que si haces eso, se ha acabado, ¿verdad? —Se rio.

—Bueno, vale, lo dejaré para otro momento —replicó.

Tess se secó los ojos.

—Estupendo.

John respiró hondo. La quería tanto que le dolía.

—Haz lo que te he dicho. Ve, date un baño y envíame una foto de tu cara sonriente y bronceada desde las burbujas. Quiero verte feliz —dijo él.

Su taxi llegó al hotel.

—Vale, voy para arriba.

—Te quiero, cariño mío —la llamada se cortó.

Tess siguió la sugerencia de John. Estuvo un buen rato en remojo hasta que oyó sonar su móvil, pero no pudo salir de la bañera a tiempo para contestar. Poco después llamaron a la puerta. Su piel se había arrugado y el agua se estaba enfriando de todos modos. Se envolvió en un albornoz blanco de hotel y abrió la puerta para encontrarse con Javier, que estaba al otro lado del umbral.

—Hola —dijo, sintiéndose incómoda.

—Hola —Parecía preocupado—. Pensé que tendría noticias tuyas después de la cita, pero me preocupé cuando no las tuve.

Tess se sentó en la cama.

—La doctora dijo que te llamaría para ponerte al día. Yo no sabía si podría responder a todas tus preguntas.

El radar de Javier se activó.

—Todavía no me ha dicho nada. ¿Va todo bien? —preguntó preocupado.

Lo miró con lágrimas en los ojos.

—Sí, de momento sí —Siguió explicando—. Me siento mucho mejor —La expresión de su cara decía lo contrario. Javier cruzó la habitación y se agachó. La rodeó con sus brazos y la sostuvo mientras lloraba. Finalmente, ella se apartó y lo miró mientras él le echaba el pelo hacia atrás y le secaba las lágrimas.

—¿Qué más? ¿Qué es lo que no me estás contando? —preguntó.

—Nada. Eso es todo lo que sé. Amelia y yo charlamos un rato. Vi algunas fotos en su oficina de cuando eras joven y todavía estabas en la Facultad de Medicina. Te conoce desde hace mucho tiempo. A ti y a Alejandra —le dijo.

Javier asintió.

—Sí. ¿Qué te ha dicho que te ha molestado? —Frunció el ceño.

—No ha dicho nada que me haya molestado. Me ha contado lo difícil que fue para ti y para Mateo después de la muerte de tu esposa. Lo duro que fue para tu grupo de viejos amigos. Creo que es muy protectora contigo.

—Ah, ya veo —Javier se quedó pensativo un momento—. Claro, sabe que estás enferma. Y que, además, tienes marido. Le preocupa que me hagan daño.

Tess se quedó callada.

—Sí, y a mí también —admitió—. Ella ha usado la expresión «fuera de tu alcance». Pase lo que pase, estoy fuera de tu alcance. Viva o muera —Sus lágrimas volvieron a brotar.

El rostro de Javier se ensombreció. Se levantó y paseó por la habitación sin decir nada. Tess lo observó, esperando a que hablara.

—Sé que tiene buenas intenciones. Sé que está preocupada, pero es mi vida. Hoy soy feliz. Todos los días que estoy contigo lo soy. Sé que no durará, y que en menos de cuatro semanas te irás a casa, y que me costará muchísimo cuando lo hagas. Pero cuando me metí en esto, sabía lo que hacía. Tú no me has engañado y yo no me he engañado a mí mismo —les aseguró a ambos.

Tess soltó la respiración que había estado conteniendo.

—Era encantadora —susurró.

Javier levantó la vista, confundido.

—¿Quién?

—Alejandra. Las fotos están en la oficina de Amelia. En una de ellas salíais todos en un barco, y tú la rodeabas con tu brazo, tan feliz. Era fantástica la foto, y ella estaba impresionante —le dijo Tess.

De repente, pareció que el rostro de Javier iba a partirse por la mitad. Las lágrimas empezaron a resbalar por sus mejillas.

—Lo era —susurró.

—Amelia dijo que todo el mundo estaba enamorado de ella, incluida Amelia, al parecer, pero ella solo tenía ojos para ti. Creo que estoy un poco celosa de ella. No es lógico, pero ahí está —admitió.

De pie junto a la ventana, Javier se cubrió la cara con las manos.

Tess esperó unos instantes antes de continuar.

»También me dijo que cerraste tu casa en Madrid después de su muerte y te mudaste a un pequeño apartamento. Que nunca habías vuelto desde entonces.

Javier le devolvió la mirada con tanta angustia que ella empezó a llorar de nuevo. Se levantó y se acercó a él, rodeándole la cintura con los brazos. Él le habló a través de su pelo.

—No podría soportar vivir en esa casa sin ella. Si la vieras, sabrías por qué. Está llena de ella, de sus cuadros, de su estilo. Ella me devolvía la mirada allá donde mirase, más allá de la punta de mis dedos. Dormir en nuestra cama era una tortura. No lavé las sábanas durante semanas para conservar su olor y la última forma de su almohada. Sabía que necesitábamos empezar de cero, así que compré un apartamento y cerré la casa. Solo nos llevamos algunas cosas. Compré muebles nuevos, incluso ollas y sartenes —Se le volvió a quebrar la voz y la abrazó con más fuerza—. Ahora es un museo cubierto de polvo.

—Lo entiendo —señaló—. Tuvo que ser duro. Un amor así es tan extraño y precioso. Hay que preservarlo —Intentó tranquilizarle.

—Sí, así es —susurró casi imperceptiblemente.

—Oírla hablar de ello me hizo añorar a John y mi vida allí. Pensar en todas las cosas que hemos reunido juntos durante toda una vida. Cosas estúpidas: una torre Eiffel barata de un viaje familiar a París, nuestro tarro de arena de las vacaciones en la playa juntos... Todas las cosas que no significarían nada para otras personas. No tienen valor económico,

pero lo significan todo cuando las tienes en tus manos. Recuerdos, risas, besos salados...
De aquí me voy a llevar recuerdos, pero nunca nos pertenecerán a John y a mí. Eso me
entristece muchísimo más —admitió.

Javier sabía exactamente cómo se sentía Tess.

—Lo pasé muy mal después. Crear recuerdos sin Alejandra significaba que ella se iría
desvaneciendo, pero ahora sé que es inevitable. Teníamos que seguir adelante. Teníamos
que hacer cosas que ella no podría hacer con nosotros. Pero no la queremos menos ahora
que cuando estaba viva.

Tess pensó en Charlie en ese momento, respirando hondo.

—Y yo tampoco quiero menos a John porque no esté aquí. Le he llamado para
decírselo.

Javier sonrió.

—Me alegro de que hayas hablado con él. Estoy seguro de que se siente aliviado de que
tu salud se esté estabilizando y puedas terminar tu Camino y volver a casa.

—Sí, lo está. Y aunque no lleva bien esto que hay entre tú y yo, también dijo que está
feliz, lo cual es raro. Él sabe que soy feliz, y que tú formas parte de eso. Me dijo que hiciera
lo que tú dijeras.

Javier enarcó las cejas.

—Creo que se refería al ámbito médico, pero sabe todo lo demás. Dice que me viene
bien estar contigo.

Tess vio su expresión de sorpresa.

»Lo sé —Sonrió y se secó los ojos—. Me dijo que hiciera lo que tuviera que hacer. ¿Pero
hacerlo me convierte en mala persona?

Javier negó con la cabeza, apartándole el pelo de la cara.

—No. Eso no convierte a nadie en mala persona. Ni a John, ni a ti, ni a mí. Esta
circunstancia no es lo que ninguno de nosotros habría esperado ni en mil años, pero aquí
estamos. Me niego a imponer ese tipo de juicios sobre las cosas. No nos hará ningún bien
a ninguno de nosotros.

Más tarde, Tess fue a ver qué hacía Pen. Los chicos querían pedir al servicio de
habitaciones y ver películas en sus habitaciones. Ella y Javier hicieron un picnic en la de
Tess.

—¿Ha sido extraño para ti pasar la tarde con la familia de Alejandra? —preguntó.

Javier reflexionó sobre la pregunta.

—Ya no. Sé que quieren a Mateo y lo miman cuando los ve. Están muy orgullosos de
él, y las visitas le hacen sentirse más cerca de su madre. Han estado encantados con Pen, le
han enseñado todas sus fotos antiguas y nos han atiborrado a comida.

Tess se sorprendió al oír que Pen había tenido paciencia para todo aquello.

—Parecen gente agradable.

—La madre de Alejandra y yo hemos tenido tiempo de hablar. Va a venir a Madrid a finales de año y se va a quedar con nosotros. Le he preguntado por su marido. Él nunca ha cambiado sus sentimientos hacia mí. A pesar de que él es médico, creo que de algún modo me culpa de su cáncer: una actitud que desafía a la ciencia. Mateo los visitará en primavera el año que viene en Barcelona antes de sus exámenes finales. No importa lo que sienta por mí, pero Sebastián debe pasar tiempo con su nieto.

Javier tenía un corazón generoso y ponía a los demás por delante de él, sin importarle el coste para sí mismo.

—Entonces, ¿la madre de Alejandra es de León? —preguntó.

—No. Sofía es de Santiago, pero sus hermanas se mudaron aquí cuando se casaron. Sus maridos fallecieron y ahora viven juntas. Están muy unidas y aún tienen parientes y una casa familiar en Santiago. Van allí varias veces al año, sobre todo para fiestas religiosas como Semana Santa —le contó.

—Si te fijas, Mateo tiene el pelo claro y los ojos claros. Si conocieras a su abuela, sabrías por qué. En Galicia, la gente tiene ascendencia celta. Su lengua y su herencia les unen a Irlanda. Lo verás cuando vayamos allí. Cruces e imágenes celtas por todas partes. Mateo heredó su color de ellos, y se ha mantenido cerca de la cultura.

—¿Su abuelo es gallego? —preguntó ella.

No, Sebastián es de Madrid, pero prefiere Barcelona. Creo que le gusta sentirse superior a los gallegos y a los catalanes. De hecho, saber que por las venas de su nieto corre sangre vasca nunca le ha hecho ninguna gracia. Sin embargo, la verdad es que adora a Mateo y está muy orgulloso de él. Así que, en lo que respecta a Mateo, quiero ser generoso en mi retrato —le dijo Javier.

—Entonces parece que tu suegro y tu madre tienen el mismo origen.

—Así es. Y a ambos les importa mucho lo que piensen los demás. A mí lo que piensen los demás ya me da igual.

—¿Qué pensaría tu madre de mí? —preguntó.

Hizo una mueca.

—No deberías preocuparte por su opinión. No te beneficiará en nada.

Javier cerró los ojos y escuchó la ciudad.

—Deberíamos dormir bien si mañana vamos a hacer turismo —sugirió.

Una oleada de cansancio se había apoderado de ambos, y los dos cayeron en cuanto sus cabezas tocaron la almohada.

Tess se despertó cuando estaba amaneciendo y miró su teléfono. Javier había vuelto a su habitación en mitad de la noche. Vio un mensaje de su médica de Arizona pidiéndole que la llamara, sin importar la hora.

Respiró hondo y marcó el teléfono.

—¿Tess?

—Hola, Marissa. He visto tu mensaje. ¿Qué es tan urgente? —preguntó mientras su corazón latía con fuerza.

—Tengo entendido que has estado enferma y has visto a una tal Doctora Gómez por allí.

—Sí —dijo Tess—. Me sentía cansada y he tenido fiebre. Conocí a un médico en el camino que me concertó una cita con una especialista aquí en León.

—Sí. Hoy he hablado con ella. Las dos hemos revisado los resultados de tus análisis de sangre —Marissa dudó—. No son buenos, Tess. No creo que debas continuar con esta búsqueda tuya. Y la doctora Gómez tampoco lo cree.

Tess se sorprendió al oírlo. Amelia le había indicado que podría tratarse de una simple deshidratación, y lo había dicho.

—Es algo más que eso. Creo que lo sabes. Esta aventura siempre te iba a suponer un esfuerzo, pero te está pasando factura. Deberías volver a casa y dejarnos que te operemos.

Tess se desgarró en lágrimas. Había llegado tan lejos.

—No voy a volver a casa ahora. Todavía tengo que hablar con Pen de todo esto, y me siento mejor después de haberme rehidratado. Son solo unas semanas más hasta que termine. Entonces podré descansar.

Oyó el pesado suspiro de Marissa.

—No sé cómo advertirte de que ese enfoque es el peor. Tu cuerpo no está respondiendo bien a este desafío físico. Imagino que también influye todo el estrés emocional. Quiero que tengas todas las opciones posibles, Tess. Y eso implica volver a casa ahora y empezar un tratamiento agresivo.

Tess estaba totalmente descolocada.

—¿No hay nada que puedas darme? ¿Algo nuevo que pueda retrasar las cosas? —suplicó—. Tengo que seguir adelante, Marissa. Tengo que terminar esto. Es increíblemente importante. Para mí y para mi hija. Por favor.

Su médica suspiró.

—Déjame llamar a Amelia y hablarlo con ella. Pero le va a gustar tan poco como a mí.

Tess se quedó bajo la ducha bastante tiempo antes de vestirse. Llamó a la puerta de Pen para ver qué les tenía preparado su hija-guía turística. Aprovechó la rara oportunidad que tenía de sentarse con Pen a desayunar antes de que llegaran los chicos.

—He oído que tuviste un gran éxito con la familia de Mateo —Tess se burló levemente de ella.

Pen sonrió.

—Son gente superamable. Una de sus tías me regaló un rosario familiar y dijo algo que hizo que Mateo se pusiera rojo. No escuché lo qué era. Su abuela, Sofía, es muy guapa. Tiene como 75 años o así, pero tiene los ojos azules brillantes, igual que Mateo. Ella lo quiere mucho. Se nota porque se sentó en el brazo del sofá, lo abrazó cien veces y lo acariciaba como si fuera un gato. Parecía un poco avergonzado, pero se notaba que a él también le gustaba. Lo miman.

Tess observó la cara de Pen mientras hablaba de su reunión con la familia de Mateo: se iluminaba por dentro mientras ella describía la escena y las emociones que flotaban por la habitación.

—Creo que Javier lo pasó mal estando allí —le dijo a Tess—. Sofía y él se fueron al balcón y hablaron un rato. Las Tías nos atiborraron a Mateo y a mí de dulces y pasteles. Menos mal que estamos haciendo el Camino, si no, pesaría más de 200 kilos. Se frotó el estómago.

—¿Por qué pensabas que Javier lo estaba pasando mal? —preguntó Tess, preocupada.

—Era solo lo que parecía. Distraído, supongo. Y habló por teléfono varias veces.

—A lo mejor hablaba con sus pacientes —sugirió Tess.

—Sí, a lo mejor —dijo Pen.

Justo entonces aparecieron los chicos. Se sentaron y pidieron café. Luego se levantaron para seleccionar la comida del bufet. Tess observó a Javier, preguntándose si le había contado todo sobre la visita a la familia de su mujer. Cuando llegaron los cafés, los chavales se levantaron a por más comida y Javier se inclinó hacia Tess.

—Tengo un mensaje de Amelia. Voy a salir para llamarla. ¿Puedes cubrirme? —preguntó.

—Claro. No he sabido nada de ella, así que debes contarme lo que te diga —dijo Tess, nerviosa, esperando que Amelia no le diera demasiados datos a Javier.

—Por supuesto —le aseguró Javier y se fue al vestíbulo.

Pen volvió sola a la mesa.

—¿Dónde ha ido Mateo? —preguntó Tess.

—Quería hablar con su padre de algo. Lo ha visto ir al vestíbulo. Volverá enseguida.

La sangre abandonó la cara de Tess. Miraba ansiosa hacia la puerta por si volvían Mateo o Javier. El tiempo pasaba y transcurrieron quince minutos antes de que volvieran a reunirse. Mateo parecía afligido y Tess se preguntó qué habría ocurrido durante su conversación.

—¡Tienes que comer para que podamos irnos! —exclamó Pen cuando volvieron.

—Ya. No tengo mucha hambre esta mañana —Mateo apartó su plato lleno—. Me voy a tomar el café.

Pen frunció el ceño pero no dijo nada. Tess estaba ansiosa por saber qué le había contado Amelia a Javier, pero no había ningún lugar con intimidad donde averiguarlo.

—¿Vamos? —dijo Javier, rompiendo la tensión cuando terminaron de desayunar.

—Sí, veamos lo primero que hay en el itinerario de Pen —propuso Tess—. Pen, ve tú delante.

Pen decidió que primero harían la visita a la catedral y los llevó hasta la plaza. Mateo se adelantó con ella, pero miró hacia su padre mientras subían por la calle. Tess no podía esperar más.

—¿Qué ha dicho? —preguntó.

—Está haciendo algunos ajustes en tu medicación, y quiere que reduzcas el alcohol. Eso te ayudará con la deshidratación.

Tess puso mala cara.

—Es un precio pequeño a pagar —le aseguró—. Una copa de vino en algún momento, pero nada más. Además, ha hablado con tu médica de Arizona y han acordado el nuevo tratamiento. He llamado a la farmacia y te lo enviarán al hotel, así que no tendrás que recogerlo. Empezarás con la nueva medicación cuando volvamos al hotel esta noche.

—Gracias.

Esperó un momento antes de preguntar:

—¿Ha dicho algo más Amelia?

—No, ¿por qué? —preguntó Javier.

—Por nada, solo me lo preguntaba —Intentó desviar la conversación de su enfermedad—. ¿De qué quería hablar Mateo contigo? Tenía muy mala cara cuando ha vuelto a la mesa.

Javier respiró hondo.

—No lo sé. Estaba hablando con la farmacia sobre los medicamentos y pidiéndoles que los enviaran al hotel. Cuando me di la vuelta, Mateo estaba allí. Me preguntó si estabas enferma. Si tenías cáncer —me oyó decirlo por teléfono—. No quería mentirle, así que se lo dije, pero también le dije que Pen no lo sabe y que se lo vas a contar.

A Tess se le salía el corazón del pecho.

—Vaya —susurró, tratando de averiguar su siguiente paso.

—Te pido disculpas. No tenía ni idea de que Mateo estaba allí, escuchando. Javier parecía devastado. Había traicionado la confianza de Tess al hablar de su estado con su hijo.

—¿Crees que se lo dirá a ella?

—No —dijo con seguridad. Sabe que es algo que tenéis que hacer juntas. Él no habría querido oír hablar de la enfermedad de su madre a nadie más que a sus padres.

—Esto complicaba las cosas, y podía cambiar el modo y el momento en que Tess se lo contase a Pen, aunque si era sincera consigo misma, lo había estado posponiendo. Más adelante, su hija iba saltando por la acera. Tess necesitaba encontrar el momento adecuado. Vio que Mateo volvía a mirar en su dirección.

—Mateo lleva mi secreto, y necesito hablar con él de ello.

—Creo que es buena idea —dijo Javier.

—¿Le has hablado de nosotros? —preguntó ella.

—No. No ha surgido la conversación, y no pensé que fuera relevante para tu enfermedad.

Tess asintió – una cosa menos.

Visitaron la catedral y un museo y estaban comiendo cuando Pen vio unas atracciones que habían montado para la feria local.

—¿Podemos montarnos en algo, mamá? —preguntó Pen con un entusiasmo que no había disminuido desde la mañana.

—Claro.

Pronto se encontraron delante de la montaña rusa. Pen vibraba de emoción.

—Vamos, Mateo. ¡Vamos a subir!

La expresión de su cara revelaba lo contrario.

—Yo me quedo aquí esperando —le dijo.

Pen se puso de morros.

—No me creo que no quieras montar en esto conmigo —Miró a su madre—. Ya sé que tú no te vas a montar porque eres una miedica.

—Esa soy yo —dijo Tess alegremente, ofreciéndose voluntaria para quedarse con el título.

Pen se volvió hacia Javier con mirada suplicante.

—Vale —accedió, levantando las manos en señal de rendición—. Yo me monto en ese montón de metal extremadamente inseguro contigo.

Javier miró a Tess y se encogió de hombros. Ella se rio. Cuando se alejaron para ponerse a la cola, Tess aprovechó para hablar con Mateo.

—Tengo entendido que tu padre te ha hablado de mi enfermedad.

Mateo no se volvió para mirarla. Bajó la mirada hacia sus zapatos, dándole patadas a una piedra sin mucho entusiasmo.

—Sí, me lo ha dicho. Ayer fuiste a ver a mi prima Amelia. Ella te está ayudando con algunos problemas que tienes al caminar. Medicación para el cáncer —la última palabra fue apenas un susurro.

Tess respiró hondo.

—Sí, he estado teniendo algunos problemas, y tu padre me organizó una cita para ver a Amelia. Para asegurarse de que todo está bien para que pueda terminar.

—No te preocupes —dijo—. No se lo voy a decir a Pen.

—Te lo agradezco —dijo Tess en voz baja—. Mira, no me gusta pedirte que guardes este secreto. Quiero contárselo. Es parte de la razón por la que yo quería que hiciéramos este viaje juntas, pero también quiero tener todas esas conversaciones importantes de mi lista. Si, por alguna razón, el tratamiento no funciona cuando vuelva a casa, puede que no tenga tiempo.

Mateo escuchó, pero cuando levantó la vista, tenía lágrimas en los ojos.

—Pen se enfadará si sabe que yo lo sabía y no se lo dije. Te pediría que por favor hablaras con ella pronto, para que el tiempo entre ahora y entonces sea corto. Yo puedo ayudarla. Yo escuché esta noticia sobre mi madre. Es terrible y cambiará su vida para siempre.

Las lágrimas de Tess también habían aparecido.

—Lo entiendo. He decidido que, después de las dos últimas conversaciones de mi lista, se lo diré a Pen.

—¿Cuáles son? —preguntó.

—*Dinero y finanzas* es una. La otra es *Matrimonio y familia*. La primera será breve; la segunda es más compleja.

—Él asintió pensativo.

—Le gustas mucho a mi padre. No lo he visto con nadie desde que murió mi madre —Su expresión le partió el corazón—. Por favor, no le hagas daño —imploró Mateo.

Tess tuvo que contenerse para no gritar. El dolor de sus palabras la atravesó por completo.

—Me haría daño a mí misma antes de hacérselo a él —le aseguró.

Mateo le dio otra patada a una piedra con la punta del pie, como si fuera un niño pequeño perdido en lugar del hombre adulto que ya casi era.

Les llegaron los gritos de Pen cuando la vieron pasar volando junto a Javier. Él parecía aterrorizado. Pen estaba en el paraíso de la adrenalina.

—Mateo, te tengo en muy alta estima. Has ayudado a transformar a mi huraña y enfadada hija adolescente en esta chica llena de vida, y manejaste la situación en Burgos con gran madurez. Me sentí muy agradecida y muy orgullosa de ti. Le dije a tu padre que debía comprarte un regalo por cómo lo habías gestionado todo.

Mateo esbozó una sonrisa desigual.

—Me gusta mucho. Es espontánea y va siempre por delante, siempre en busca de aventuras. Y es tan guapa. Eso facilita las cosas cuando se enfada. Pero se disculpa si dice o hace algo que no debería. No todo el mundo es así.

Tess se quedó pensativa.

—Sí, ella es todas esas cosas. Tiene un futuro brillante por delante. Y tú también. Entiendo que quieres ser médico como tu padre y tus dos abuelos.

—Sí, eso me gustaría. Siempre pensé que quería ser oncólogo. Investigar para ayudar a encontrar una cura para el cáncer. Pero a veces me fijo en el trabajo tranquilo que hace mi padre. No es glamuroso: trabaja sobre todo con familias y personas mayores. Su especialidad es la geriatría. Tiene paciencia con las personas mayores y ayuda a facilitar su transición al final de la vida. Hay honor en esa labor. Ayer miré a mi abuela y a mis tías, y sé que será él quien las cuide cuando se hagan mayores. Me gusta saberlo —inspiró y se frotó la nariz con la manga.

Tess miró a aquel muchacho que se estaba convirtiendo en un hombre. Fue un discurso extraordinario, y Tess se dio cuenta de que había sinceridad en todas y cada una de sus palabras.

—Estoy seguro de que seguirás tu corazón, y tus pacientes y sus familias serán afortunados de tenerte en cualquier especialidad que elijas.

Mateo sonrió.

—Me alegro de que mi padre te tenga en el Camino. Necesitaba un amigo.

Tess sonrió.

—Yo también lo necesitaba. No lo sabía, pero lo necesitaba.

Él asintió con la cabeza.

—Voy a darte algo de tiempo para que tengas tus charlas con Pen y puedas contarle antes lo de tu enfermedad. Pensaré en una forma de caminar con mi Padre.

Tess sonrió.

—Gracias, Mateo. ¿Te importa si te abrazo? —le preguntó.

Él asintió y se abrazaron justo cuando Javier y Pen bajaban por la rampa de la montaña rusa.

—¡¡WOW!! ¡Ha sido increíble! ¿Teníais miedo de que muriéramos? Pen se rio. Os estabais abrazando. —Bueno, estaba un poco preocupada de que te pasara algo. Mateo me ofreció un abrazo para calmar mis nervios —le dijo Tess.

Pen miró a Mateo con escepticismo pero no presionó. Se volvió hacia Javier riéndose.

—¡Javier, estabas superasustado! Parecía que ibas a vomitar.

—Era una posibilidad clara, querida —le aseguró.

Mateo rodeó a Pen con el brazo y se adelantaron.

Javier estaba verde.

—No me puedo creer que te hayas montado en esa cosa —Tess se rio—. Odio las montañas rusas. Nunca me verías en una.

—Ha sido la primera en la que he montado, y ahora sé por qué.

—¡¿En serio?! —exclamó asombrada—. ¿Por qué lo has hecho?

—Necesitabas hablar con Mateo. Más importante aún, Mateo necesitaba hablar contigo. Era la única manera de darte espacio para mantener esa conversación —le dijo.

—Madre mía. Te has sacrificado por el equipo montándote en ese viaje de pesadilla con Pen.

—Sí, lo he hecho. Y espero ser recompensado más tarde por mi valentía. *Sacrificándome por el equipo,* como dices tú.

Tess se rio hasta que le dolía.

—Serás recompensado con creces, mi galante caballero. Ahora, vamos a buscarte algo para calmar tu estómago.

Aterrizaron en una cafetería para tomar unas tapas y un refresco de jengibre y, justo cuando llegaron las bebidas, sonó el teléfono de Tess. Ella vio el nombre de John en la pantalla. Se disculpó y se fue a la puerta de la cafetería.

—Hola —dijo ella.

—Hola, tú. ¿Ya tienes noticias de la doctora? —Estaba ansioso por los resultados.

—Sí, las tengo, y ha estado en contacto con Marissa en Phoenix. Están ajustando mi medicación, y la farmacia la va a enviar al hotel.

No mencionó su conversación con Marissa esa mañana.

—Wow, qué buen servicio. ¿Javier ha tenido algo que ver con eso? —preguntó John.

—Sí. Llamó a la farmacia y lo organizó todo.

—Perfecto. Así tienes una cosa menos por la que preocuparte.

—Claro. Se lo agradezco mucho.

—Suenas mucho mejor.

—Me encuentro mucho mejor —Esperó antes de seguir hablando—. Escucha, John, he decidido que voy a tener mis dos últimas conversaciones con Pen, y luego le contaré lo del cáncer.

Se quedó en silencio.

»¿Me has oído? —preguntó Tess.

—Sí, te he oído. Es la primera vez que usas esa palabra conmigo. Normalmente dices «enfermedad» o algo parecido. Hablas indirectamente. Esta vez, has dicho la palabra —dijo en voz baja.

Tess sabía que lo que decía era cierto.

—La he dicho. Hoy he tenido una conversación con Mateo. Él no ha tenido ningún problema en pronunciar la palabra, así que yo tampoco debería. No puedo huir de esto.

—Sabia decisión —le dijo—. Una vez que se lo digas a Pen, será real. Pero por mucho que te haya animado a decírselo, le tengo pánico a ese momento. Por favor, dímelo justo después de hacerlo para que lo sepa por si me llama.

—Lo haré.

Tess le oyó exhalar.

—Todo va a salir bien —lo tranquilizó Tess.

—Ya lo sé. Porque nos tenemos el uno al otro, y eso siempre hace que todo salga bien.

DOCE
A CRUZ DE FERRO

A la mañana siguiente, salieron de León en la oscuridad de la noche y subieron una cuesta al salir de la ciudad a tiempo para ver el amanecer. Como de costumbre, Pen lo vio primero y les pidió que se dieran la vuelta. Era espectacular.

Cuando Tess se volvió para seguir caminando, Pen seguía allí de pie.

—Mateo ha dicho que quiere hablar con su padre de algo después de haber pasado tiempo con la familia, así que hoy te tienes que quedar conmigo —le dijo a su madre.

—Vaya —Tess se sorprendió un poco—. Bueno, será un placer caminar con mi preciosa hija.

Pen puso los ojos en blanco.

—Sabes que no soy la única que piensa que eres preciosa —se burló Tess.

—¿Qué te dijo Mateo ayer cuando estábamos en la montaña rusa?

—Dijo que admiraba tu espíritu y tu espontaneidad —Tess sonrió—. Incluso cuando estás de mal humor.

Pen se ruborizó.

—Me gusta. Es amable. No intenta hacerse el guay como los chicos de allí. Simplemente *es* guay.

—Sí. Mateo tiene una buena cabeza sobre sus hombros —corroboró Tess.

—Creo que papá aprobaría que fuera mi novio —Pen sonrió.

—¿Novio? Bueno, vale —Tess le apretó el brazo—. Seguro que sí.

Caminaron en silencio durante un rato.

—Entonces su tía te dio un rosario familiar.

—Sí. Me sorprendió, me dio unas palmaditas en el pelo y dijo algunas cosas que no entendí muy bien. Mateo parecía avergonzado.

—Les caíste bien.

—Actuaban como si fuéramos a casarnos o algo así. A ver, me gusta, pero tengo 15 años. Me queda mucho para eso —Aun así, parecía contenta.

—Sí. Tienes que terminar la universidad y decidir lo que quieres hacer con tu vida. El matrimonio y la familia pueden venir después, pero por favor, no lo dejes para demasiado tarde. Si encuentras a la persona adecuada, no seas indecisa. No importa lo que te digan los demás. Confía en ti misma.

—Bueno, no estoy pensando en ello a corto plazo —dijo Pen.

—Tómate tu tiempo —Tess decidió ir un poco más lejos—. En cuanto a los niños, ¿crees que quieres tener hijos?

—¡Por supuesto! —Pen la miró como si fuera un bicho raro.

—Bueno, a ver, hoy en día ya sabes que no es obligatorio tener hijos —dijo Tess—. Puedes tener una vida plena si decides no hacerlo.

Pen puso mala cara.

—¿Te arrepientes de haber tenido hijos?

—No. No pasa un solo día en el que no esté agradecida de haberos tenido a los dos. Sois lo mejor que he hecho en mi vida. Me arrepiento de las veces que no estuve allí mientras crecíais. Veía muchos vídeos en mi teléfono en los taxis y en mi portátil en las habitaciones de hotel. Tu padre era muy bueno grabando vuestros eventos. Pero nunca me he arrepentido de haberos tenido y de haberos visto crecer hasta convertiros en lo que sois. A veces siento que ha pasado tan rápido. Me miro en el espejo y ya no estoy segura de quién es esa persona cuya hija es más alta que ella.

—Ajá —dijo Pen.

—Admitámoslo: ser padres no es fácil. Los hijos no vienen con un manual ni un mapa que te diga cómo hacerlo perfectamente, y cada niño es diferente. Tú no podrías ser más diferente que Charlie. No habría funcionado si te hubiéramos criado de la misma manera que lo hicimos con él. Así que te adaptas a la personalidad con la que nace cada niño.

Y luego están los errores que cometes con cada uno. Ser demasiado duro con uno y demasiado indulgente con otro. Apuntarlos a cosas que no les gustan o no apuntarlos a algo que les encanta. Sentir su decepción y saber que has metido la pata al no alimentar sus pasiones.

Pen miró de reojo a su madre, pero siguió caminando. Tess nunca se había mostrado tan vulnerable sobre el tema de ser padres al reconocer que no tenía todas las respuestas. Sus padres siempre parecían expertos en todo. Pero eran humanos.

—Bueno, sí que quiero tener hijos, pero el matrimonio me da un poco de miedo —admitió Pen.

—¿Por qué?

—No lo sé. ¿Es realista que dos personas se casen y permanezcan juntas, comprometidas con la exclusividad durante cien años?

Tess se rio.

—No creo que nadie haya estado casado cien años, salvo quizás en la Biblia. Pero sé lo que quieres decir. La mitad de los padres de tus amigos están divorciados. De todas formas, creo que se trata de las expectativas que uno tiene. Mucha gente cree que va a cambiar a la otra persona. O a salvarla de algo. Pero solo podemos salvarnos a nosotros mismos. Y si crees que alguien va a cambiar su naturaleza esencial después de casarte con él, te estás engañando. Esa es la receta del divorcio.

»Pero creo que un matrimonio feliz es posible si eres sincero contigo mismo y con la otra persona. Si tu locura coincide con la suya. Si la otra persona tiene manías y debilidades similares. No se trata de la belleza física al principio, porque eso ayuda con la atracción y la lujuria, pero la apariencia se desvanece. La modelo llega a la mediana edad con arrugas. Todos los pechos se quedan flácidos.

Pen hizo una mueca.

—Qué asco.

—Sí, no es bonito. Tess sonrió. Pero luego compartís experiencias, objetivos comunes, como criar a los hijos, y empiezan a gustarte cosas de la otra persona que no tienen nada que ver con su aspecto —le dijo Tess.

Pen pensó un momento en lo que decía.

—¿Qué te gusta de papá? —le preguntó a su madre.

—Siempre me ha atraído lo inteligente que es, cómo resuelve los problemas. Entiende mi trabajo y me da buenos consejos, pero solo cuando se lo pido. Tiene un gran sentido del humor y me hace reír todos los días. Tu padre y yo hemos aprendido a discutir como es debido. A no estar de acuerdo pero respetarnos. Es una roca. Me apoyo mucho en él y no sé qué sería de mi vida sin él —Se detuvo y se volvió hacia Pen—. Tu padre es una de las personas más extraordinarias y amables de este planeta. Y yo tengo mucha, mucha suerte de haberle encontrado.

Pen observó la cara de su madre, lo mucho que sentía lo que decía y las lágrimas de sus ojos. De repente, Pen sintió el impulso de abrazarla, y se permitió hacerlo. Tess habló a través del pelo de su hija.

—Eso es lo que deseo para ti, tanto si decides casarte con esa persona como si simplemente vives con ella el tiempo que sea. Espero que encuentres a alguien con quien caminar por la vida y que te apoye como eres. Has dicho que no estás segura de que eso sea realista. Igual me ha caído un rayo encima, pero no lo creo. Es solo cuestión de conocerse a uno mismo y saber lo que uno quiere, y después conocer a la persona adecuada en el momento adecuado con el corazón abierto —Se retiró un poco—. Sobre todo, nunca hagas algo que no quieres hacer para complacer a la otra persona. A la larga no saldrá bien.

Pen asintió. Supuso que esta sería una de las charlas de la lista de su madre.

Caminaron juntas el resto del día y se reunieron con Javier y Mateo en el pueblo donde se quedaban esa noche. Tess había hecho un excelente trabajo siguiendo las órdenes de las doctoras. A pesar de lo que decían ambas médicas, se sentía mejor que antes de León y tenía esperanzas de poder terminar. Pero solo si actuaba con inteligencia.

Unos días más tarde, pusieron rumbo a Rabanal, el último pueblo antes de Cruz de Ferro, uno de los iconos del Camino, y su punto más alto coronado por una cruz que se remonta siglos atrás. Tess estaba deseando colocar la piedra que había traído de casa y pedir la lista de milagros que había acumulado. Sabía que necesitaba todos y cada uno de ellos. El mayor de ellos era la fuerza infinita para afrontar lo que le esperaba.

Al día siguiente, subieron la montaña en la oscuridad de la noche. Había niebla, lo que le daba un aire místico, con las nubes arremolinadas alrededor del enorme montículo de rocas que sostenía la cruz, que se alzaba a treinta metros de altura y estaba formado por las piedras que cada peregrino que había hecho el camino antes había dejado, a las que en ocasiones acompañaban fotos, cartas y tarjetas de oración que suplicaban ayuda, curazón o paz. Tess sabía que necesitaba las tres cosas para ella y su familia. Subió al montículo y rezó en silencio las palabras y oraciones que había ido pronunciando mentalmente a lo largo del camino. Tess se volvió y vio que Pen tenía en la cara una mirada extraña, pero su hija no dijo nada cuando Tess le dio la mano al llegar a su lado.

Javier y Mateo depositaron piedras que habían traído de casa, rezaron en silencio y se abrazaron. A Tess se le llenaron los ojos de lágrimas al ver lo unidos que estaban por el dolor.

A última hora de la tarde, el grupo había llegado al puente de piedra que hay sobre el río que conduce al pintoresco pueblo de Molinaseca. Los edificios parecían más propios de los Alpes que de España, con tejados de pizarra negra en lugar de tejas rojas.

Al día siguiente, aceleraron el paso y llegaron a última hora de la mañana al pueblo donde se iban a quedar. Atravesaron el casco antiguo por un elevado puente de piedra y bajaron por el río, donde descubrieron a las familias de todo el pueblo haciendo un picnic y bañándose en el agua helada de un domingo soleado. Mateo y Pen se apresuraron a ponerse los bañadores mientras Javier y Tess se remojaban los pies en el río para refrescarse. Los adolescentes del pueblo saltaban desde el viejo puente al agua, y pronto Tess levantó la vista justo cuando Mateo saltaba.

—¡Ah! —El grito se le escapó involuntariamente—. No he visto ninguna señal para advertir a los niños de que no salten cuando hemos cruzado el puente. En Estados Unidos, habría barandillas y un guarda forestal diciéndoles lo peligroso que es.

Javier se rio entre dientes.

La gente probablemente lleva saltando de ese puente desde hace mil años. Seguro que todos los padres que están mirando hoy lo han hecho, así que probablemente piensen que si ellos sobrevivieron, sus hijos también lo harán.

Tess le miró, sorprendida.

—Parece que no te preocupa que Mateo salte al río desde esa altura.

—He aprendido que los chicos necesitan algún tipo de peligro, o su espíritu se marchita. Este es un peligro relativamente seguro —le dijo Javier.

—¿Saltar de un puente es un «peligro relativamente seguro»? ¿Acaso esas palabras pueden ir juntas? —preguntó, con el corazón latiéndole más deprisa.

Javier se volvió hacia ella.

—Sí. Mateo no se está tirando de cabeza desde esa altura. Todos los niños están simplemente saltando. Lo peor que puede pasar es que aterricen unos sobre otros y tal vez se rompan un hueso. Un hueso roto es parte de la vida. Nunca animaría a Mateo a evitar algo cuando el peor resultado es un hueso roto —afirmó.

Esta perspectiva era ajena a la forma en la que la gente educaba a sus hijos en Estados Unidos, pero Tess cedió al planteamiento.

—Tienes razón. Nunca habría permitido que mis hijos saltaran de un puente. Ningún daño era aceptable para mí —admitió—. Quizá por eso me cuesta tanto hablar con Pen de mi enfermedad. La estoy protegiendo del dolor cuando sé que es inevitable.

Javier vio la emoción a flor de piel y le dijo que no fuera tan dura consigo misma.

—La forma en que los americanos educan a sus hijos es distinta a la nuestra —La tranquilizó.

Tess sabía que Javier estaba intentando hacer alguna concesión con ella. Se apoyó en los codos desde donde estaba sentada en la orilla del río y miró al cielo azul sin nubes, cerrando los ojos, sintiendo el sol en la cara; un momento perfecto hasta que oyó un grito y levantó la vista a tiempo para ver cómo Pen se tiraba al río desde el puente de arriba. Su instinto la puso en pie en cuestión de segundos, buscando en el agua. Cuando Pen asomó la cabeza, Tess estaba con el agua hasta los tobillos en la orilla del río.

—¡Pen! —gritó mientras su hija nadaba hacia ella. ¿Qué crees que estás haciendo? Podrías haber muerto.

Pen salió.

—Acabo de hacer lo mismo que Mateo. No es para tanto —dijo enfadada, porque su madre la estaba avergonzando delante de todo el pueblo.

A Tess se le salió el corazón del pecho y se abrazó al cuerpo húmedo de Pen como si fuera un salvavidas.

—¿Por qué te asustas? —Pen frunció el ceño.

Tess tragó saliva.

—No puedo perderte —susurró Tess—. No puedo perder otro hijo.

Pen se echó hacia atrás y frunció el ceño, enfadada.

—Mírame, mamá. Mírame de verdad. No-soy-Charlie.

Entonces su rostro se suavizó cuando Tess se derrumbó, y abrazó a su madre con la misma ferocidad.

—No te preocupes tanto. Todo va a salir bien.

Tess lloró en el hombro de su hija antes de recomponerse. Finalmente, la soltó mientras Pen volvía al agua. Al volver al lugar donde estaba sentado Javier, él la miró preocupado y le apretó la mano. Había oído el intercambio de palabras en la orilla.

—¿Estás bien? —le preguntó. Te oí decir algo sobre Charlie. ¿Qué querías decir con que no podías perder otro hijo? —John ya se lo había dicho, pero quería que Tess supiera que podía hablar con él si lo necesitaba.

Tess se tapó la cara con las manos.

—Mi hijo está muerto —Sollozó, mirándole—. No está en la universidad. No está arrasando en el mundo como sé que lo habría hecho. Murió en un accidente de coche la noche de su graduación. Mi hijo estaba vivo en este momento hace cuatro años. Nos despertábamos a esta hora en casa. Pen y yo estábamos colgando adornos azules y plateados para su gran día. Celebrándolo. Veinticuatro horas más tarde, se había ido para no volver jamás.

Javier la observó y percibió cómo su angustia interna se desbordaba. La envolvió en sus brazos mientras ella lloraba, mirando por encima de su hombro hacia el río donde Mateo y Pen nadaban. Pen les devolvió la mirada pero no volvió a la orilla. Se dio la vuelta y nadó más lejos en aguas profundas, dejando a Tess atrás.

TRECE
EL ASCENSO FINAL

Al día siguiente se dirigieron a Las Herrerías, el pueblo situado al pie de O Cebreiro, la última montaña del Camino. Es una pequeña aldea de piedra enclavada en el bosque junto a un río, cuyos habitantes recogen todas las buenas vibraciones del Camino. Los carteles que adornaban el camino fomentaban la paz, el amor y la esperanza. Varias estaciones invitaban a los peregrinos a escribir oraciones o mensajes y luego atarlos a las ramas de los árboles para que ondearan al viento como banderas de oración tibetanas.

Su anfitriona esa noche era una suiza vestida con un caftán verde y azul llamada Marie, que había recorrido el Camino muchos años antes y había regresado para aportar algo. Posiblemente fuera una de las personas más tranquilas que Tess había conocido. Se acercó sin que nadie se lo pidiera, llevó en silencio la mochila de Tess a una litera antes de registrarlas, una cortesía que no habían tenido antes. Después de terminar con las tareas administrativas, Marie invitó a Tess a sentarse a la sombra en la plataforma para disfrutar de una taza de té de hierbas.

Se sentaron en silencio, escuchando el canto de los pájaros y el susurro del viento entre las hojas de los árboles, antes de que su anfitriona hablara.

—Así que estás enferma —dijo Marie.

—¿Perdón? —preguntó Tess.

—Estás gravemente enferma —afirmó la mujer—. Pero eso ya lo sabes.

Tess quería levantarse y salir corriendo.

—¿Cómo lo sabes? —le preguntó Tess con incredulidad.

—No lo sé. Solo lo sé. Me gustaría ofrecerte una curación. Si te sientes incómoda, no me ofenderás si no la aceptas.

Tess nunca se había encontrado con nadie como aquella mujer y no sabía cómo reaccionar. Era extraño que aquella desconocida supiera que estaba enferma solo con mirarla.

—Vale —dijo Tess en voz baja—. Me vendrá bien toda la ayuda que pueda conseguir, pero ¿me puedes explicar a qué te dedicas?

Una sonrisa se dibujó en el rostro pálido y arrugado de Marie.

En Suiza estudié con unos curanderos. De alguna manera, sé cuándo la gente está enferma. Comprendieron mi don y me ayudaron a perfeccionarlo.

Entonces, ¿puedes curar a alguien con cáncer?

—No sé lo que tienes. Solo sé que estás enferma y luchando. No soy médico ni diagnostico enfermedades. Trato de curar las enfermedades que percibo, pero no puedo ver la causa.

—¿Cómo harías para curarme? —preguntó Tess.

—Prefiero hacer lo que hago en el bosque, entre la naturaleza. La naturaleza es poderosa y me gusta utilizarla para ayudar a los demás. No tendré que tocarte más que las manos y la cabeza en algunos puntos.

Tess no tenía nada que perder, así que aceptó. Se levantaron, atravesaron el albergue y salieron por delante. Continuaron por un sendero entre los altos árboles y se detuvieron al llegar a un claro.

Puedes sentarte o ponerte de pie, pero lo mejor sería cerrar los ojos y poner las manos delante con las palmas hacia arriba.

Tess optó por sentarse en el suelo. Llevaba todo el día caminando y no confiaba en mantenerse erguida si cerraba los ojos.

La mujer se colocó detrás de ella y, al cabo de unos instantes, Tess pudo sentir cómo su espalda entraba en calor. Entonces la hospitalera suiza se levantó, se acercó al frente y se sentó, tomándole las manos y diciéndole palabras incomprensibles a Tess. Luego tomó las manos de Tess y las puso sobre su corazón, una encima de la otra. Marie mantuvo las manos sobre las de Tess y cerró los ojos. De nuevo, sintió que el corazón y el pecho se le calentaban.

Finalmente, puso brevemente la mano sobre la cabeza de Tess y le comunicó que podía abrir los ojos.

—¿Cómo te sientes? —le preguntó Marie.

—No lo sé. He podido sentir calor algunas veces.

—Sí, a menudo genera calor. Durante el resto del día, debes comportarte de forma tranquila contigo misma. Y bebe mucha agua. Te prepararé más té. —Marie parecía cansada mientras se alisaba el vaporoso vestido azul y ofrecía su mano para ayudar a Tess a ponerse en pie.

—¿Eso es todo? —preguntó Tess—. ¿Funciona con un solo tratamiento?

—Solo conozco los resultados cuando una persona me informa. He trabajado con gente que vive cerca, pero contigo no lo sé. Espero haberte ayudado, aunque solo sea para darte un poco de paz temporal. Creo que has sentido algo de lo que hago y de la energía que fluye a través de mí, pero no soy la guardiana de esa energía, solo una facilitadora para alguien que la necesita.

Marie dudó antes de continuar.

—Cuando entro en contacto con la enfermedad, es como si me hablara. Parece saber para qué estoy ahí y, naturalmente, se resiste a lo que intento hacer. Lo que tienes es muy oscuro y muy fuerte. Lucha hasta la muerte, como un oso furioso que azota y acuchilla. Me golpeó y rugió, pero no cedió. Me temo que se está haciendo más fuerte. Se alimenta de algo que no puedo ver.

Marie estudió a Tess.

—Pero esto ya lo sabías. Lo fuerte que es —afirmó, inclinando la cabeza hacia un lado—. Es curioso.

A Tess se le atragantaron las palabras antes de poder encontrar la voz.

—Sí. El tipo de cáncer que tengo es grave. Ni siquiera mi marido sabe lo grave que es. Le pedí a mi médica que no lo revelara cuando nos diera las opciones de tratamiento. Es muy agresivo —admitió—. Como el oso que has visto.

Marie extendió la mano y apretó el brazo de Tess.

—Y sin embargo, estás aquí, peregrinando con tu hija. ¿Esperas un milagro?

Tess se secó las lágrimas.

—No por mí, sino por ella. Solo necesito escapar del oso un poco más —susurró mientras Marie la abrazaba.

Las dos mujeres regresaron al albergue del brazo. Siguiendo las instrucciones, Tess salió a la plataforma a esperar más té. Javier estaba sentado en una mesa, bebiéndose una cerveza que había comprado en el bar cercano.

—Aquí estás. Me preguntaba adónde habías ido —dijo sonriendo.

Marie se unió a ellos y también ofreció té a Javier. Él levantó la cerveza pero le dio las gracias.

—Bébete el té, y dormirás como un bebé esta noche —le dijo a Tess—. Hay una larga subida hasta O Cebreiro. Necesitarás descansar bien para llegar a la cima.

—Lo he oído. Estoy un poco nerviosa —reconoció Tess.

—Hay otra opción, ¿sabes? —Marie sonrió—. Un lugareño sube a la montaña varias veces al día con peregrinos a caballo. Podría ponerme en contacto con él y preguntarle si tiene caballos disponibles. Cuidará muy bien de ti.

Tess sonrió.

—A mi hija le encantaría. Le encantan los caballos —dijo Tess.

—Veo que es una chica enérgica. Los adolescentes pueden ser desafiantes, pero poseen más comprensión, algo que sus padres a menudo no les reconocen. Puede ayudarte si confías en ella. Como tú haces con ella —dijo.

Un escalofrío recorrió la espalda de Tess. Vio la sombra que cruzaba el rostro de Javier y apartó rápidamente la mirada, bostezando y estirándose.

—Creo que deberíamos comer algo antes de que este té haga efecto y me duerma —dijo, volviéndose hacia Marie—. Gracias por tu ayuda hoy y por tu consejo.

Marie levantó su taza e inclinó humildemente la cabeza.

—Llamaré a Hugo y arreglaré lo de los caballos. Acuérdate de beber mucha agua.

Cuando salieron a la puerta del albergue, Javier la paró:

—¿Qué ha sido todo eso?

Tess le puso al corriente de casi todo lo que había sucedido.

—¿Crees que puede ayudarte?

Tess negó con la cabeza.

—No lo sé, pero sentí algo cuando lo hizo. No fue solo una sensación provocada por la sugestión. Sentí calor en la espalda y en el pecho —le dijo.

—Mmmm. ¿Te ha cobrado por esta curación? —preguntó, preocupado.

—No. Marie solo quería hacerlo y me hizo té después. Ya oíste lo que dijo de Pen. Es como si supiera cosas. Marie está desconcertada por cómo las sabe, pero las sabe.

Javier se mostró escéptico.

—No voy a decir que no hay cosas fuera de la medicina moderna que a veces funcionan. Milagros, como los llama la mayoría de la gente. Suena a cosas de gitanos. ¿Pero no pidió dinero ni nada más?

—No.

—Interesante —dijo.

Pareces escéptico.

—Por supuesto que sí, soy médico. Y lo de Pen ha sido curioso. ¿Le dijiste que no se lo habías dicho a Pen?

—No, dijo Tess. No hablamos de Pen en absoluto.

A la mañana siguiente tenían que estar en el establo a las ocho y media, así que se tomaron su tiempo con el café. Tess tomó más tazas de lo habitual y se puso nerviosa. Había oído que los caballos podían sentir los nervios o el miedo de sus jinetes. Tess no tenía miedo exactamente, pero el café acentuó su falta de confianza a caballo. Resultó que sus preocupaciones eran infundadas. El guía tenía experiencia, y los caballos, también.

Tess observó cómo Pen acariciaba el hocico de su caballo y le rodeaba el cuello con los brazos. Le encantaban los animales, y Tess estaba segura de que si le permitieran montar ese caballo el resto del camino hasta Santiago, Pen lo haría encantada.

Les dieron unas breves instrucciones, montaron y se pusieron en marcha. Javier parecía saber montar a caballo, y estaba claro que Mateo había montado más de una vez en su vida. Tal vez habían aprendido a montar en la granja familiar.

La subida por las montañas era desalentadora, y varios peregrinos tuvieron que apartarse del camino de los caballos mientras ascendían a pie. Las aldeas del camino eran pequeñas, pero la gente era amable y saludaba al paso del grupo. Más arriba, salieron de entre los árboles para disfrutar de una vista espectacular del valle. Pero los caballos siguieron adelante y el viaje fue tranquilo. Al cruzar la región de Galicia, que se parecía más a Irlanda que a su experiencia anterior de España, el sol salió a saludarles.

Los caballos llegaron a la cima y los jinetes desmontaron y dejaron que sus amigos de cuatro patas bajasen a recoger a más peregrinos para la sesión de la tarde. Estaban a pocos días de Sarria, que marcaba la última semana antes de llegar a Santiago.

Javier explicó:

—Dos días más y el camino se llenará de gente. Mucha gente empieza su Camino en Sarria. Para recibir la Compostela, un peregrino debe caminar 100 km. Sarria está casi a esa distancia de Santiago, así que tiene sentido que empiecen allí. Empezaremos a ver autobuses llenos de estudiantes y muchos más grupos en el camino. Los albergues estarán abarrotados, así que debemos llegar pronto al lugar donde tengamos previsto quedarnos para asegurarnos una cama.

Ver a tanta gente nueva empezando después de tanto tiempo sería extraño. Hasta ahora, habían visto las caras conocidas de los que habían empezado simultáneamente en Saint-Jean o Pamplona. Y mientras ellos estaban en buena forma a pesar de haber caminado, los nuevos peregrinos estarían con las piernas frescas.

CATORCE
DE SARRIA A SANTIAGO

Cuando llegaron a Sarria, vieron por primera vez grupos de estudiantes salir de furgonetas y autobuses y amontonarse en los hoteles. El ambiente del Camino había cambiado. Era más apagado. Los peregrinos que llevaban semanas en la carretera sabían que el viaje llegaba rápidamente a su fin. Sus amistades también cambiarían a medida que llegaran a Santiago y, finalmente, emprendieran el camino de regreso a sus países de origen. Tess se sentía melancólica ante esta perspectiva cuando sonó el teléfono de Javier. Lo vio apartarse para atender la llamada.

—Era una de las tías de León. Su hijo vive en Portomarín. Uno de sus hijos se ha caído de un árbol y quieren que lo vea. Iré en taxi a ver cómo está el niño. Les he aconsejado que lo lleven directamente al médico local, pero insisten en que lo vea yo primero —Javier se volvió hacia Tess—. ¿Quieres venir conmigo? —le preguntó.

Tess miró a la ciudad y luego a Pen.

—No, creo que me quedaré aquí con los chicos. Ve tú y cuéntame cómo va.

—Vale —dijo, un poco decepcionado—. Tengo la sensación de que habrá cena y, si te digo sinceramente lo que pienso, la familia querrá que me quede a pasar la noche, así que lo más probable es que nos veamos mañana en Portomarín, que es adonde iremos andando.

—Vale —Tess sonrió—. Los tres estaremos bien.

De repente, Javier parecía triste.

—Lo siento —le dijo a Tess.

—No, no lo sientas. Soy una persona capaz y sobreviviré sin ti. Vete.

Javier saludó mientras el taxi se alejaba. Tess se volvió hacia los chicos.

—¿Buscamos un lugar para descansar nuestras cabecitas esta noche? —Propuso.

Una vez registrados y aseados, fueron a cenar.

—Es raro sin Javier —dijo Pen mientras comía pizza—. Estoy tan acostumbrada a tenerlo cerca, que es como si fuera un segundo papá.

Mateo miró a Tess.

—Sí. Bueno, veremos a tu *primer* papá en un par de semanas. Estamos a una semana de terminar el Camino —le dijo a su hija.

Pen parecía afligida.

—¿Una semana? ¿Solo?

—Eso es. Una semana. Luego debemos decidir qué hacemos en el último tramo antes de volver a casa.

Pen guardó silencio un momento.

—¿Has reconsiderado la oferta de visitar a Mateo y Javier en Madrid? —le preguntó a su madre.

Tess no había pensado mucho en ello, pero quizá debería hacerlo. Vio que Pen se animaba y se volvía hacia Mateo, sonriendo. Tess levantó la mano.

—Déjame hablarlo con tu padre primero. Quiero su opinión.

—Vale —Empezó a teclear furiosamente en su teléfono—. Yo también le voy a enviar un mensaje.

Tess sonrió y no intentó detenerla.

Por la mañana salieron hacia Portomarín, caminando por campos de maíz a las afueras de Sarria y escuchando los silbidos del tren. Luego por colinas onduladas y bosques. Como había prometido Javier, el camino estaba mucho más concurrido, ya que grandes grupos de estudiantes de instituto bajaban de los autobuses y de las furgonetas que transportaban sus mochilas. Pen estaba indignada.

—No es justo que hayamos venido andando desde Francia, cruzando montañas de verdad, y ellos tengan la misma Compostela que nosotros —refunfuñó—. Es como si hicieran trampa.

—En España, muchos institutos traen a chavales de todo el país para recorrer las etapas finales del Camino —explicó Mateo pacientemente—. Es un rito de iniciación, pero no es hacer trampa. Es algo distinto —Miró a Tess en busca de ayuda.

Ella intervino.

—¿Recuerdas la primera noche en Saint-Jean y el discurso del peregrino que nos dio el francés que dirigía el albergue? Él dijo: «Cada uno recorre su propio camino». Nosotros hemos andado el nuestro, y para estos chicos, esta puede ser la única oportunidad que tengan. Tú sabes que has caminado todo el camino. Nadie más tiene que saberlo. Estos chicos tendrán una Compostela, y saben que no caminaron desde Francia. Pero no importa. Es su Camino.

Pen seguía furiosa.

—Bueno, a ver si me ganan hasta el próximo pueblo. Y siguió adelante.

Mateo parecía avergonzado.

—Ve tras ella —le pidió Tess—, para que no se meta en líos. Yo estoy bien caminando sola —Miró al grupo de chiquillos que tenía al lado—. O debería decir con esta gente.

A Tess esta relativa soledad le pareció un cambio agradable. Pen y Mateo marchaban delante, y los chicos del instituto eran mucho más rápidos que ella. Era la primera vez que caminaba sola desde los primeros días del Camino de Saint-Jean.

Iba a su propio ritmo cuando, de repente, sintió que uno de los cordones de su bota se enredaba en uno de los ganchos de la otra bota, y no pudo sujetarse con los bastones. Aterrizó sobre su rodilla izquierda, con las palmas de las manos hacia abajo sobre el camino de grava, y el dolor se apoderó de ella. Se tumbó de lado, agarrándose la rodilla, intentando recuperar el aliento.

Al cabo de unos instantes, Tess pudo incorporarse. Se desabrochó la mochila y la falta de presión la alivió un poco. Se examinó la rodilla y las manos. Estaban llenas de grava y sangraban sin parar. Se quitó todas las piedras que pudo antes de llegar con dificultad a una roca grande en el lado del camino y levantarse para sentarse. El cambio de posición hizo que la rodilla le sangrara más y que le resultara más difícil arrancar la grava que quedaba incrustada en la carne. Hacía lo que podía cuando oyó una voz.

—¿Estás bien? —El acento era de su tierra.

Tess giró la cabeza al oír el sonido de casa y rompió a llorar de frustración.

—Me he caído. Me he tropezado con los cordones —dijo, sintiéndose ridícula—. Y ahora estoy aquí sentada sacándome gravilla de la rodilla.

—Espera. Deja que te ayude.

El fornido joven se quitó la mochila en tiempo récord, sacó su botiquín de primeros auxilios, le limpió las heridas y se las vendó. Tess se quedó allí sentada, pues parecía un ex boy scout y sabía lo que hacía.

—Qué estupidez —Estaba muy frustrada consigo misma.

—¿Está haciendo el Camino sola? —le preguntó.

—No. Mi hija está conmigo, y hemos conocido a unos amigos. Ella está más adelante.

—Vale, ya veo —No dijo nada más.

Tess intentó explicar la situación.

—Tiene 15 años y le impacienta mucho el ritmo al que camino, así que le dije que se adelantara con un amigo.

El joven se levantó y examinó su trabajo.

—Creo que he sacado toda la grava. Y la hemorragia ha disminuido. ¿Puedes ponerte de pie?

Tess se bajó de la roca con su ayuda y apoyó peso en la pierna. La zona donde se había caído le escocía ligeramente, pero no parecía que tuviera la rodilla dañada internamente. Gracias a Dios. No podía imaginarse llegar tan lejos y tener que abandonar por haberse olvidado de atarse los cordones. Parecía que tanto ella como Pen necesitaban recordar los consejos que habían recibido el primer día.

—Creo que estoy bien —dijo Tess, un poco sorprendida—. La rodilla en sí no me duele. Solo el corte. Creo que aún puedo andar si meto los bastones en la mochila, ya que tengo las palmas bastante cortadas.

El chico asintió.

—Por cierto, soy Jake. Le daría la mano, pero creo que le dolería.

—Tess —ofreció, sonriendo—. Te agradezco muchísimo tu ayuda.

—Sin problema. Encantado de ayudar —Jake dobló sus bastones y se los ató a la mochila. Después la ayudó a ponérsela.

—¿Puedo caminar contigo un rato para asegurarme de que mi rodilla resiste? —le preguntó.

—Por supuesto. Me alegro de tener compañía. He estado solo, sobre todo, en los últimos días.

—¿De dónde eres? —preguntó.

—Acabo de graduarme en la Universidad de Iowa. Hacer el Camino es lo último que voy a hacer antes de aceptar un trabajo en Nueva York. Voy a trabajar para una organización benéfica en el Bronx. Con el tiempo, me gustaría hacer un máster en políticas públicas.

Tess estaba impresionada.

—Es ambicioso. Ojalá yo hubiera tenido las cosas tan claras a tu edad. Madre mía, lo tienes todo pensado.

Jake se rio.

—No lo creo. Sé que quiero ayudar a la gente. Supongo que el resto vendrá por sí solo.

—Bueno, esa es la mitad de la batalla, saber lo que quieres. El resto es fácil si tienes una visión clara. Tess sonrió.

—La tengo —se rio.

—Entonces eres imparable —le aseguró Tess.

Jake se sonrojó.

—Así que has venido a hacer el Camino después de graduarte —dijo, impresionada.

—Sí. No sé, vi esa película y tuve que hacerlo. A mi familia no le hace gracia —admitió.

—Probablemente les preocupa que te pase algo.

—Sí, mi madre está preocupada —declaró.

—Bueno, ya casi estás terminando —se dio cuenta de que la afirmación era válida para ambos.

Jake asintió, pensativo.

—Entonces empieza la vida real.

—Bueno, a alguien se le olvidó decírtelo. La vida real empezó hace mucho tiempo. Es solo un escenario diferente, pero todo es la vida real.

—Sí. Pero ya no habrá vacaciones de verano. No habrá vacaciones de Navidad. Se acabaron las vacaciones de dos meses para pasear por Europa —admitió.

—Bueno, puedes quedarte con esas cosas si son importantes. Puedes tener la vida que quieras, no importa lo que te digan —dijo en voz baja—. Solo tienes que ser valiente para tenerla.

Jake la miró.

—No se parece a mi madre.

Tess se rio.

—Yo tampoco me parezco a *mi* madre.

Caminaron en silencio durante un rato.

—¿Qué ha puesto en su lista de canciones para el Camino?

—No he tenido mucho tiempo a solas, así que no tengo lista de canciones para el Camino —le dijo Tess. —¿Y tú?

—¡Huy! He escuchado toneladas de música aquí —dudó—. Vale, le preguntaré lo que le he preguntado a todo el mundo que he conocido. ¿Qué tres canciones le gustaría que tocaran en su funeral?

A Tess se le cayó el corazón al estómago.

—¿Qué?

—Si tuviera que elegir tres canciones que tocaran en su funeral, ¿cuáles serían?

Tess tragó saliva.

No me gustan los funerales —replicó.

Jake no notó la tensión en su voz.

—Vale, yo primero. En el mío, querría *I'm Not Afraid*, de Eminem; *Locked out of Heaven*, de Bruno Mars; y la última sería *Stronger*, de Kanye West.

Jake le preguntó por qué parecía tan sorprendida.

—Es solo que no esperaba mucho rap de un chico de Iowa. No tiene nada de malo, pero supongo que me imaginaba que Katy Perry o Taylor Swift estarían en la lista.

Jake se rio.

—Solo he estudiado en Iowa. Soy originario de Queens, Long Island. De ahí viene mi apreciación musical.

Una vez roto el hielo, decidió seguir el juego.

—Vale. Mis elecciones musicales son un poco distintas. Yo haría que tocaran *Hotel California*, de los Eagles; *Via Con Me*, de Paolo Conte, que es la canción que escucho al despegar cada vez que vuelo, porque me reconforta; y, por último, *I Believe*, de Andrea Bocelli.

—Vaya. Interesante lista. No es algo que esperaría de una madre de América —bromeó.

Tess se rio.

—*Touché*.

Él sonrió.

—¿Puedo pedir una más? —preguntó, entusiasmada de repente con el juego al que estaban jugando.

—Por supuesto, es su funeral.

Tess respiró hondo.

—Vale. Querría *Let's Get This Party Started*, de Pink.

—Esa es buena —coincidió—. Buena para un velatorio irlandés, si eso es lo que le gusta.

Ella se rio.

—Ya veo. También querría *One More Day With You*, de Diamond Rio.

—Pero vamos a ver —Jake se rio—. Sería el funeral más largo de la historia. He creado un monstruo.

Caminaron el resto del día, hablando del universo y de los mejores sabores de helado. Después, de los mejores espectáculos en directo que habían visto y de las mejores salas de conciertos.

A menos de un kilómetro del pueblo de Portomarín, situado en la ladera de una montaña, la conversación volvió a girar en torno a su familia y a lo feliz que estaría su madre de verlo sano y salvo en casa.

—Apuesto a que sí —dijo Tess—. Las madres se preocupan. Pero debe de estar muy orgullosa de ti.

Jake sonrió tímidamente ante el cumplido.

—Una vez me visitó mientras estaba estudiando. Había perdido mucho peso y estaba muy preocupada. Quería que lo dejara y volviera a casa para poder cuidar de mí.

—Pero no lo hiciste —Tess aplaudió su compromiso—. Has aguantado hasta el final.

—Sí, sí lo hice. Supongo que mi madre tiene todo el derecho a estar preocupada todo el tiempo. Tuve leucemia cuando era pequeño. Estuve a punto de morir, pero un trasplante de médula ósea me salvó. A veces todavía le cuesta dejar que me vaya.

Tess se paró en seco y miró al joven corpulento y sano que tenía delante. Lleno de optimismo y un futuro brillante. Pero vio algo más en Jake. Se habían pasado el día conversando sin parar, enlazando libremente un tema con otro, como si golpearan una pelota de ping-pong entre ellos. Sin embargo, fue en el último momento cuando él decidió compartir que era un superviviente de cáncer. Tenía muchas otras cosas increíbles en su vida: oportunidades que le llevarían del Camino a nuevas experiencias emocionantes. No se limitó por la experiencia de haber tenido leucemia de pequeño. Jake se definía a sí mismo en el presente. Tess estaba maravillada con este joven.

Entraron en Portomarín, donde Tess vio a Mateo, Pen y Javier esperando en las escaleras al otro lado del largo puente.

—¿Te vas a quedar aquí? —le preguntó, con la esperanza de continuar la conversación y presentarle al grupo.

—No —dijo—. Quiero hacer 10 kilómetros más hoy. Si puedo llegar antes a Santiago, tendré más tiempo para explorar antes de volver a casa.

—Ah —Cruzaron el puente—. Entonces no creo que nos volvamos a ver —susurró Tess con tristeza.

—No, no creo que lo hagamos.

Se detuvieron al otro lado del puente. Jake se dirigía a la izquierda cuesta abajo mientras ella cruzaba la calle y se reunía con los demás.

Mientras Tess se despedía de Jake con un abrazo, la cara de Charlie apareció en su mente.

—Adiós, Charlie —susurró sin pensar antes de separarse y sonreírle—. Gracias por ser mi ángel de la guarda.

—Sin problema. Para eso estoy aquí —Sonrojado, se dio la vuelta y bajó la colina hacia el río.

—Buen Camino, Tess —gritó Jake antes de girar en la esquina y desaparecer de su vista.

Tess saludó con un nudo en la garganta antes de cruzar la calle ante los gritos de los chicos.

—¿Quién era? —preguntó Pen.

—No estoy muy segura —dijo Tess.

Su hija frunció el ceño.

—Cuando os adelantasteis, tuve una caída. Jake me vendó y me acompañó hasta aquí.

Javier le miró las manos y la rodilla vendada.

—Sabía que tenía que haber vuelto de Sarria anoche en taxi —dijo, preocupado.

—No. ¡Ha terminado siendo un gran día! —les contó alegremente—. Uno de los mejores. Es un chico americano de Long Island muy majo. Hemos hablado de un montón de cosas.

Las tres personas que estaban ante ella parecían asombradas.

—Venga —dijo Tess—. Vamos a registrarnos en el albergue. Me muero de hambre. Y subió corriendo las escaleras dejándoles que la siguieran.

Portomarín es un pueblo encaramado a las escarpadas orillas del río Miño. A Tess le sorprendió lo grande que era el río, más parecido a algo que verías en el oeste americano o en la Columbia Británica (Canadá). Tess se aseó y después de cenar dieron un paseo por la ciudad.

Mateo preguntó por su primito.

—Se pondrá bien. Hemos tenido que llevarlo al hospital de Lugo. Se rompió el brazo y se lo han tenido que escayolar. Solo era una pequeña fractura, así que no hay de qué preocuparse —Javier miró la rodilla de Tess—. Me habría gustado volver a Sarria y caminar contigo hoy. ¿Te duele o está rígida?

—La verdad es que no. Sinceramente, estoy bien —le aseguró.

—Me gustaría examinarla y asegurarme de que está completamente limpia. Puede que haya algunas piedrecitas y no sería bueno que se infectara. Deberías ponerte hielo esta noche —le aconsejó.

Tess sonrió.

—De acuerdo, doctor, dejaré que cure mis heridas de batalla y me vende de nuevo.

En la calle, se encontraron con una banda de música que tocaba una versión de los himnos de rock *We Will Rock You* y *We Are the Champions,* de Queen, e incluso *Tequila,* de Tijuana Brass. La gente bailaba en las calles, y grupos de peregrinos se reunían en la plaza principal del pueblo, delante de la iglesia, para bailar en línea.

Pen puso cara de sorpresa cuando Tess se unió a ellos, enlazando los brazos con desconocidos y dando patadas con los pies al ritmo de la música. Javier se reía y grababa vídeos con su teléfono mientras Mateo agarraba de la mano a Pen y tiraba de ella hacia la refriega. Tess se alegró de ver cómo su hija finalmente se soltaba, saltando con el resto de los adolescentes, mientras Tess enlazaba los brazos con un tipo con rastas, plumas en el pelo, pantalones *harem* y sandalias.

Al final se cansó y volvió junto a Javier para observar. Pen y Mateo se tambaleaban hacia ellos, sin aliento.

—Te he visto bailando con el tío ese de los pantalones raros —le dijo a su madre.

—Sí. Me encantan esos pantalones —Tess se rio—. Creo que necesito unos.

Mateo ofreció una solución inmediata.

—Los he visto en la tienda de comestibles de camino a la colina, colgando del techo.

—¿Pues qué hacemos aquí parados? —les dijo Tess, y con eso, dirigió el camino de vuelta a través de la plaza. Llegaron a la tienda y descubrieron que Mateo tenía razón. Del techo colgaban muchas versiones de los pantalones *harem* en colores y dibujos brillantes. A Tess le costó decidirse. Le pidió al dueño que le bajara uno a rayas y otro azul.

—¿Qué opina el gallinero? —preguntó a la asamblea, solícita.

Javier se inclinó hacia Pen.

—¿El gallinero?

—Claro, como en el teatro. Pero básicamente, lo que quiere mi madre es saber nuestra opinión —En ese momento, Pen se volvió hacia Tess—. Ninguno de los dos.

—Ah. Bueno, a esta gallina le gusta el azul —intervino Javier.

—Sí —dijo Mateo—, combinará con más cosas.

Pen puso los ojos en blanco.

—Vendido —proclamó Tess, levantando el modelo azul y entregando los veinte euros—. Creo que me los pondré mañana. Son frescos y cómodos.

—Entonces caminarás sola —dijo su hija con desprecio—. ¿Vas a empezar a usar aceite de Pachuli en lugar de Chanel?

Tess frunció el ceño.

—Venga, no seas tan extremista. No voy a llegar tan lejos. Solo me gustaban los pantalones de ese tipo, y ahora soy la orgullosa propietaria de mi propio par —explicó, satisfecha consigo misma.

Javier se rio ante su entusiasmo infantil.

—Caminaré orgullosamente contigo y con tus pantalones de supermercado —la tranquilizó.

Tess se volvió hacia Pen.

—¿Lo ves? No voy a caminar sola, y *a él* le gustan mis pantalones.

Pen salió de la tienda con Mateo detrás. Tess le dio las gracias al dueño y bajaron la colina. Podía sentir los ojos de Javier sobre ella.

—Hoy hay algo diferente en ti. Me voy un día y parece que has cambiado.

—¿No dicen que un día puede marcar la diferencia? —se burló ella.

—No conozco este dicho, pero pareces más voluble —Sonrió él.

Tess se lo pensó.

—Quizá tengas razón. Hoy he tenido que caminar sola y me he caído. Cuando pensaba que podía estar gravemente herida, descubrí que no lo estaba. Que estaría bien. Incluso si Jake no hubiera venido, habría estado bien. Pero vino y pasamos el día caminando y hablando de todo. No me habló como si fuera una persona mayor o estuviera enferma. Simplemente hablamos. Incluso me preguntó qué tres canciones quería que tocaran en mi funeral.

Una sombra cruzó el rostro de Javier.

—Sí, lo sé —reconoció Tess—. Me asusté un poco, pero al parecer, es algo que Jake ha preguntado a todas las personas que ha conocido en el Camino. Me dijo que le había sorprendido la variedad de música que le gusta a la gente.

Javier pareció relajarse al oír eso, pero no le preguntó las canciones, como si eso fuera a tentar a la suerte.

—Hablamos del cosmos. Jake estaba tan en el presente. Tan optimista. Era refrescante. Al final, cuando cruzamos el puente hacia la ciudad, me contó que había tenido leucemia de niño. Por eso a su madre le preocupaba que hiciera el Camino solo.

Javier guardó silencio. Él mismo había sido maldecido por el cáncer. Sabía cómo transformaba a la persona más valiente en la más temerosa.

—Jake no se definía por el cáncer. Fue lo último que me dijo, no lo primero. Conecté con él porque yo tampoco quiero que me defina. Me niego a permitir que mi vida esté marcada por esto —Las lágrimas empezaron a resbalarle por las mejillas. Yo soy yo, no eso.

Javier le tomó la cara entre las manos.

—No, tú eres tú. No eso —Le sonrió a los ojos durante un momento antes de reírse—. Solo tú, con tus pantalones de supermercado.

Tess se rio y se secó la cara.

—Lo sabía. Estás celoso de mis pantalones —le dijo ella—. Sabes que quieres unos.

—Huy, no, gracias. Esta experiencia de moda única es toda tuya.

Tess abrazó la bolsa contra su pecho mientras bajaban la colina y se dirigían al albergue. Incluso con sus heridas anteriores, empezó a dar saltitos.

A la mañana siguiente caminaron hasta Palas de Rei, a solo cuatro días de Santiago. El camino era un cúmulo de subidas y bajadas, y cuando llegaron al albergue estaban cansados. Cada lugar donde se habían alojado en el Camino era diferente. Algunos eran antiguos, con maderos negros sosteniendo el techo y reconvertidos de su propósito original. Otros estaban nuevos, relucientes y limpios. El albergue de Palas de Rei era nuevo, y les sorprendió gratamente que cada uno tuviera su propia cama con una cortina para mayor intimidad. No era tan lujoso como una habitación privada, pero era lo más parecido en el Camino. Después de cenar, dieron un paseo por la ciudad. Había más estudiantes en las calles y, cuando volvieron al albergue, lo encontraron lleno de autobuses. Sería una noche ruidosa. Antes de dirigirse al interior para sumirse en el caos, Tess llamó a John.

—¡Hey! —Parecía feliz de oír su voz—. He recibido información de Pen. Dice que te has comprado unos pantalones raros en un supermercado e insistes en ponértelos en público. Está muy avergonzada.

Tess se rio.

—Culpable, Señoría.

—¿Foto?

Tess se hizo un selfi y se lo envió a John.

—Vaya. Son interesantes. Pen tenía razón, ciertamente están fuera de tus elecciones habituales de moda.

—Tal vez estoy cambiando —dijo Tess—. Abriéndome más. O simplemente ya no me importa lo que piensen de mí.

—Yo diría que es verdad, después de todo lo que ha pasado —coincidió—. Eres más abierta. Espero que no cambies tanto como para no volver a casa. De vuelta a tu antigua vida. De vuelta a mí.

De repente, se acabaron las bromas.

—Pues claro que vuelvo a casa. Tenemos un par de semanas hasta que aterricemos —le recordó Tess.

—Eso es lo único que quería oír —dijo John.

Tess cerró los ojos, en silencio.

—Pen también dijo que estás considerando visitar Madrid con Javier y Mateo —añadió.

—Bueno, nos preguntaron, pero les dije que lo consideraría. Quería hablar contigo primero y saber lo que piensas.

—Si quieres ir, ve. No veo la diferencia entre hacer el Camino e ir a pasar el rato con ellos a Madrid. Sonaba resignado.

—Ya —dijo ella—. Yo hice una especie de distinción, pero creo que tienes razón. Volveremos a casa poco después de terminar. El lugar en el que estemos hasta entonces no es tan relevante. A Pen le gusta Mateo, y él quiere enseñarle su ciudad natal. ¿Recuerdas que ella habló de hacer un año en el extranjero? Javier dijo que estarían encantados de acogerla si decidía que España era donde quería hacerlo.

—Interesante —dijo John pensativo—. No estoy seguro de si sería raro para mí, pero tenemos más de un año para decidir.

—Sí, lo tenemos —dijo en voz baja.

—Me alegro mucho de que estés casi al final. ¿Te encuentras bien? —preguntó, preocupado.

Tess no le habló de la caída, pero sí le contó que había caminado con Jake. Sobre su conversación, su música favorita para el funeral y su leucemia. Al igual que Javier, John tampoco le preguntó cuál había sido su selección musical.

—Me parece estupendo que hayas tenido la oportunidad de pasear con alguien nuevo. De tener una experiencia fresca. ¿Has terminado tu lista de conversaciones con Pen? —Le preguntó para recordarle su objetivo final.

—Casi. Entonces encontraré el momento adecuado para hablar con Pen de todo lo demás —dijo Tess.

—Vale. Bueno, suenas bien. Mantenme informado, y sigue llevando esos pantalones. Son una locura.

Tess se rio.

—Quizás cuando tengamos Wi-Fi en el hotel de Santiago podemos hacer un FaceTime, y puedo verte.

—Eso me gustaría —dijo en voz baja—. Te echo de menos. Echo de menos verte.

Al día siguiente, Tess se levantó temprano y estaba abajo, en la zona del vestíbulo, atándose las botas cuando Pen bajó con Mateo.

—¿Dónde está tu padre? —le preguntó Tess.

—Todavía está durmiendo, creo —dijo Mateo.

—Vamos a dejarle dormir —sugirió—. Podemos ir a desayunar. Le enviaré un mensaje y le diré dónde puede reunirse con nosotros.

A los chicos pareció gustarles la idea, y subieron la colina para encontrar la primera flecha amarilla del día. Y de paso, una cafetería cercana.

Tess se daría el capricho de tomarse dos cafés con leche y Javier podría tomarse su tiempo para despertarse y arreglarse.

—Espero que no tengamos un montón de chicos tontos de instituto en el próximo albergue —se quejó Pen, bostezando—. Hacen mucho ruido y molestan.

Tess casi se atraganta con el café.

—Te das cuenta de que tú también estás en el instituto, ¿verdad? —le recordó a Pen, que puso los ojos en blanco como respuesta.

—Todos esos chicos me miraban —Hizo un gesto desagradable.

—Lo sé perfectamente —dijo Mateo gravemente—. Y estaban haciendo comentarios sobre ti cada vez que pasabas por delante de ellos. Creo que pensaban que yo también era americano y no entendía el español. Quería decirles algo, pero mi padre me dijo que lo dejara estar.

—¿En serio? Pen estaba sorprendida y contenta de que Mateo defendiera su honor —Ella se inclinó y lo abrazó mientras su cara dibujaba diversos tonos de rojo.

Mateo pidió otro café y unas pastas y volvió con su segunda ronda. Justo entonces, Javier entró en la cafetería, con aspecto un poco aturdido.

—Ven, siéntate, dormilón. Te hemos pedido un café.

Javier se dirigió hacia la silla.

—No sé qué me pasa. Normalmente me levanto el primero y estoy listo para salir, pero esta mañana estoy agotado.

—Bueno, hoy podemos ir despacio —dijo Tess—. No tenemos prisa.

Terminaron de desayunar y llevaban más de una hora de camino cuando Tess notó que Pen se estaba rascando el cuello y no podía parar. Javier se detuvo para examinarle la cara y luego le hizo quitarse la mochila. Le levantó la camiseta y Tess dio un grito de asombro al ver las ronchas que habían salido en el estómago de su hija. Javier miró dentro de su boca y en la cara y el cuero cabelludo.

—No me gusta cómo está avanzando esto. Pen está teniendo una reacción alérgica a algo. Voy a conseguir un taxi para que nos recoja en la carretera más adelante. Está a unos cien metros. Es domingo y no encontraremos un médico que tenga la consulta abierta cerca de aquí. Vamos a Urgencias en Melide.

¿Cómo había sucedido?

—No lo entiendo. Estaba bien esta mañana.

—A veces hay algo oculto, o las alergias se desarrollan con el tiempo. ¿A qué es alérgica Pen? —preguntó Javier. ¿A la comida o a los medicamentos?

—Tiene un par de sensibilidades, pero nada importante. Cuando era pequeña, la soja podía desencadenar problemas, como sarpullidos. No puede comer garbanzos —dijo Tess.

Javier parecía confuso.

—Como el hummus: No puede comérselo, y si lo hace, le sale un sarpullido —explicó.

La cara de Pen estaba cada vez más roja. Javier marcó el teléfono y habló con la compañía de taxis. Luego le dijo algo a Mateo, destapó su botella de agua y se la dio a Pen.

—¿Tienes antihistamínicos? —le preguntó a Tess—. ¿En un botiquín de primeros auxilios?

Tess recordó que había traído Benadryl. Lo sacó y se lo dio a Javier. Él cogió una navaja de bolsillo y aplastó un poco en un pañuelo de su mochila. Luego abrió la boca de Pen y se lo frotó con el dedo bajo la lengua. Ella hizo una mueca ante el sabor amargo, pero no dijo nada. Entonces Javier le dijo a Tess que cogiera a Pen y empezara a andar. Envió a Mateo para que corriera al encuentro del conductor, y él llevaría la mochila de Pen.

Tess observó la rápida respuesta de Javier y cómo reaccionaba ante la erupción en el torso de Pen. Sabía que estaba ocurriendo algo grave y no sabía qué hacer, salvo seguir las instrucciones. Como había prometido, el taxi les estaba esperando y, ante la insistencia de Javier, el conductor pisó el acelerador y salieron volando hacia Melide. El trayecto debería haber durado casi quince minutos, pero el conductor lo hizo en menos de diez. Tess se sintió agradecida.

Javier vigiló a Pen durante todo el viaje. Llamó con antelación y el médico de guardia salió a recibirles cuando llegó el taxi. Llevaron rápidamente a Pen a una habitación con su madre.

Javier se sentó en la sala de espera con Mateo.

—¿Cómo está? —Mateo saltó de su asiento cuando Tess salió de la parte de atrás.

—Le han puesto un par de inyecciones y ya está respondiendo bien. Se va a poner bien. Se quedó durmiendo en cuanto la adrenalina hizo efecto en su sistema. Creo que lo pillamos justo a tiempo —Tess seguía conmocionada—. Fue tan repentino. No la vi comer nada que no hubiera comido antes en este viaje.

Mateo tomó la palabra.

—Anoche fuimos a la tienda de la esquina y compramos algunas cosas para comer antes de cenar. Esta mañana la he visto abrir la caja. No sé qué era, pero quizá sea alérgica a eso.

Tess rebuscó en la mochila de Pen y sacó la caja. Ella no podía leer bien los ingredientes, pero Mateo se los leyó. Efectivamente, las galletas llevaban harina de garbanzo. Tanto cuidado con los alimentos sin gluten y mira. —Tess se volvió hacia Javier.

—Gracias a Dios que estabas allí. No quiero ni imaginarme lo que habría pasado si no te hubieras dado cuenta —Se le saltaron las lágrimas al recordarlo y Javier la abrazó.

—Estoy feliz de poder ayudar —Le aseguró.

Mateo los observó pero no dijo nada, desviando su atención hacia la puerta donde habían llevado a Pen. Javier intentó animar a Tess.

—Tengo buenas noticias —le dijo.

Ella se secó los ojos, confusa.

La jefa del servicio de urgencias me ha ofrecido trabajo. Dice que andan escasos de personal y que, ya que les estoy dando más trabajo, debería unirme a ellos —sonrió.

—Qué poca vergüenza —Le regañó—. Usar a los heridos para subir peldaños en la escalera del éxito.

—Pero, por desgracia, lo he rechazado —Bromeó—. No podía dejar que recorrieras el resto del camino hasta Santiago mientras yo empiezo mi nueva vida como médico rural de urgencias. Estamos a pocos días del final. Tenemos que terminar esto.

—Amén a eso —dijo ella.

En ese momento, sacaron a Pen, con aspecto soñoliento. Mateo se levantó de un salto y fue hacia ella, rodeándola con los brazos. Ella sonrió con lágrimas en los ojos.

—Gracias por salvarme, Javier. Podría haber muerto si no hubieras hecho lo que hiciste —le dijo sin fuerzas.

—Un placer, querida. Tienes una larga vida por delante para arrasar en el mundo —Apretó la mano de Pen.

—La tiene —Tess sonrió, acercándose y abrazándola con fuerza.

—Puedo llamar a un taxi para que nos lleve de vuelta al sendero. Pen, si te conseguimos algo de comer en un café, ¿podrías caminar unos kilómetros de vuelta a Melide? Mateo y yo podemos turnarnos para llevar tu mochila.

Pen asintió.

—Estupendo. Vamos a comer, y luego volveremos en transporte al sitio donde lo dejamos.

El viaje de vuelta fue mucho menos tenso que el anterior. Tess se recordó a sí misma que llamaría a John más tarde. Lo había despertado al llegar al hospital para contarle lo que estaba ocurriendo.

El taxi les dejó justo donde estaban antes, y casi sin darse cuenta, ya estaban en Melide. Una larga subida les condujo a la bulliciosa ciudad, donde abundaban los albergues.

—¿Alguna preferencia sobre dónde pasar la noche? —preguntó Javier.

—Ninguna —contestó Tess—. Después de lo de esta mañana, dormiría en un establo y estaría agradecida por ello.

—Por favor, no elijas un albergue con restricciones de duchas —suplicó Pen—. Quiero una ducha larga. Y quiero dormir.

—Un establo con agua caliente ilimitada. A ver qué podemos hacer —Hizo un par de llamadas y le siguieron hasta un bonito albergue con habitaciones dobles privadas y baño privado. Pen estaba en el cielo. Tess se alegró de poder ver a Pen durante toda la noche sin molestar a otros peregrinos.

Se duchó primero, y le dijo a Pen que podía quedarse todo el tiempo que quisiera bajo el agua. Tess salió y llamó a John.

—¿Está bien? —fue su nervioso saludo.

—Sí, está bien —le informó, dejando escapar un suspiro—. No estoy siendo demasiado dramática. Podría haber muerto si Javier no hubiera actuado con rapidez y nos hubiera llevado a todos a urgencias. Tenía los labios hinchados y azules cuando llegamos.

—Madre mía —John dejó salir un suspiro—. Gracias a Dios que él estaba allí para ayudaros.

—Sí. Es raro. De alguna manera Javier nos ha cuidado en todo momento en este viaje.

John sabía que era verdad.

—Por favor, dale las gracias de mi parte. Dile que estoy en deuda infinita con él por todo lo que ha hecho. ¿Suena raro eso? —preguntó—. Debería odiar a este puto tío. Lo odio, en mitad de la noche cuando no puedo dormir. Pero luego me siento culpable.

—Lo entiendo —dijo Tess—. Y estás en tu derecho. Pero es como si lo hubieran enviado aquí para salvarnos de nosotras mismas.

—¿Dónde estás ahora? —preguntó su marido.

—En Melide. Hoy no hemos llegado tan lejos como queríamos, pero aun así llegaremos a Santiago dentro de dos días. Y luego iremos a por la Compostela. No he hablado con Javier para ver lo de ir a Madrid si la oferta sigue en pie. Hemos dado bastante guerra.

—Es tonto si dice que no. Y no es tonto. Disfrutad de los últimos días y luego haced turismo. Y, por favor, intentad cuidar vuestra salud. Las dos. No quiero que mis chicas se pongan enfermas al mismo tiempo. Puedes esperar a llegar a casa para hacerlo. Entonces me tocará a mí cuidar de vosotras.

Tess no respondió. Sabía que volver a casa significaba luchar contra el cáncer. Estaría muy enferma y John también tendría mucho trabajo.

—Debería ir a ver a Pen —susurró.

—Por favor, dile a Pen que le envío buenos pensamientos.

—Se lo digo. Te queremos —Tess colgó mientras Javier bajaba las escaleras leyendo algo en su teléfono.

—Estaba hablando con John —le dijo.

Asintió con la cabeza.

—Imagino que estará preocupado.

—Sí. Pero John me ha pedido que te diera las gracias y que te dijera que está en deuda contigo.

Javier parecía sorprendido.

—Ha sido un día emotivo. Creo que tal vez toque cena de helado —afirmó.

—¿*Cena de helado*? —Preguntó, confuso.

—Sí. Cuando los niños estaban creciendo, y pasaba algo que nos afectaba, siempre cenábamos helado. A ellos les encantaba —explicó—. Nadie puede estresarse comiendo helado. Esta noche, no es negociable.

Javier se rio.

—Es una buena receta para lo que nos pasa. Ojalá se me hubiera ocurrido a mí.

Cuando los chicos bajaron más tarde, Pen con un aspecto un poco peor, les explicaron el plan. Mateo estaba confundido.

Pen sonrió.

—Una cena de helado lo cura todo. Es lo mejor.

La mayoría de restaurantes pequeños e incluso las tiendas de comestibles del Camino tienen un cartel en la fachada en el que anuncian todos los helados envasados que sirven. Pero también hay heladerías en los pueblos más grandes, y Melide no defraudó. Javier la sorprendió pidiendo un *sundae* gigante.

—¿Qué? —le preguntó a Tess al ver la expresión de su cara—. Estoy adoptando esta famosa tradición americana.

Tess sacudió la cabeza y se echó a reír.

—Traspasar la brecha cultural te sienta bien.

Él le sacó la lengua y siguió con su postre.

Pen se quedó atrás con su madre, caminando del brazo de vuelta al Albergue.

—Esto ha sido perfecto. Gracias, mamá.

—Sabía que ayudaría —dijo con calma—. Has tenido un día duro.

—Sí, me asusté en el taxi cuando se me hinchó la lengua y no podía hablar. Quería llorar, pero tenía miedo de no poder respirar —Pen gimoteó, recordando el miedo.

Tess sonrió.

—Ya ha pasado. Te vas a poner bien. Y mientras estemos aquí, leeremos mejor las etiquetas de todo antes de que te lo comas.

Caminaron en silencio durante un rato.

—Te quiero, mamá —susurró Pen, apoyando la cabeza en su hombro.

—Te quiero, Pina. Ah, y papá me pidió que te dijera que piensa en ti y te envía buenos pensamientos.

¿Lo llamaste?

—Desde el hospital, y hablé con él después. Dice que está en deuda con Javier por salvar la vida de su encantadora hija.

Pen sonrió.

—¿Dijo eso?

—Sí.

—Lo echo de menos —dijo ella.

—Yo también lo echo de menos —coincidió Tess.

Javier caminaba solo, leyendo un mensaje que había recibido antes.

John: «Gracias por salvar a Pen. Estoy en deuda contigo».

El día siguiente fue su último día completo en el Camino, y fue literalmente un paseo por el bosque. Galicia ya era mucho más fresca que las otras regiones que habían atravesado. Y aunque hacía calor, el camino sombreado hizo que la mañana fuera fresca y la tarde, agradable. Estaban más apagados que de costumbre, cada uno pensando en el final de su viaje y en lo que eso significaría cuando terminaran. Habían elegido un pequeño albergue en un pueblecito a un día de camino de Santiago. Pen apartó a su madre del camino.

—Es el cumpleaños de Mateo. Su abuela Sofía le ha enviado un mensaje de texto antes, lo he visto. ¿Podemos ir a la tiendecita y comprarle algo pequeño? Y a lo mejor podríamos conseguir un pastel pequeño o algo en la panadería.

Tess sonrió. Pen se había enamorado de este chico y su entusiasmo desinteresado por hacer algo para él conmovió a Tess.

—Por supuesto —le dijo a Pen.

Llevaron sus sorpresas al café donde Javier y Mateo esperaban e iniciaron una pequeña celebración de cumpleaños improvisada al estilo americano. Tess aprovechó la oportunidad para concretar sus planes después del Camino con Javier.

—Bueno, esperemos que esa oferta de irnos y quedarnos con vosotros en Madrid siga en pie. Creo que prolongar esta fiesta un poco más sería divertido.

Mateo levantó el puño por encima de su cabeza.

—¡Sí!

Mientras, Pen sonreía de oreja a oreja.

PartE IV

LA CHARLA

QUINCE
DAOS LA VUELTA PARA VER AMANECER

Se despertaron en la oscuridad de la noche y se pusieron las mochilas y las botas. Era la última vez que realizarían este ritual. Mientras salían, Pen gritó: «¡Daos la vuelta para ver el amanecer!». Y lo hicieron por última vez.

Era impresionante. Los rayos de luz atravesaban las nubes y se dispersaban en forma de abanico, formando una concha de vieira que tan familiar les resultaba ahora: su último amanecer en el Camino. En silencio, se dieron la vuelta y comenzaron a caminar hacia Santiago a través de bosques de eucaliptos junto a otros peregrinos. Nadie hablaba. Las conversaciones en voz alta y las bromas de otros días habían desaparecido. Algunos peregrinos sacaban sus rosarios y rezaban en silencio. Todos entendían que este último día era sagrado.

Tenían que recorrer 30 kilómetros y recoger dos sellos en sus pasaportes antes de entrar en Santiago de Compostela. Los camiones paraban para que cruzaran las autovías, y ellos deambulaban por las últimas aldeas y subían un conjunto de pronunciadas colinas.

Finalmente, llegaron a Monte do Gozo, el último lugar donde pueden alojarse los peregrinos antes de entrar en la parte central de la ciudad. La vista mostraba Santiago extendido a sus pies, un momento que a Tess le pareció irreal después de haber caminado desde Francia. No estaba segura de cómo lo habían hecho, paso a paso. No podía articular el sentimiento de felicidad y dolor que se agolpaba en su corazón. Javier vio la emoción escrita en su rostro.

—¿Bajamos a la ciudad? —preguntó en voz baja—. Son solo unos kilómetros más.

Tess asintió mientras los chicos corrían colina abajo. Le costaba contener las lágrimas que caían por sus mejillas. Sabía que Javier las veía, pero no dijo nada.

El bullicio de Santiago era un asalto a los sentidos. Cruzaron un puente sobre una autopista y después subieron la colina a través de un ajetreado distrito comercial con estrechas aceras. Luego bajaron de nuevo al casco antiguo de la ciudad. Por el camino, vieron a otros peregrinos conocidos que habían llegado antes que ellos. Algunos les abrazaron en señal de celebración. Otros señalaron hacia la catedral y gritaron: «¡Ya casi estáis allí! », y después aplaudieron en señal de celebración.

Cerca de la catedral, Tess oyó a un gaitero solitario que tocaba la gaita. Fue entonces cuando ya no pudo contener las lágrimas. Lloró abiertamente mientras caminaban bajo el pórtico de la iglesia y entraban en la plaza del Obradoiro. Pen y Mateo ya estaban allí, abrazando a otros peregrinos mientras les esperaban. Javier se detuvo y se volvió hacia Tess.

—Lo hemos conseguido —le dijo.

Las lágrimas se derramaban por sus mejillas. No hubo palabras cuando él le apartó el pelo de la cara y se abrazaron. Ella se apartó, sonriendo, y fueron a reunirse con Mateo y Pen, que les esperaban al otro lado de la plaza, felicitándoles por haber completado todo el Camino.

—¿Y ahora qué? —preguntó Tess al grupo, secándose los ojos. ¿Deberíamos ir a por nuestra Compostela o registrarnos en el hotel y asearnos primero?

—¡Compostela ya! —dijeron al unísono.

Había una larga cola de otros peregrinos que terminaban ese día, así que esperaron para registrar su entrada y obtener su Compostela. El cáncer no le había impedido hacerlo. Tess había vencido hoy al oso.

Por fin llegó su turno en el mostrador. Cuando el administrador le preguntó dónde había empezado Tess el Camino, se le atragantó la voz.

—Saint-Jean-Pied-de- Port, en Francia —La mujer sonrió—. Lo siento —se disculpó Tess—. No sabía que sería tan emotivo.

—No pasa nada. Mucha gente llora en este momento.

—¿Ha hecho usted el Camino? —le preguntó Tess.

—Sí, muchas veces —dijo la mujer.

Los cuatro se reunieron en el patio, cerca de la fuente, y se mostraron orgullosos sus Compostelas. Pen había pedido el papel adicional que certificaba los kilómetros recorridos.

—Esos chicos del instituto de Sarria no tienen uno de estos —Estaba tan orgullosa de eso como de su Compostela.

Tess leyó el certificado que Javier le tendía. Sus nombres inscritos en latín incluían tanto el suyo como el de Alejandra, ya que Javier había cumplido su promesa de caminar en honor de su esposa. Miró el de Mateo, que había hecho lo mismo. Tess sonrió. Alejandra era una mujer afortunada por ser amada por aquellos hombres extraordinarios.

DIECISÉIS
SANTIAGO Y MÁS ALLÁ

Tess estaba de pie ante el espejo del baño de su habitación de hotel, limpiando el vaho del cristal. No más albergues malolientes. Se acabaron las mismas cenas de peregrinos. No más caminar durante horas todos los días. Y, aun así, lo echaría de menos. El sentimiento de comunidad. El sentido común de propósito de todos los peregrinos del Camino. El darse cuenta de que poco a poco iban alcanzando su meta y la confianza que da hacer algo que, al principio, parecía tan inalcanzable. Todo eso había quedado atrás. Decidió llamar a John.

—¡Hey! ¿Lo habéis conseguido? —preguntó.

—¡Lo hemos conseguido! —dijo ella.

—¡Fantástico! Estoy muy orgulloso de ti. —Tess podía escuchar las lágrimas en su voz.

—Gracias. Yo también estoy muy orgullosa de mí misma. Dicen que no puedes silenciar una campana. Que una vez que has roto un huevo, no puedes volver a meterlo en la cáscara. Yo me siento rota —dijo entre lágrimas—. Como si todas las emociones que he tenido fluyeran fuera de mí y ya no pudieran volvieran a entrar. No sé cómo explicarlo mejor.

—No tienes que hacerlo —le dijo—. Lo entiendo. Ha sido duro para ti. Más duro que para la mayoría de la gente. Y con todo lo que está pasando, aun así lo has hecho. He estado preocupado todos los días, y a pesar de todo lo has logrado. Esa es la fuerza de mi esposa.

Tess gimoteó.

—¿Cómo está Pen? —preguntó.

—También está muy orgullosa de sí misma. Pero creo que está deseando volver a llevar ropa normal y hacer cosas normales.

—Es una adolescente. Cuando tenga 40 años, echará la vista atrás y lo entenderá mejor. Verá lo que las dos hicisteis juntas en un momento tan crítico —susurró— para ambas.

—Sí —así lo esperaba—. Probablemente.

—¿Cuándo os vais a Madrid?

—No estoy segura. Ayer le dije a Javier que aceptábamos su oferta. Pen y Mateo están eufóricos. Hoy no he hablado mucho con él. El último día es más de reflexión individual.

La mayoría de la gente estaba en silencio, así que no hemos tenido ocasión de hablar de los detalles.

—¿Cómo te sientes? —preguntó.

—Me siento bien. Agotada. Acabo de cruzar España andando, así que eso es lo que toca —Sonrió.

—Cierto —John rio entre dientes—. Bueno, mantenme informado y envíame fotos. Te echo de menos. Faltan menos de diez días para que vuelvas a casa.

—Sí —dijo en voz baja—. Entonces empezará todo.

Tess se secó el pelo y mandó su ropa de caminar a la lavandería. Se miró al espejo por última vez y le gustó lo que vio. Se lo había dejado todo en el camino, con nueve kilos menos en cuerpo y espíritu y un bronceado más intenso que el de sus tiempos de instituto. Todo el equipaje. Toda la tristeza. Se habían ido. En su corazón solo había amor para todos. Envió un mensaje a Javier y a Pen y les dijo que estaría en la plaza que hay antes de la Catedral.

Al salir del Parador, ya sin ser peregrina, se sintió extraña mientras miraba hacia la entrada, viendo cómo otras personas entraban en la plaza de la catedral. Todos tenían la misma mirada: alivio, cansancio, confusión. Y lágrimas. Vio a la pareja brasileña que conoció aquella primera noche en Orisson y corrió hacia ellos. Todos se abrazaron con lágrimas en los ojos.

—¿Cuánto tiempo llevas aquí? —preguntó la mujer.

—Hemos llegado hoy. —dijo Tess—. Acabo de disfrutar de mi primera ducha post-Camino y pensé en bajar a ver si venía alguien conocido.

El hombre sonrió.

—¡Lo hemos conseguido! La clase del 28 de mayo. Empezamos juntos el mismo día en Saint-Jean y hemos terminado el mismo día —Se atragantó—. ¿Cómo te sientes? —le preguntó a Tess.

—Me siento abrumada —Tess se secó las lágrimas—. Lo que hemos hecho todos es extraordinario. No lo parecía cuando caminamos, pero ahora sí. No creo que vuelva a ser la misma.

La mujer sonrió.

—Yo siento lo mismo. Hoy ha sido como una meditación, al entrar. Como si estuviéramos en la iglesia.

—Lo entiendo —dijo Tess.

—¿Qué tenemos que hacer ahora? —preguntó.

—Bueno, la oficina de la Compostela está bajando la cuesta a la derecha —les dijo Tess.

El brasileño le ofreció la mano a su mujer.

—¿Vamos, querida?

Los demás seguían instalándose, así que Tess subió las escaleras hasta la catedral. Dentro, la gente se arremolinaba, pero Tess eligió un lugar tranquilo para sentarse. Miró la arquitectura y, finalmente, la cruz. Al parecer, aquí se guardaban las reliquias del Apóstol Santiago. La gente pedía milagros todos los días. Tess no inclinó la cabeza mientras rezaba. En lugar de eso, sintió el impulso de mirar hacia arriba, hacia la inmensidad del techo románico, mientras hablaba con Dios.

—Por favor, ayúdame. No sé qué hacer. Tengo cáncer, pero ya hemos hablado de eso varias veces en las últimas semanas. Tengo que decírselo a Pen, y tengo que hacerlo pronto. Pero ni siquiera sé cómo empezar esa conversación. No hay palabras perfectas para evitar hacerle daño.

En ese momento, Tess sintió una mano en el hombro. Levantó la vista hacia el rostro redondo y rubicundo del sacerdote escocés que había conocido semanas atrás en la plaza de la ciudad de la colina, en la fiesta de cumpleaños.

—Es Tess, ¿verdad? —preguntó preocupado.

Se secó los ojos e intentó sonreír.

—Sí, padre —susurró.

—No quiero entrometerme en tu conversación con Dios, pero pareces disgustada. ¿Hay algo que pueda hacer para ayudarte?

Acababa de pedir ayuda a Dios. Tal vez por eso este hombre estaba aquí.

—No lo sé, padre —Tess intentó mantener la compostura—. Estoy perdida. Estoy enferma de cáncer y necesito encontrar la manera de decírselo a mi hija. He recorrido todo este camino con el único objetivo de decirle que estoy enferma. Y cada vez que he tenido oportunidad o debía hacerlo, he sido una cobarde. Necesito encontrar una manera de hacerlo sin romper el corazón de las dos, pero estoy perdida.

El sacerdote se sentó a su lado y tomó su mano.

—Ay, querida. La mayoría de nosotros estamos perdidos en esta vida. Y los que dicen que no, se engañan. Ese es el sentido del Camino, encontrarnos a nosotros mismos y caminar con Dios. Pero dice mucho de ti que, a pesar de que estás muy enferma, sigas más preocupada por tu hija y por cómo le afectará. Creo que te estás cuestionando si eres una buena madre. Lo mejor sería que dejaras pasar esas dudas. Ahora es el momento de ser sincera con ella. Se acabó el esconderse.

Tess miró la cara de aquel hombre amable y asintió.

—Tiene razón, padre. Pero no estaba convencida de saber qué hacer. ¿Sabe? Ni siquiera soy católica. Quizá no debería perder el tiempo conmigo.

—¡Qué va! —Sonrió—. Católica, Apostólica... A Dios no le importa eso. Créame. Lo sé.

—¿Mamá?

Sorprendidos, ambos se giraron y vieron a Pen de pie en el pasillo.

—¿Cómo sabías que estaba aquí? —le preguntó Tess, secándose las lágrimas.

—Cuando no te vimos en la plaza, Javier me dijo que viniera a buscarte aquí. Pareces disgustada. ¿Qué te pasa? —preguntó, mirando del sacerdote a su madre.

El padre sonrió a Tess y le apretó la mano. Ahora le dejo. Si necesita algo, estaré dando una vuelta para ver algunas reliquias.

Pen lo vio irse y se volvió hacia su madre.

Tess se secó la cara y dio una palmada en el lugar que acababa de dejar libre el sacerdote.

—Por favor, siéntate. Hay algo de lo que necesito hablar contigo.

Pen se deslizó de mala gana en el banco, asustada.

—Lo siento —Tess respiró hondo—. Me cuesta saber por dónde empezar —Tragó saliva antes de recuperar la voz—. ¿Recuerdas el día en que papá y yo te dijimos que iba a dejar el trabajo?

Pen asintió.

—Bueno —Otra respiración profunda—. La razón por la que hice eso es que tengo cáncer de mama.

Mientras el horror bañaba el rostro de Pen, Tess se derrumbó. Ambas lloraron mientras Pen rodeaba el cuello de su madre con los brazos y se aferraba a ella, ahogada por la noticia. Finalmente, se apartó.

—¿Por qué no me lo dijiste? —preguntó, claramente dolida—. Todo este tiempo.

—Iba a hacerlo. Íbamos a hacerlo tu padre y yo. Nos habíamos enterado el día anterior, pero aún no habíamos decidido qué tratamiento seguir. Quería esperar hasta saber exactamente lo que íbamos a hacer. Teníamos un plan, pero entonces ocurrió lo de la droga, y me dio más miedo perderte por algo así que el miedo al cáncer. Y decidí que haríamos este camino. Así te alejarías de esa gente y yo encontraría la forma de decírtelo durante el camino.

Pen estaba callada.

—Pero no me lo has dicho mientras caminábamos —señaló.

—No —Tess trató de calmarse—. Al principio me dije que era porque estabas caminando con Mateo. Y parecías tan feliz que pensé que te dejaría que disfrutaras de eso. Pero al final, si te soy sincera, me he estado escondiendo. Sabía que te haría daño, y también que lo convertiría en algo real para mí. Pero quería pasar este tiempo contigo, sin que el cáncer se entrometiera —gimoteó—. Hemos tenido una relación difícil estos últimos años, ya lo sabes. No sé muy bien por qué, pero quería que volviéramos a conocernos. Que supieras que estoy de tu lado.

Tess pensó que Pen podría explotar y se preparó para ello, mirándose las manos. Pero el único sonido que oyó fue el de Pen soltando la respiración que estaba conteniendo.

—Por eso hiciste una lista de todas esas conversaciones. ¿Tienes miedo de morir y no poder hablar conmigo de esas cosas cuando sea mayor? —preguntó, buscando respuestas en el rostro de Tess.

Tess cerró los ojos.

—No sé qué va a pasar. Quería este tiempo, de esta manera, contigo.

Las dos se dieron tiempo para asimilarlo.

—¿Lo sabe Javier? —preguntó Pen.

Tess asintió.

—Encontró un frasco de la medicación que estoy tomando. Se me cayó de la mochila en uno de los albergues. Me preguntó y fui sincera. Después de eso, me ha estado presionando todos los días para que te lo contara, pero yo no sabía cómo. Tu padre y yo hablamos todas las noches, y cada vez me lo me pregunta. No es culpa de ellos: es culpa mía.

Las lágrimas resbalaban por las mejillas de Pen.

—¿Cómo lo has llevado hasta aquí? —preguntó.

—Has necesitado mi apoyo pero no me lo has pedido. Y yo no te lo ofrecí porque no lo sabía. Ahora me siento fatal. Como si fuera la peor hija del mundo —Pen empezó a llorar de verdad.

—Cariño, no —Tess le apretó la mano—. Eres una adolescente. Estás haciendo lo que hacen los adolescentes. No esperaba que soportaras mi peso en este viaje. Quería que tuvieras el Camino que necesitabas, y lo has tenido. Pero ahora necesito pedirte ayuda. Cuando llegemos a casa, va a ser difícil. Me operarán la semana siguiente. Papá también te necesitará. Todo esto ha sido muy duro para él, pero ha oído cómo has cambiado en el Camino. Los dos esperamos que las drogas y el alcohol queden atrás.

Pen cerró los ojos y esperó.

—¿Has retrasado el tratamiento por mí? —susurró.

Tess levantó la barbilla de Pen para mirar los brillantes ojos azules de su hija. No quería mentirle, pero no podía cargar sobre sus jóvenes hombros el peso del desenlace del cáncer.

—Yo tomé esta decisión. Puedes preguntarle a tu padre. Es algo que siempre he querido hacer, incluso antes, y sabía que no podría hacerlo cuando empezara el tratamiento. El episodio de la droga fue una confirmación más de que era lo correcto.

Tess observó cómo Pen buscaba en su rostro si lo que decía era cierto.

—Quiero decirte que no estoy enfadada contigo porque estés enferma. Pero lo estoy, y deberías habérmelo dicho. Pero no confiaste en mí. Siempre actúas como si me protegieras, pero así no lo haces.

Tess podía oír el dolor en la voz de Pen y sabía que tenía razón.

—Tienes razón —admitió Tess—. He hecho todo lo que has dicho. No he confiado en ti, pero no por las razones que crees. No he confiado en mí misma. Después de la muerte de Charlie, luché mucho. Quería controlar el dolor que nos rodeaba y alejarlo de ti. Tenía miedo de cómo te estaba afectando. Y con mi diagnóstico, he estado haciendo lo mismo.

Pen se limpió la nariz.

—Quizá si no te esforzaras tanto, verías que puedes apoyarte en nosotros. En papá y en mí: nosotros somos fuertes. Podemos gestionar las cosas. Hemos gestionado tus cosas y somos más duros de lo que crees.

Tess alargó la mano y echó el pelo de Pen hacia atrás.

—Ahora lo veo. Sé que eres fuerte.

—Y a veces puedes ser débil —gimoteó Pen—. No tienes que encargarte de todo. Podemos cuidar de ti. Eso es lo que uno hace cuando quiere a alguien. Dejas que te ayuden cuando lo necesitas.

A ambas se les llenaron los ojos de lágrimas.

—¿No deberíamos irnos ya a casa? —preguntó Pen secándose la cara con la manga—. Así podrías empezar el tratamiento. ¿No te ayudaría eso?

Tess suspiró.

—Ya estamos al final de nuestra aventura. A grandes rasgos, unos días no supondrá ninguna diferencia. Vamos a Madrid a descansar y después volveremos a casa.

Tess tiró de Pen y la abrazó. Vio al sacerdote por encima del hombro de su hija, rezando sobre una vela encendida. De algún modo, pensó que podría ser para ella. Pen no parecía querer soltarse cuando Tess se apartó.

—Escucha —le dijo a Pen con calma—. Una cosa que te sugiero es que hables con Mateo. Él ha pasado por lo mismo que nosotros vamos a pasar. Sabe lo que se siente al tener una madre con cáncer. Apóyate en él. Sé que estará ahí para ayudarte.

Pen asintió.

Salieron de la iglesia lentamente, con los brazos entrelazados. Las dos sabían que al entrar en la brillante luz del sol de Santiago, nada volvería a ser lo mismo. Javier y Mateo las vieron y saludaron con la mano, y rápidamente se dieron cuenta de que algo había cambiado. Pen dejó a su madre y cayó en los brazos de Mateo.

Él miró a Tess por encima del hombro y exclamó: «Gracias».

—Así que se lo has dicho —afirmó Javier.

Tess asintió y él la abrazó mientras lloraba.

—¿Pen? —dijo, alejándose de Javier—. Creo que deberíamos llamar a papá y hablar con él de esto. ¿Qué te parece?

Pen asintió.

Tess pasó el brazo por el hombro de Pen mientras cruzaban la plaza. Javier y Mateo vieron cómo se iban. Ninguno estaba seguro de lo que ocurriría a continuación.

La videollamada con John duró más de dos horas. Tess sabía que John deseaba estar allí para apoyarlas a las dos, pero al final de la conversación, Pen parecía estar en mejor situación.

—¿Puedo dormir aquí contigo esta noche? —preguntó Pen.

—Claro —Tess sonrió.

—Sé que tienes cáncer, pero ya me sentía triste antes. Creo que es porque se acaba el Camino. Sé que vamos a ir a Madrid con Javier y Mateo, pero no será lo mismo.

—Cariño, ya lo sé. No pasa nada —Tess le apretó la mano—. Tenemos que volver a la realidad. Y has tenido un día muy emotivo, con una noticia significativa, pero lo bueno es que lo haremos con calma. Primero, Madrid. Después, a casa.

—Me siento como si ahora viviéramos en España —dijo Pen—. No creo que a papá le gustara que dijera eso, pero a mí sí. Estoy acostumbrada a estar aquí. Mi hogar parece estar muy lejos. Las cosas que solía hacer ahora me parecen infantiles —dudó antes de decir en voz baja las siguientes palabras—. Y siento que no estarías enferma si nos quedáramos aquí. No pareces enferma. Solo cansada.

Tess puso un pelo suelto detrás de la oreja de Pen.

—Ojalá eso fuera verdad. Que ocurriera un milagro en el Camino —Tess sonrió—. Pero luego te miro a ti y pienso que quizá el milagro sí ha ocurrido. Este viaje te ha cambiado mucho. Pareces muy distinta. Quizá mi bebé ya no sea tan bebé. Y está creciendo justo delante de mí.

Pen sonrió y abrazó a su madre.

—Pero esta noche necesito a mi madre —Tiró de las sábanas y se metió dentro.

Tess se puso a su lado y Pen se acurrucó. Escuchó la respiración de su hija hasta que se calmó. Era maravilloso tener a su pequeña de vuelta, aunque solo fuera por una noche.

Al día siguiente, durmieron hasta tarde antes de reunirse con Javier y Mateo.

—Es extraño saber que no vamos a hacer las maletas y a marcharnos mañana —señaló Pen mientras iban en busca de un café—. Nos hemos tomado días de descanso antes, pero nunca habíamos tenido dos días libres.

Al mirar alrededor, otros peregrinos también parecían perdidos. Habían alcanzado su meta, su único objetivo durante semanas, sin pensar en el después. Ahora, *después* de haber llegado, todos estaban un poco desorientados. La perspectiva de abandonar a los nuevos amigos y la rutina del Camino era desalentadora.

—He pensado en ir a la estación de tren a reservar nuestros billetes para Madrid mañana —dijo Javier.

—Voy contigo —Tess se volvió hacia Pen y Mateo—. ¿Queréis venir con nosotros o preferís iros por vuestra cuenta?

Pen parecía indecisa. Debería quedarse con su madre ahora que sabía que estaba enferma. Tess resolvió su dilema.

—Solo vamos a la estación de tren. No es nada emocionante ni peligroso. Si queréis hacer algo, id. Disfrutad de nuestro último día en Santiago.

—Vale —exclamó Pen.

Tess puso unos euros en la mano de su hija y la abrazó con fuerza. Luego los vio irse. Tess y Javier caminaron en silencio hacia la estación.

—¿Cómo fue la conversación con John? —preguntó finalmente.

—Creo que fue bien. Pen necesitaba oír su voz y lo que pensaba y sentía. Yo también lo necesitaba. Luego pasó la noche conmigo. Como si tuviera miedo de dejarme, por miedo a que desapareciera.

Javier lo entendió.

—No hemos tenido oportunidad de hablar desde ayer. Sé que necesitabas tiempo con Pen, pero he estado despierto toda la noche pensando en ti y preguntándome qué se te estaría pasando por la cabeza. ¿Seguirías queriendo ir a Madrid? ¿O preferirías irte a casa con Pen? Y lo que es más importante, cómo podría ayudarte.

Tess apretó su mano.

—Nunca habría llegado a Santiago sin ti —le dijo—. Nos vamos a Madrid.

Javier dejó escapar un suspiro que no sabía que estaba conteniendo.

—Me alegra oírlo. Creo que Pen ha cambiado en este viaje —le dijo—. Parece más madura.

—Es cierto. Anoche me sorprendió que quisiera quedarse conmigo, incluso después de contarle lo del cáncer. Hacía años que no era tan cariñosa.

Javier ayudó a comprar los billetes para ella y Pen en la estación antes de que volvieran caminando por la ciudad.

—Estoy deseando ver Madrid y tu casa. Solo te he conocido aquí, casi siempre en literas y con todas tus pertenencias a cuestas. Será extraño verte en tu entorno cotidiano.

—¿Un animal en su hábitat natural? —Sonrió.

—Algo así —confirmó Tess.

—No te impresionará tanto. Llevamos una vida sencilla. Mi mundo es pequeño y poco emocionante. Cada día se parece mucho al anterior y al siguiente. Ya lo verás —le aseguró mientras caminaban cuesta arriba hacia la iglesia donde habían prometido reunirse con los chicos para la bendición final de los peregrinos.

Las recomendaciones decían que había que sentarse en un lateral de la inmensa catedral románica para tener la mejor vista del balanceo del botafumeiro. Es el único lugar del mundo en el que un grupo de *tribaboleiros* eleva el gran incensario de plata que está suspendido del techo mediante gruesas cuerdas lleno de carbón caliente e incienso. Al balancearse, la gente puede ver el carbón caliente, y la iglesia se llena del humo del incienso ardiente.

Consiguieron un sitio y comenzó la misa. Tess no era religiosa y no había educado a sus hijos para que lo fueran. De hecho, Pen había estado en más iglesias en el Camino que en toda su vida hasta entonces. Pero Tess siempre sentía algo cada vez que entraba en las iglesias antiguas de Europa, y la catedral de Santiago no era diferente.

Bajo los gigantescos arcos románicos de la iglesia cabían más de mil personas, solo de pie. Tal vez fuera la congregación de creyentes que se reunían aquí desde hacía siglos. Quizás había algo en una fe que ella nunca había entendido, pero que de algún modo podía sentir.

Pronto llegó la hora del balanceo, y un grupo de hombres vestidos con túnicas escarlatas y gruesas cuerdas enrolladas a la cintura entraron y comenzaron el ritual secular de bajar primero el botafumeiro y llenarlo de carbón caliente. Comenzaron a izarlo violentamente hacia las vigas. El movimiento hacía que se balanceara y echara humo mientras volaba. Cada vez subía más alto, por encima de los peregrinos, por un lado, oscilando de nuevo sobre el altar y sobre los peregrinos por el otro lado. Todas las cabezas se giraban hacia el techo de la enorme catedral románica mientras iba y venía.

Finalmente, los hombres de las túnicas lo bajaron y el sacerdote dio la bendición final. Mientras salían, Tess le dijo a Javier que necesitaba unos minutos y él se llevó a Mateo y a Pen a la entrada. En los puestos de velas, echó unos euros en la hucha y sacó algunas velas, las colocó juntas en el velero y las encendió individualmente, por cada uno de sus seres queridos.

—Estoy segura de que Charlie está ahí arriba en alguna parte, así que, Dios, por favor, asegúrate de que está bien. No quiero que se preocupe por nosotros.

Tess volvió a agachar la cabeza.

—Por favor, cuida de John y Pen —tragó saliva—. Y de Javier y Mateo. Ayúdales cuando me haya ido.

Se levantó y salió de la iglesia. El sol brillaba fuera, y se protegió los ojos al encontrarlos entre la multitud.

—Parece que has estado llorando —dijo Pen, preocupada, mientras se acercaba.

—Creo que es por pasar de la oscuridad a la luz del sol —Tess sonrió—. ¿Vamos a comer algo? Me muero de hambre después de tanto humo y cantos que no entendía.

—No creo que hubiera importado si los hubieras entendido —le aseguró Javier.

DIECISIETE
LA CONVERSACIÓN FINAL

Al día siguiente tomaron el tren de alta velocidad a Madrid, y Javier dejó dormir a Tess durante todo el trayecto. Llevó a los chicos al vagón-cafetería y se tomaron su tiempo para almorzar antes de que Pen se levantara.

—Voy a ver cómo está mi madre —les dijo.

Algo preocupaba a Pen. Javier quería darle espacio antes de llegar a Madrid.

Encontró a una Tess aturdida mirando por la ventana.

—¿Va todo bien? —preguntó Pen, deslizándose en el asiento de enfrente.

—Sí —sonrió—. Estoy bien. Supongo que tenía sueño. He estado aquí sentada pensando.

Tess tomó la mano de su hija por encima de la mesa.

—Hemos vivido una gran aventura, ¿verdad?

—Sí, es verdad. Pero ha sido duro —recordó Pen—. Había días en que no quería levantarme en la oscuridad de la noche y ponerme a caminar.

—Ya lo sé —se rio Tess—. Tuve que engatusarte más de una vez —le recordó—. Pero yo también sentí lo mismo muchas veces.

Pen pareció sorprendida.

—Nunca actuaste así. Nunca dijiste nada.

—Sí que lo hice. Más de una mañana. Pero intentaba concentrarme en impulsarnos hacia adelante. Teníamos que seguir adelante si queríamos llegar a Santiago. Y para ello había que salir de la cama. Después solo era cuestión de poner un pie delante del otro.

—Y lo conseguimos —Pen sonrió—. Aunque no ha sido fácil.

—No —dijo Tess—. No lo era. Y podríamos habernos detenido muchas veces. También teníamos buenas razones. La gente habría sido comprensiva si hubiéramos dicho que no podíamos terminar por culpa de mi cáncer en León o cuando tuviste tu reacción alérgica en Palas de Rei. «Claro, tenías que abandonar», habrían dicho. Pero no abandonamos; seguimos adelante. ¿Y no te alegras de que lo hiciéramos?

—Sí. Me alegro de que lo hiciéramos.

—Recuerda esto, Pen. El Camino es una metáfora. Es como la vida. Siempre habrá razones válidas para quedarse en la cama y taparse la cabeza con las sábanas. O para rendirse cuando pasen cosas difíciles. Es inevitable. El mundo te dirá que es comprensible. Pero en tus momentos más bajos es cuando descubres de qué estás hecho y, a veces, lo único que tienes que hacer es levantarte y poner un pie delante del otro hasta que todo vuelva a tener sentido. Pero no tienes que correr. Puedes ir tan despacio como lo necesites hasta que encuentres tus fuerzas.

Justo entonces, escucharon a través del altavoz el anuncio de su llegada a la capital. Tess recogió sus cosas y Pen se levantó para bajar su mochila del techo mientras Javier y Mateo llegaban a sus asientos. Las miró a las dos mientras recogían sus pertenencias, listas para desembarcar. Algo era diferente.

Madrid es la ciudad más grande de España y su capital. Tess y Pen levantaban la cabeza mientras recorrían la ciudad en taxi.

Nuestro piso está en Chamberí —explicó Javier—. Es como un pueblo dentro de la ciudad y todo el mundo se conoce. Nos gusta, y espero que a vosotras también.

Recorrer otras ciudades en el Camino no era nada comparado con la inmensidad de Madrid. El ruido y la cantidad de gente eran abrumadores. Tess se asomó por la ventanilla cuando el taxi se detuvo frente a un edificio antiguo. El conductor les ayudó a subir las mochilas a la acera.

—Hogar, dulce hogar —dijo Javier— extendiendo los brazos y llevándolos hacia el vestíbulo, donde un hombre uniformado salió a ayudarles.

—Buenas tardes, Doctor Silva. Bienvenido.

—Gracias, señor Ruiz. Qué bueno estar en casa.

El interior, de mármol, era fresco en el último piso en un caluroso día de verano. De repente, Tess se encontró en el salón de un amplio ático lleno de luz. El aire acondicionado estaba encendido y un gato naranja gigante se frotaba contra su pierna. Mateo se agachó y lo levantó.

—Este es Patas —dijo sonriendo y frotando sus mejillas con el animal, que ronroneaba. Me ha echado de menos.

Pen se acercó y acarició al gato.

Una mujer menuda y mayor con delantal salió de la cocina, secándose las manos en un paño, mientras Javier se la presentaba a Tess y Pen. Inés, su empleada doméstica, inclinó la cabeza cuando él les explicó lo valiosa que era para mantener sus vidas en marcha. Inés se acercó a Mateo, le abrazó y le besó las mejillas. Él la levantó y ella se rio, luego le sacudió con el paño de cocina.

—Bienvenido —Se burló de Mateo.

Él le sonrió.

Javier señaló hacia el pasillo.

—Dejad que os enseñe vuestras habitaciones. Inés se ha asegurado de que todo esté listo para vosotras.

Las llevó por un largo pasillo y se detuvo en la primera habitación. Era acogedora, con una cama individual y decorada con cortinas blancas de gasa y un edredón azul marino. En un rincón había un pequeño banco donde Javier depositó la mochila de Pen.

—Siéntete como en casa. Puedes deshacer la maleta y usar el armario para tus cosas. Podemos guardar tu mochila en el armario del vestíbulo.

Pen sonrió.

—Me va bien.

La siguiente habitación era la de Mateo, que tenía todas las consignas de un adolescente, incluidos los pósteres de sus estrellas de fútbol favoritas. Girando a la derecha, continuaron por el pasillo y se detuvieron frente a la habitación de Javier. Una habitación mucho más grande que las otras dos, con una cama con dosel y un armario antiguo. Alfombras marroquíes cubrían el suelo de parqué, y las ventanas tenían cortinas tan pesadas que Tess estaba segura de que él podría dejar la habitación a oscuras al mediodía para echarse una siesta. Apenas se veía una puerta que daba a un baño privado.

—Esta es mi habitación. No paso mucho tiempo aquí.

Continuó por el pasillo antes de que Tess pudiera verlo más de cerca.

—La última habitación es la tuya —dijo, abriendo la puerta.

Con toda la decoración de color blanco, a Tess le dio miedo dejar las cosas en el suelo. Aún arrastraba suciedad del Camino. La alfombra turca era la excepción, el toque de color. La combinación de azules y cremas y el reflejo de la ventana hacían que la habitación pareciera que flotaba entre las nubes.

—¡Hala, mamá! Te ha tocado la mejor habitación —dijo Pen, mirando a su alrededor mientras pasaba la mano por la cómoda.

Tess sonrió.

—Creo que estaré muy bien aquí.

—Bien. Esa es la idea —dijo Javier—. Ahora todo el mundo puede deshacer las maletas e instalarse. Si necesitáis descansar, podéis hacerlo. Yo estaré en mi despacho, al final del pasillo y a la vuelta de la esquina, devolviendo llamadas de pacientes. Más tarde, si a todos nos apetece, podemos ir a uno de nuestros sitios favoritos y enseñaros el barrio.

Tess se sentía como una princesa en aquella habitación de blanco. Inés incluso había pensado en ponerle flores frescas en la mesilla de noche. Satisfecha, se quitó los zapatos, se tumbó en la cama y se quedó dormida antes de que se diera cuenta. Cuando se despertó, un beso en los labios la sobresaltó.

—¿Qué pasa? —preguntó, sentándose.

Mirando alrededor de la habitación, Tess recordó dónde estaba.

—Nada —sonrió Javier—. Es hora de comer algo.

—¿Dónde están los chicos? —le preguntó, mirando por encima del hombro hacia la puerta cerrada.

—Están en la habitación de Mateo jugando a un juego en sus teléfonos. Quería aprovechar para ver cómo estabas. ¿Qué te parece tu habitación?

—Es preciosa. La temperatura es perfecta. Y la luz de aquí me hace soñar —Volvió a tumbarse.

—No puedo atribuirme el mérito de la decoración. Mi madre lo hizo cuando nos mudamos —explicó—. Quería una habitación para ella sola, aunque vive en Madrid y tiene su propia casa.

—Bueno, dale las gracias a tu madre de mi parte —dijo Tess—. Tiene un gusto exquisito.

—Me aseguraré de hacerlo. En cuanto al baño, puedes usar el mío. Sé que te gusta bañarte, y tengo una bañera bastante grande, así que en vez de compartirla con los chicos, puedes bañarte como un adulto.

—Uuhh, suena tentador —Tess sonrió—. Quizás más tarde.

—Cuento con ello —dijo con una pícara sonrisa—. Si quieres refrescarte, te daré espacio. Podemos salir de aquí en 20 minutos, ¿vale?

Vio cómo la puerta se cerraba tras él.

Tess cogió su neceser de maquillaje y se dirigió a la habitación de Javier. Estaba entrando cuando vio a Pen saliendo de la habitación de Mateo.

—¿Por qué vas a la habitación de Javier? —preguntó Pen.

—Me ha dicho que podía usar su baño en vez de compartirlo con dos adolescentes desordenados. Me estoy preparando para irme.

Tess se reunió con ellos en el salón, como había prometido. Caminando por una calle repleta de gente, se dirigieron a un pequeño café, saludados como héroes por el dueño y su esposa, con muchos apretones de manos y abrazos a Mateo y Javier, y un borbotón de palabras.

—Nos van a hacer un menú especial. Nos podemos sentar aquí y disfrutar de cada plato a medida que vaya saliendo —explicó.

—Eso suena a mucho peligro y a kilos de más —dijo Tess.

Javier se rio.

La comida se fue haciendo cada vez más abundante a lo largo de las horas siguientes, y a Tess le costó comérselo todo, aunque sin duda lo intentó con todas sus fuerzas. Por fin apareció el café. Incluso Pen parecía llena.

—Estaba muy bueno —dijo Pen—. No sé lo que eran algunas cosas, pero pensé que si sabían bien, no hacía falta preguntar.

Javier sonrió.

—Estás desarrollando el paladar. Esto es un gran avance desde las primeras comidas que compartimos —se burló—. Cuando lo único que comías era pizza.

—¡Eh, la pizza no tiene nada de malo! —gritó Pen—. Tiene todos los grupos de alimentos.

Javier levantó las manos en señal de defensa.

—Estoy de acuerdo. Pero no para desayunar, comer y cenar.

Pen y Tess soltaron una risita. Era cierto; Pen se estaba aventurando en el aspecto culinario. Y en casi todos los ámbitos restantes, pensaba Tess. La chica que estaba sentada ante ella parecía más ligera, sin las aristas afiladas que habían infligido cortes tan profundos. Tess cerró los ojos y se echó hacia atrás. Cuando los abrió, sorprendió a Javier observándola.

—Pareces feliz —dijo.

—Estoy feliz. La temperatura y la compañía son perfectas, y la comida está deliciosa. ¿Qué más puedo pedir?

Antes de que pudiera responder, Mateo y Pen empezaron a reírse, y Javier se asomó al teléfono de Mateo y vio que ambos lo miraban y compartían auriculares.

Javier negó con la cabeza.

Mateo levantó la vista y captó la mirada de su padre.

—¿Podemos ir a casa de Emiliano? Van a hacer una fiesta y me han preguntado si quiero ir ahora que hemos vuelto —Se volvió hacia Tess—. Me gustaría llevar a Pen si te parece bien.

Tess miró sus los ojos de cachorro, pero fue a Pen a quien dirigió su siguiente pregunta:

—¿Alcohol?

—Ni de broma. No te preocupes, mamá, no lo voy a hacer más. Coca —Se dio cuenta del lapsus—. Quiero decir, Coca-Cola. Eso.

Tess la miró seriamente y se dirigió a Mateo.

—¿Me puedes dar la dirección de esta fiesta? ¿Está lejos de aquí?

—No está lejos. Está cerca de nuestra antigua casa —le dijo—. Podemos ir en metro.

El rostro de Javier se tensó, pero no dijo nada.

—No sé dónde está eso, así que si puedes, mándame un mensaje con la dirección para que la tenga, y luego puedes llevarte a Pen si tu padre te da permiso para ir.

Mateo miró a Javier, que, con una sonrisa, hizo un gesto con la mano para despedir a los chicos.

—Id. Al menos hablaréis con esa gente en persona en vez de ver la fiesta en esa cosa —dijo, señalando el teléfono.

Pen se levantó de un salto y besó a su madre en la mejilla.

—¿Estás segura de que no pasa nada? Puedo quedarme aquí contigo si quieres.

Tess sonrió.

—No. Ve y pásatelo bien.

Pen rodeó el cuello de Javier con los brazos.

—¡Gracias! —Le abrazó antes de que salieran corriendo.

Javier se rio.

—Creo que habría estado bien tener una hija. Se necesita tan poco para hacerlas felices.

Tess puso los ojos en blanco.

—No sé —dijo Javier—. Lo único que tengo que hacer es decir que sí a lo que me pida, y seré su héroe.

—Madre mía. Si hubieras tenido una niña, te habría tenido comiendo de su mano —advirtió Tess.

—Eso es más que cierto —reconoció.

Se levantaron y se tomaron su tiempo para volver al apartamento, caminando de la mano con la cabeza de Tess apoyada en el hombro de Javier.

—¿Pasarás la noche conmigo? —le preguntó.

—Creo que es un poco arriesgado con Pen allí —advirtió.

—Bueno, como mínimo, túmbate un rato conmigo. Esto es Madrid. Esa fiesta no acabará hasta el amanecer.

Tess puso cara de asombro.

—No pongas esa cara de preocupación. ¿Qué van a hacer a las 4 de la mañana que no puedan hacer a medianoche? —preguntó.

—Cierto. Supongo que es la idea de que Pen esté fuera toda la noche. Tenemos antecedentes de eso —Le recordó.

—¿Te acuerdas del puente? —le preguntó—. Aquí hay menos señales. Tienen que aprender solos, y tenemos que dejar que lo hagan.

Tess suspiró. Sabía que Javier tenía razón.

—¿Te importa si me doy un baño en tu gran bañera? —preguntó.

—Para nada. Te lavaré la espalda —Le ofreció, acompañándola al apartamento.

—Mmm. Ya veremos.

Llenó la bañera con gel de baño del armario y se recogió el pelo sobre la cabeza. Pronto se deslizó entre las burbujas, feliz de estar de nuevo en el agua. Javier entró con una copa de vino y se sentó al lado.

—Tengo mi propia sirena —Sonrió.

Tess hizo burbujas como una niña y se deslizó aún más bajo el agua, asomando solo la cabeza y los dedos de los pies. Cerró los ojos y se echó hacia atrás.

—¿Es raro estar en casa y tenernos aquí contigo? —le preguntó.

Reflexionó sobre la pregunta.

—Es raro estar en casa después de haber estado fuera tanto tiempo. Pero no tenerte aquí. Ojalá pudieras quedarte mucho más tiempo —susurró—. Para siempre.

Bebió de su copa, intentando recuperar la compostura.

—Es extraño —dijo ella, mirándole—. Me siento como en casa. Sé que solo han pasado unas horas, pero me siento cómoda aquí. Huele y recuerda a ti.

Javier dejó la copa a un lado y le frotó los hombros en el sitio en el que la mochila le había dejado marcas. Luego le besó el cuello mientras sus dedos hacían magia.

—Por fin te estás relajando —susurró.

—Mmm —Cerró los ojos.

—Qué bien.

—Este no era el baño que tenía pensado originalmente para hoy —dijo mientras él se cambiaba al otro extremo y le frotaba los pies.

—¿No? Espero que cumpla las expectativas.

—Pensé que estaría aquí sola, afeitándome las piernas. Hace semanas que no lo hago, y es lo que me imaginé cuando vi la bañera. Pero esto es mucho mejor.

—¿Dónde tienes la cuchilla? —preguntó.

—No voy a afeitarme las piernas ahora —le dijo.

—No, tú no. Yo voy a afeitarte las piernas ahora mismo —tomó la maquinilla de afeitar de la bolsa de ducha que Tess tenía sobre la encimera y se enjabonó.

—Dame la pierna —le indicó—. Tess se echó hacia atrás y obedeció a regañadientes mientras Javier le untaba jabón en la pantorrilla extendida y arrastraba la cuchilla hasta la rodilla.

—¿Seguro que sabes lo que estás haciendo? —preguntó un poco nerviosa. Nunca nadie le había afeitado las piernas.

Javier puso una cara extraña.

—En primer lugar, soy un hombre. Nos afeitamos la cara. A diario, si me lo permites. Bueno, en mi caso, semanalmente estos días. En segundo lugar, soy médico. He operado a gente. Sé cómo manejar un cuchillo —Siguió recorriendo su pantorrilla.

A Tess le sorprendió lo concentrado que estaba y lo minucioso que era.

—No me había dado cuenta de todo el pelo que tenías en las piernas. Si lo hubiera hecho, no sé si me habría arrepentido en la granja. No te cuidas mucho —Se burló de ella, intentando no sonreír.

Tess le sopló burbujas en la cara y le puso algunas en la parte superior de la cabeza. A ella le pareció divertidísimo y se rio, moviéndose en la bañera.

—¡Eh! —le regañó Javier—. Esto es algo serio. Tengo una cuchilla en la mano. Si quieres sobrevivir un día más, será mejor que se esté quieta, jovencita.

—Lo siento mucho, doctor. Me portaré bien. Es que pareces un niño gigante de tres años con las burbujas en el pelo —Se rio.

Javier terminó con la otra pierna, enjuagándolas y quitándoles el jabón.

—Me alegro mucho de que estés aquí —dijo Javier en voz baja—. De que no hayas vuelto directamente a Arizona desde Santiago.

Tess cerró los ojos.

—No podría estar en ningún otro sitio.

Poco después, el agua se había enfriado, y ella salió y se secó. Tess había prometido tumbarse un rato con él en su cama, y se acurrucó, envuelta en el albornoz de Javier. Él se tumbó a oscuras con ella, abrazándola con fuerza y sintiendo su pelo en la mejilla, deseando que el tiempo se detuviera mientras se quedaban durmiendo.

Tess se despertó sobresaltada. Al ver que el sol asomaba entre las cortinas, se incorporó, súbitamente alerta. No tenía intención de pasar la noche entera allí. ¿Dónde estaba Pen? ¿Había ido a su habitación al llegar de la fiesta y se había dado cuenta de que Tess no había dormido en su cama? Javier estaba tumbado a su lado, aún dormido. Tess se levantó y se dirigió a la puerta. Se asomó, caminó de puntillas por el pasillo hasta su habitación y, al abrir la puerta, se encontró con las mantas echadas hacia atrás, como si se hubiera levantado hacía un momento. Estaba confusa porque sabía que no había dormido en esa cama.

Se vistió y se cepilló el pelo antes de acordarse de que se había dejado el cepillo de dientes en el baño de Javier. Tendría que cogerlo más tarde. Se dirigió a la cocina y empezó a buscar en los armarios lo que podría necesitar para hacer café cuando Inés apareció por la esquina opuesta del gran salón.

—Buenos días —la saludó Tess.

Inés sonrió.

—Buenos días, señora. ¿Puedo ayudarla en algo?

—Muchas gracias.

Inés sonrió e inclinó la cabeza.

—¿Tiene hambre para desayunar? El doctor Silva ya suele estar levantado, pero hoy se ha quedado durmiendo un poco más. Estaré encantada de prepararle algo. ¿Unos huevos, quizás? ¿Café?

—Un café sería maravilloso. Y sí, los huevos estarían genial. ¿Hay yogur? Suelo tomar yogur por la mañana, pero anoche no se me ocurrió ir a la tienda.

—No hay yogur, pero no hace falta que vaya a la tienda. Hoy tengo que salir a por algunas cosas y compraré un poco.

—Gracias, Inés.

Tess se sirvió un vaso de agua, se sentó en la mesita de la cocina y se tomó el puñado de pastillas que había traído del dormitorio. No vio que Inés la observaba.

—¿Se encuentra bien, señora?

—Sí, claro —Tess sonrió—. ¿Por qué lo pregunta?

—Está tomando muchas pastillas. Si hay algo que pueda hacer por usted, dígamelo —se ofreció Inés.

Tess quería negar que estuviera enferma, pero de algún modo le parecía una falta de respeto.

—He estado enferma. Vi a una doctora en León, una amiga de Javier. Me aseguró que tengo todo lo que necesito para ponerme bien —le confirmó a Inés—. Y parece que funciona.

—Eso está bien —Inés volvió a la tortilla que estaba haciendo.

Tess decidió desviar la conversación de su enfermedad.

—¿Lleva mucho tiempo trabajando para la familia Silva? —preguntó.

—Sí. He sido la empleada doméstica de la familia Silva desde que Javier era pequeño. Después, cuando se casó, me convertí en empleada suya. Entonces también teníamos alguna otra ayuda, pero este apartamento no requiere mucho trabajo, y el Doctor y Mateo son fáciles de cuidar.

Inés siguió hablando.

»Entonces usted y su hija son americanas.

—Sí —explicó Tess—. Vinimos a hacer el Camino y nos encontramos con Javier y Mateo por el camino.

—Ajá —respondió Inés.

—Y nos invitaron a quedarnos con ellos.

—Entonces, ¿se quedará aquí en Madrid hasta que vuelva a casa? —preguntó la empleada.

—Sí. Habíamos planeado ir a Barcelona o incluso a Tarragona, pero Pen y Mateo se han hecho amigos y Javier ha tenido la amabilidad de invitarnos. Así que aquí estamos.

—Es agradable para ellos tener invitados y ruido aquí. Mateo es muy tranquilo y hay bastante silencio en casa, y el Doctor trabaja mucho, así que a veces ser empleada aquí es un trabajo solitario —Sonrió.

—Sé lo que quieres decir con una casa tranquila. A Pen le gusta salir con sus amigas, pero es agradable volver a tener ruido cuando las invita a una fiesta en la piscina o a dormir en casa. ¿Tiene usted hijos?

—Sí, solo un hijo. Ya es mayor y tiene sus propios hijos. Vive en otra ciudad, pero los veo a menudo —explicó Inés.

—Qué bonito. No sé qué haré cuando sea abuela. Probablemente los mimaré hasta la saciedad —dijo Tess, preguntándose si llegaría a ver a sus nietos.

Inés se rio.

—Sí, lo hará. Lo que quieren mis nietos ya saben que solo tienen que pedírmelo.

Levantaron la vista y vieron a Javier en la puerta de la cocina.

—Buenos días —les dijo, cruzando hasta la mesita y apretando el hombro de Tess. Inés se apartó para emplatar la tortilla y prepararles el café, pero no pasó por alto el gesto.

—Creo que los chicos han llegado muy temprano esta mañana —dijo.

—Sí, entraron justo después de que yo llegara a las 5:30. Oí a Mateo en su habitación trasteando.

—Bueno —Tess hizo una mueca—. Debió de haber sido una gran fiesta.

—Emiliano es un buen chico —dijo Inés—. Le gusta mi tortilla cuando viene por la mañana. Tendré que hacerle una antes de que se vaya a la Universidad.

Javier sonrió al ver el orgullo que Inés sentía por su cocina. Ella había sido una bendición durante la enfermedad de Alejandra y después de su fallecimiento. Cruzó la cocina y tomó unos huevos del plato antes de que ella se los diera a Tess. Inés le apartó la mano de un manotazo.

—No, esto es para la señora Tess. Le haré el siguiente.

Ella le empujó hacia la silla vacía frente a Tess.

—Siéntese y tómese un café —Le regañó.

Javier intentó juguetonamente conseguir la ayuda de Tess.

—¿Ves cómo me empuja todo el tiempo?

—Porque es malo —Agitando el dedo con firmeza, se volvió hacia Tess con aire conspirador—. Siempre ha sido así —Sacudió la cabeza—. Muy difícil.

—Deberías hacer lo que te dice, o no tendrás una deliciosa tortilla para ti —le reprendió Tess.

Inés agitó la espátula en el aire.

—¡Exacto! —Luego señaló a Tess—Me cae bien.

Javier levantó las manos en señal de rendición.

—Vale. Me comportaré y me comeré la tortilla que me estás haciendo.

Un «humph» fue lo único que obtuvo a cambio.

Tess sonrió por encima de su taza de café y luego dejó escapar un gemido audible.

—Mmm. Este café es bueno, Inés.

Inés se apartó de los fogones.

—Se me conoce por mi café. Le haré otro cuando termine esta tortilla.

Tess le guiñó un ojo a Javier. Inés no le había preguntado si quería otro café. Tess sabía que no debía meterse con el capitán del barco.

—¿Qué tal has dormido? —le preguntó a Tess.

—Como un tronco. No tenía ni idea de que había dormido hasta tan tarde. Me desperté y había salido el sol. Mi cuerpo quiere caminar mucho hoy. Es como una compulsión después de hacer el Camino.

—Me siento igual. Yo también quiero dar un paseo largo —Terminó de echarle azúcar a su café—. ¿Qué tal si caminamos a algunos de los lugares más importantes de Madrid? Un día de turismo. No es el Camino, pero evitará que se te acalambren los músculos.

—Suena bien —aceptó ella.

Javier se comió su tortilla y piropeó a Inés hasta la irritación. Ella suplicó a Tess.

—Por favor, llévese a este granuja de aquí inmediatamente —Luego le acarició la cara y besó la mejilla sonriente que él le ofrecía—. ¡Váyase!

Javier la rodeó y se llevó una de las galletas que había hecho esa misma mañana. Inés le hizo un gesto con la mano para que se fuera.

Dieciocho
Persiguiendo Fantasmas

Me voy a mi despacho. Ven a buscarme cuando estés lista para irte.

No le llevó mucho tiempo. Recorrió el pasillo y dobló la esquina por donde él había ido. El apartamento era una gran plaza. Todas las habitaciones tenían ventanas grandes que dejaban que la luz iluminara el pasillo. Lo encontró en el despacho de la izquierda, todavía al teléfono. Le hizo señas para que se sentara en una silla, lo que le proporcionó una buena vista de un espacio que era todo suyo.

En una pared colgaban tres pequeños cuadros uno al lado del otro: cada uno representaba una estación diferente en un lugar que ella reconocía, la bodega familiar de La Rioja. Eran buenos. Tess se preguntó dónde estaba el cuarto. Quizá aún no lo había adquirido. El artista captaba perfectamente la luz de cada estación. Verano, otoño e invierno. Se levantó y paseó por la habitación, y vio fotos de Mateo en todas las etapas, desde su nacimiento hasta principios de este año. Parecía el niño sonriente y feliz que ella conocía.

Las estanterías contenían volúmenes médicos perfectamente organizados. En esta época de acceso digital, parecía pintoresco y anticuado, pero a Tess le gustaba pasar las manos por los lomos de cuero, segura de que eran los libros de Javier cuando se había convertido en doctor hace décadas.

Levantó un dedo, rogando unos momentos más con quienquiera que hablara por teléfono.

—No pasa nada —respondió Tess.

Disfrutó viendo una nueva faceta de este hombre. Su escritorio era un caos organizado con una superficie cubierta de carpetas y notas. Y una foto. Solo una, junto a la pequeña lámpara del escritorio. Alejandra le devolvía la sonrisa, con los brazos de un Mateo mucho más joven rodeándole el cuello por detrás. Por un momento, Tess sintió una punzada de celos. Aquella hermosa mujer congelada en el tiempo había ocupado todo el corazón de Javier. Su pérdida había creado un vacío en él. Pero sabía que competir con un fantasma era inútil.

La foto en blanco y negro era un primer plano; una suave brisa procedente de su derecha jugaba con el pelo de Alejandra. La luz incidía en su cabeza rubia de tal forma que parecía brillar incluso en la escala de grises. Quienquiera que hubiera tomado la foto había captado su esencia. Parecía feliz. Algo en la expresión de su rostro hizo que a Tess se le saltaran las lágrimas. La felicidad no está garantizada en esta vida, pero aquella mujer la había experimentado, y Tess también.

Javier colgó el teléfono.

—Por fin. Lo siento —dijo antes de seguir su mirada—. Alejandra —susurró—. La hice poco antes de su diagnóstico. Estábamos en la reserva natural una tarde de verano. Parece que fue hace toda una vida.

Se secó los ojos.

—Mateo se parece tanto a ella.

Javier tragó saliva.

—Justo después de su muerte, pasó tiempo sin que pudiera ver esa foto. No podía soportar los recuerdos de lo que había perdido. Ahora creo que por fin me estoy recuperando. Ya no lloro a menudo y puedo recordarla y sonreír por los años que pasamos juntos. Años buenos.

Estaba perdido en algún lugar un día de verano, haciendo fotos a su mujer y a su hijo antes de que todo se viniera abajo.

—¿Estás lista? Es hora de hacer turismo en mi ciudad natal. Hace décadas que no voy a muchos de estos sitios, así que será divertido.

Tess cogió su sombrero y se pusieron en marcha. Javier no bromeaba con lo de caminar. Empezaron por el Museo del Prado. La colección era impresionante y a Tess le recordó al Louvre de París. Tardarían más de un día en verlo todo, pero pasaron allí toda la mañana y luego fueron a comer. Como la mayoría de las capitales europeas, era una ciudad construida para impresionar a la población y mostrar su poder a posibles invasores. Madrid hizo ambas cosas, con obras maestras de la arquitectura, a lo largo de los siglos. Algunas estaban copiadas de otras ciudades igualmente grandiosas. Otras eran únicas.

—Hoy hemos hecho muchas cosas —dijo Javier—. Creo que podemos pasear por el parque antes de volver a casa a echar una siesta.

—¿Estás cansado? —preguntó.

—Un poco. Volviendo a la rutina de la vida cotidiana. Por supuesto, no la parte turística. Solo la cadencia de la vida.

Un paseo de vuelta por un parque con sombra suena maravilloso. Dijo, enlazando su brazo con el de él.

Pasearon por el Parque del Retiro, con su famoso Palacio de Cristal y su Rosaleda, y salieron por el otro lado, pasando por el Museo Arqueológico.

—Podemos ir allí otro día si quieres. Es interesante. Muchas civilizaciones ocuparon España, y las pruebas están ahí. Cuenta una historia convincente.

—Me gustaría verlo —Sonrió—. Tenemos unos días más, así que hay tiempo.

Cruzaron un amplio bulevar.

—Esto es Salamanca, el barrio donde solíamos vivir —explicó—. No está lejos de aquí. No vengo mucho por aquí, pero los chicos vinieron anoche a la fiesta.

A Tess le resultaba extraño que Pen hubiera estado aquí en mitad de la noche sin ella.

—¿Podemos pasar por delante de tu antigua casa? —preguntó—. Me gustaría verla.

Javier dudó un instante.

—Por supuesto.

Tras dar varias vueltas, la condujo por una calle arbolada.

—Aquí es —dijo, de pie frente a un gran edificio de piedra amarilla rodeado por una verja de hierro negro, con un imponente conjunto de escalones de mármol que conducían a una formidable puerta principal con pesados herrajes. Más adelante había una entrada con unas grandes puertas de madera que recordaban a las de un establo. Tess supuso que así debían de entrar y salir los carruajes antiguamente.

—¿Tu casa está aquí? —preguntó—. Es precioso —comentó, observando la fachada de piedra tallada.

—Esta es mi casa —le dijo—. Todo ello.

Tess se quedó boquiabierta.

—¿Vivías *aquí*?

—Sí —afirmó—. Heredé esta casa de mis abuelos cuando murieron. Yo era un médico residente muerto de hambre que vivía en una mansión. Fue extraño para Alejandra y para mí. La casa todavía tenía todos los muebles viejos, llena hasta los topes, y era como vivir en un museo. No podía venderla, así que vivíamos en una parte mientras Alejandra renovaba algunas habitaciones y pintaba. A veces vivían con nosotros otros médicos residentes del hospital. Era muy bohemio. Cuando nació Mateo, nos quedamos. Tenía casi todo un piso para jugar y hacer correr sus coches de juguete por el viejo parqué. Venían amigos a jugar al fútbol arriba, en un pequeño salón.

—¿Te gustaría verla? —ofreció Javier.

—Sí —dijo—. Me encantaría.

Sacó las llaves del bolsillo y abrió la verja de hierro negro, subió los escalones y pasaron al espacioso vestíbulo. Una imponente escalera tallada se elevaba hacia un oscuro segundo piso y más arriba aún.

—¡Wow! —Tess estaba impresionada—. Es increíble. Imagínate bajar esas escaleras con un vestido de noche. Todo un espectáculo.

—Hay cinco escaleras en la casa, pero esta es, sin duda, la más impresionante.

El lugar parecía desierto, pero no estaba tan polvoriento como Tess había imaginado.

—No se lo he pedido, pero creo que Inés viene a veces y pasa la fregona —dijo, pasando la mano por el marco del espejo del vestíbulo—. Una vez pasé por aquí y las ventanas de los pisos superiores estaban abiertas, así que creo que estaba ventilando.

Tess no sabía dónde mirar primero.

—¿Vienes aquí alguna vez? ¿Al interior? —preguntó—. No solo a pasear.

—La verdad es que no. Vine aquí unas cuantas veces después de mudarnos. Era fácil sentir a Alejandra en esta casa, y yo no quería derrumbarme delante de Mateo o del personal del trabajo, así que venía aquí. Pero después de un tiempo —susurró— dejé de hacerlo.

Javier la condujo a una amplia sala a la izquierda. Un espacio lleno de sofás y múltiples zonas para sentarse, todo cubierto de sábanas. Un gran escritorio tallado a mano dominaba la estancia, pero lo que más llamó la atención de Tess fueron los grandes cuadros. Eran obras de arte impresionantes e impregnadas de luz, a pesar de la oscuridad de la habitación, como generada internamente por el propio cuadro. Grandes ventanales, cubiertos con pesadas cortinas y contraventanas desde el suelo hasta el techo, bloqueaban unas puertas de cristal que daban a un patio. Tess apartó una y se asomó. El jardín estaba bien cuidado y la fuente funcionaba. Como el jardín secreto del libro que tanto le gustaba.

—Creo que Inés ha estado haciendo algo más que pasar la fregona —Corrió la cortina para que Javier pudiera verlo. Su cara de sorpresa reflejaba que no tenía ni idea de lo que ocurría.

—No sabía que estaba haciendo esto —Frunció el ceño—. Sinceramente, ni se me pasó por la cabeza —Se preocupó—. Hablaré con ella. Si ha estado trabajando tanto, quizá necesite más ayuda.

Descorrió otro juego de cortinas y abrió una puerta de cristal, descorriendo los postigos que daban al patio. Salieron a la luz del sol, a la sombra de los árboles y los helechos. Al acercarse a la gran fuente burbujeante, Tess vio peces nadando en el estanque.

—¿Cómo es posible que yo no supiera esto? —no preguntaba a nadie en particular.

—Inés os cuida a Mateo y a ti como si fuerais de su familia. Tal vez no quería ver morir algo tan hermoso —Cuando las palabras salieron de su boca, se arrepintió al instante, pero él no pareció darse cuenta.

—Durante cinco años, ella ha mantenido nuestro jardín. Es el último ser vivo de esta casa, y ella no lo ha dejado morir —susurró.

—Me pregunto qué más no sabías que ha pasado aquí. ¿Exploramos? —preguntó Tess.

—Sí, creo que deberíamos hacerlo —dijo.

Volvieron al interior y retiraron las sábanas de un grupo de sofás demasiado mullidos.

—Tienen el mismo aspecto que antes —confirmó.

Luego se dirigió a una puerta situada al otro lado de la sala y la abrió. Daba a una especie de almacén donde se dejaban los abrigos y la ropa de lluvia al descender de los carruajes hace más de cien años. Estaba reluciente y limpio.

—Vamos arriba —sugirió—. Quiero ver si hay algo diferente ahí arriba.

Javier subió ansiosamente la gran escalera de dos en dos peldaños cada vez, Javier les guio por algunas de las habitaciones mientras avanzaban por el pasillo. Muchas estaban congeladas en el tiempo, como si fuera 1930. Finalmente, llegaron al dormitorio principal. Javier se detuvo con la mano en el picaporte, admitiendo que hacía varios años que no entraba. Abrió la puerta y descubrió una habitación llena de luz. Las cortinas estaban echadas y la cama tenía un edredón nuevo.

Entró despacio. Parecía temer que el pasado se abalanzara sobre él. Los muebles estaban pulidos y tenían un brillo intenso, y no se veía nada de polvo, como si hubiera salido de allí esta mañana.

Algo llamó la atención de Tess. *La primavera* estaba aquí: el cuadro que faltaba en su despacho del apartamento. Renacimiento y renovación; lo que había faltado en su vida.

—Madre mía —se dijo—. Todo este tiempo. No tenía ni idea. No sabía lo que estaba pasando.

Tess vio su dolor, pero había algo más. Alivio, pensó. Tal vez era un alivio saber que no todo se había convertido en polvo. Que la vida que había tenido antes seguía aquí, esperando a que volviera a darle al botón de reproducir. Pasó y miró el cuarto de baño. Estaba limpio y había toallas limpias en la barra.

—No entiendo por qué —susurró.

—Tal vez quería estar lista —Ofreció Tess—. Por si acaso.

Negó con la cabeza, pasándose la mano por el pelo.

—Tal vez.

En ese momento pareció darse cuenta de que Tess estaba allí y de que no había estado hablando solo.

—Es una habitación preciosa, Javier. Brilla por la luz que rebota en las paredes de piedra amarilla de las ventanas.

Miró a su alrededor, con un atisbo de sonrisa en la comisura de los labios.

—Sí, ¿verdad?

—Parece que lo has echado de menos —dijo Tess en voz baja.

—Tal vez sí —dijo pensativo—. Odiaba esta casa cuando la heredé. Me parecía pretenciosa y anticuada, pero no teníamos nada ni a nadie, excepto a nosotros mismos, y necesitábamos un lugar donde vivir. Era demasiado grande para dos personas. Por aquel entonces, pensábamos llenarla de niños algún día. Pero no fue así —Se detuvo—. No sé, tal vez asocio esta casa con una promesa incumplida.

Miró a su alrededor. Cuando se volvió hacia Tess, sonreía.

—No sé qué pensar. Pero me alegro de que estemos aquí.

Cruzó la habitación y la rodeó con los brazos. Ella inclinó la cabeza para mirarle a la cara y él la besó.

—Estoy tan contenta de que estés aquí conmigo. En esta casa. En esta habitación. Hoy —Se inclinó hacia ella y volvió a besarla. Ella le rodeó el cuello con los brazos. El beso se hizo más profundo y él se apartó, quitándole el pelo de la cara.

—Eres tan guapa. A veces te miro cuando duermes y pareces un ángel. Mi ángel. Puso su mano derecha en el espacio entre sus pechos.

—Me gusta este lugar —susurró—. Donde está tu corazón.

—Tienes mi corazón —le dijo sonriendo.

—¡¿Qué coño...?!

Tess se dio la vuelta mientras Pen sacudía la cabeza con incredulidad.

Tess dio dos pasos hacia Pen antes de sentir que la mano de su hija la golpeaba con fuerza en la cara. Para cuando recuperó el sentido, Pen se había dado la vuelta y había salido corriendo de la habitación. Mateo se quedó momentáneamente aturdido, y después corrió tras ella. Oyeron cómo la llamaba por el pasillo y cómo unos pies bajaban ruidosamente por la escalera.

Javier y Tess parecían ciervos sorprendidos por unos faros.

—¡Mierda! —gritó, masajeándose la cara y experimentando zumbidos en la oreja, del bofetón que le había asestado su hija.

—¿Estás bien? —le preguntó Javier.

Tess asintió, pero no estaba bien. No sabía si volvería a estar bien.

—Esto no va bien. Tenemos que ir tras ellos.

Salieron a toda prisa de la casa, eligiendo una dirección al llegar a la calle.

—Hay un parque cerca —sugirió Javier—. Tal vez hayan ido allí.

Corrieron las pocas manzanas que había hasta el parque. Nada. Tess paseaba, sin aliento. Miró el teléfono, sin saber qué esperaba ver. El número de Pen saltó directamente al buzón de voz. Tess le envió un mensaje de texto preguntándole dónde estaba, pero sabía que no obtendría respuesta. A continuación, llamó a John para contarle lo sucedido antes de que se enterara por Pen.

—¡Hola! —dijo cuando respondió a la llamada, todavía soñoliento.

—Tenemos un problema —continuó explicando lo que había sucedido mientras se masajeaba la mandíbula. No intentó dar una buena imagen de sí misma, simplemente dijo la verdad. John guardó silencio. Sabía que una cosa era imaginar lo que estaba pasando. Otra muy distinta era exponérselo explícitamente y que su hija lo viera.

—Realmente no sé qué decir, Tess. Escuchar los detalles me ha dejado sin palabras. Pensé que me lo contarías todo cuando llegaras a casa, pero ahora que Pen está implicada, todo parece más sórdido que antes. Me gustaría decirte que no estoy enfadado, pero estaría mintiendo.

Ella se daba cuenta de que John estaba intentando no perder los papeles.

—La llamaré y hablaré con ella —prometió—. Pero no voy a decirle nada que la haga sentir mejor. Lo sé porque ni yo mismo me imagino sintiéndome mejor. Pero puedo escucharla.

A Tess sus palabras le llegaron como punzadas, pero sabía que se las merecía.

—Creo que será lo mejor. Pero yo también necesito hablar con ella. Y no puedo hacerlo si no la encuentro.

—Te enviaré un mensaje cuando la encuentre —le oyó suspirar—. Está en shock y no entiende la situación.

—¿John?

—Sí.

—Te quiero.

—Sé que me quieres. Y maldita sea, yo también te quiero —La llamada se cortó.

Tess se sentó en el banco con la cabeza entre las manos y empezó a sollozar. Javier la abrazó. No había nada que pudiera decir para borrar el dolor de esta situación, y no podía imaginar cómo se estaría sintiendo John. Entonces pensó en Mateo. Su hijo debía de estar igual de sorprendido. Pero él sabía que Mateo era consciente de que algo estaba pasando entre ellos.

Tess luchó por recomponerse.

—Podrían estar en cualquier parte de Madrid. ¿Qué hacemos? —le preguntó, secándose los ojos.

Javier consideró la pregunta.

—Creo que nos quedaremos en la casa. Si no regresan cuando oscurezca, siempre podemos ir a casa y esperar. Voy a mandarle un mensaje de texto a Mateo también. Tal vez él me diga dónde están.

Lo hizo, pero su mensaje se quedó sin leer. Volvieron a la casa y se sentaron en el amplio salón. Tess se dedicó a quitar las sábanas de los muebles y a abrir las cortinas y las contraventanas. Javier no intentó detenerla. Ninguno de los dos sabía qué decir. Permanecieron sentados en silencio durante varias horas, cada uno paseando por la habitación por turnos.

Hacia las ocho de la tarde llamaron a la puerta. Tess se levantó de un salto y Javier fue a abrir. Inés estaba en el escalón con una cesta que la empequeñecía.

—Mateo me avisó de que había pasado algo en la casa. Me dijo que había venido con la señora Tess y que había habido una especie de pelea —Levantó la cesta—. Así que les he traído algo de comer.

Javier se apartó para que ella pudiera entrar. Pasó junto a él y entró en el gran salón, donde Tess se paseaba. Inés dejó la cesta sobre la mesa y empezó a desempaquetarla.

—Pueden decidir cuándo quieren comer —Se dispuso a marcharse, pero Javier la detuvo.

—Gracias por todo, Inés. Te lo agradecemos. Si vuelves a saber algo de Mateo y te dice dónde está, te agradecería que me lo hicieras saber.

Sonrió y se acercó para acariciarle la mejilla.

—Hace mucho tiempo que no vengo por aquí, pero hoy quería enseñarle la casa a Tess. Pensé que solo entraríamos un momento, pero no fue así. Miramos alrededor. Me he dado cuenta de que has mantenido la casa limpia. La única habitación que parece que no se ha tocado es esta.

Inés respiró hondo.

—Sí, es verdad —admitió ella—. Dejé la habitación como estaba cuando se fue. Quité el polvo y pasé la aspiradora, pero no me llevé las telas para el polvo.

—¿Por qué? —preguntó confuso. Si estabas limpiando y manteniendo el resto de la casa, ¿por qué dejaste esta?

Inés cerró los ojos, buscando qué decir.

—Porque Mateo me pidió que lo dejara.

—¿Qué? —Javier parecía confuso— No lo entiendo.

Eligió cuidadosamente sus siguientes palabras.

—Pensó que si alguna vez venía aquí, se enfadaría si la casa no estaba bien cerrada, así que me pidió que dejara esta habitación como estaba. Él creía que esto sería lo más lejos que podría aventurarse. Cuando viera que estaba como la dejó, se sentiría bien.

—¿Mateo? —Javier negó con la cabeza— ¿Por qué?

Inés permaneció en silencio.

—Has estado cuidando del jardín —dijo, mirando por las ventanas el pequeño paraíso que ella había estado manteniendo.

—No me he ocupado del jardín.

—¿Qué? Entonces, ¿quién ha sido?

Inés respiró hondo.

—Mateo lo ha estado cuidando. Desde que se fuiste, me acompañaba a veces cuando venía a quitar el polvo y limpiar. Al principio estaba como la dejó: todas las habitaciones cubiertas de sábanas, como una casa llena de fantasmas. Aquella primera vez salió al jardín y dio de comer a los peces de la fuente. Era un niño y estaba preocupado por ellos. Luego, una vez, se metió en la cochera a buscar herramientas y empezó a cuidar el jardín. Dijo que su madre no querría que lo dejara morir porque le encantaba.

Se detuvo. Pensó que había ido demasiado lejos.

Javier estaba atónito. Miró por la ventana lo que había hecho su hijo.

»Con el tiempo, Mateo comenzó a quitar las sábanas de los muebles en otras habitaciones. Dijo que no le gustaba la sensación de estar escondido. Creo que venía por su cuenta porque a veces encontraba envoltorios de caramelos. Una vez lo encontré dormido en su cama. No tenía sábanas ni manta, así que traje algunas y se la preparé. Parecía que le gustaba estar ahí, así que lo he estado manteniendo preparado.

»También solía pasar tiempo en su antigua habitación. Le pillaba jugando con algunos de sus coches de juguete. Corriendo por el pasillo. ¿Recuerda cuando hacía eso? Sacudió la cabeza, sonriendo al recordarlo. Siempre tan ocupado cuando era pequeño. Una vez trajo a un amigo, pero eso no era habitual. Creo que le gustaba guardárselo todo para él.

A Javier se le llenaron los ojos de lágrimas.

—¿Por qué nunca me lo dijo *él*? ¿Por qué *usted* nunca me lo dijo?

—Porque no era mi secreto —Esperó—. Creo que no quería hacerle daño. Usted se mudó al apartamento porque no soportaba estar aquí sin ella. Mateo me pidió que dejara las sábanas sobre los muebles de esta habitación para que usted no lo supiera. Él no quería que pensara que no le gustaba estar con usted en el apartamento, pero echa de menos su casa y echa de menos a su madre —Inés miró a su alrededor—. Ella está en todas partes. Su estudio en el ático está como lo dejó. Mateo no me dejaba tocarlo. Se siente cerca de ella cuando viene aquí.

Al ver las lágrimas que resbalaban por las mejillas de Javier, se acercó a él y le abrazó. Su pequeño cuerpo se empequeñeció cuando él le devolvió el abrazo.

—Ha sido tan buena con nosotros, Inés. No le he merecido estos últimos cinco años.

Se apartó, secándose las lágrimas.

—Pues claro que sí. Me han necesitado. Eso es todo lo que las personas quieren en este mundo.

Se volvió hacia Tess.

—No sea tan dura consigo misma, señora. Pase lo que pase, lo superará. Las familias siempre tienen problemas, pero al final, perdonan y siguen adelante juntas.

Recogió su bolso del sofá.

—Les dejaré para que coman algo. Dio unos golpecitos en el hombro de Javier y salió en silencio.

Tess fue con él. Aunque ella estaba preocupada por su situación con Pen, este era un momento importante para Javier y Mateo, que se enfrentaban a los fantasmas de esta casa.

—Tiene razón, ¿sabes? —dijo Tess—. Deberíamos comer algo.

Inés les había traído un festín. Tess echó un vistazo a la cesta y vio algo más. Inés había puesto su medicación del baño de Javier en una bolsa y la había metido en el fondo. De algún modo, lo sabía.

Esperaron hasta que se hizo de noche. Tess volvió a enviar un mensaje a John. Él había intentado llamar y enviar mensajes a Pen, pero no había conseguido nada. Le preguntó si quería hablar, y la vergüenza la invadió cuando él se negó. Ella no debería haberse permitido iniciar esta situación y arrastrar a Pen con ella. Y a John también. No tenía ni idea de que los chicos vendrían a una casa abandonada, pero debería haber tenido más cuidado. Había herido profundamente a John con un golpe demoledor.

Justo antes del amanecer, Tess se despertó con el sonido de la lluvia. Llovía a cántaros, un chaparrón de verano con truenos a lo lejos. Se levantó del sofá y se acercó a las puertas de cristal que daban al jardín. Llovía a cántaros sobre las palmeras y el tejado.

Giró el picaporte y salió descalza con su vestido de algodón. Caminó hasta el centro del patio y miró al cielo gris oscuro. En algún lugar del horizonte salía el sol. Los relámpagos brillaban y los truenos bramaban encima de sus cabezas y vibraban bajo sus pies. Levantó los brazos e invitó al agua a mojar su cuerpo. Inmóvil, Tess levantó el rostro hacia un cielo que descargaba su furia sobre ella. Tess sabía que no había suficiente agua en el mundo para lavar sus pecados. Para ella no habría absolución.

—Teníamos un trato, tú y yo. ¿Recuerdas? —exclamó Tess mirando al cielo—. Estoy lista. Dame el peor de tus castigos.

Javier se había despertado y estaba junto a la ventana, observándola, pero no intentó hacerla entrar. Fuera lo que fuese lo que le pasaba a Tess, tenía que hacerlo sola. Entonces oyó abrirse la puerta principal.

Pen y Mateo entraron en el gran salón. Parecían cansados y mojados y se sorprendieron al ver a Javier junto a la ventana. Sin saber cómo empezar, esperó a que uno de ellos hablara. Pen se acercó y miró por el cristal.

—¿Por qué está empapándose bajo la lluvia? —le preguntó ella.

—No lo sé. Apenas hemos dormido preocupados por vosotros dos. Cuando me desperté en el sofá, la encontré fuera, como la ves ahora.

—¿Se ha vuelto loca? —preguntó Pen—. ¿No vas a buscarla?

—Solo le estaba dando un momento —Salió y se empapó rápidamente. Susurrando al oído de Tess, se volvió para mirar hacia las ventanas donde estaba Pen.

Mateo cogió una sábana del montón y envolvió a Tess con ella mientras entraba.

Había mucha agua cayendo por la cara de su madre. Pen no sabía si era lluvia o lágrimas. Tess se sentó en el sofá, temblando. Pero sonrió a Pen.

—Me alegro mucho de que estés bien —dijo entre dientes—. He estado muy preocupada por ti.

Pen sabía ahora que su madre estaba llorando.

—Estoy tan bien como puedo estar viendo a mi madre liándose con un tipo que no es mi padre.

Javier puso la mano sobre los hombros de Tess. Pen lo vio.

—Así es. Podéis seguir follando. No dejéis que os lo impida —Se dio la vuelta para subir, pero Tess la agarró de la mano.

—Por favor, ¿podemos hablar de esto? —suplicó.

—¿De qué hay que hablar? —dijo Pen, sacudiendo la cabeza—. Te has estado follando a Javier desde que lo conociste, y ahora, por fin lo sé.

Tess agachó la cabeza. Las palabras le hacían daño.

—No he tenido relaciones sexuales con Javier desde que lo conocí. Pasó por el camino pero no todo el tiempo.

—Vale, eso me hace sentir mucho mejor —Pen respondió con sarcasmo— Solo me has estado mintiendo durante unas semanas en lugar de meses —Sacudió la cabeza—. Y papá. Te va a odiar, ¿lo pillas? Cuando se lo cuente, te odiará por haber venido a España y haberle traicionado. Por traicionar a nuestra familia. ¡Y no tienes excusa por tener cáncer!

Pen miró a su madre con disgusto. Tess respiró hondo.

—Por favor, Pen. Siéntate y escúchame, solo esta vez. Después de eso, puedes seguir odiándome para siempre. Puedes llamar a tu padre y contárselo todo. Solo siéntate, y por favor déjame hablar contigo.

Tess estaba llorando a través de sus palabras. Bajó la cabeza entre las manos, insegura de qué hacer.

—Vale. Tienes dos minutos.

Mateo fue a sentarse junto a Pen, pero Javier lo detuvo y lo sacó de la habitación. Cuando su madre se sentó a su lado, Pen se trasladó a otro sofá. Tess luchó por mantener sus emociones bajo control.

—Hay algo que quiero enseñarte —susurró Tess.

Sacó la carta de su bolso y se la entregó a Pen.

—¿Qué es esto? —preguntó Pen.

—Es la carta que me escribió tu padre. Es la que abrí en Barcelona aquella primera noche. La había metido en mi mochila. Me viste, ¿recuerdas? Me preguntaste si era una carta ñoña de papá, como la que recibiste tú. Pero no era así en absoluto. Por favor, léela.

Pen vio la letra de su padre en el sobre. Desdobló el papel y empezó a leer. En un momento dado, se detuvo y miró a su madre. Cuando terminó, se quedó con la hoja de papel en la mano, atónita. Fue entonces cuando Tess se dio cuenta de que estaba llorando. Quería ir a verla, pero tenía miedo de asustarla.

—¿Cómo pudiste acostarte con Javier? —Preguntó entre lágrimas—. ¿Cómo pudiste traicionar a papá de esa manera?

—No estoy traicionando a tu padre. Él lo sabe.

—¿Qué? Miró sorprendida a su madre.

Tess señaló la carta.

—Has leído lo que escribió. Quería que tuviera este tiempo. Para experimentar todo lo que la vida tiene para ofrecer. Todo. No podía imaginar hacer algo así cuando lo leí en Barcelona. No soy yo. O no lo era. Sabía que me estaba dando un «pase libre», pero daba igual porque no lo iba a usar.

—Pero lo hiciste —dijo ella.

—Sí, lo hice. Tu padre y yo incluso hablamos de ello de antemano. Le hablé de Javier y de cómo caminábamos con él y Mateo y pasábamos tanto tiempo juntos. Me dijo que lo que había escrito lo decía en serio.

Pen pareció sorprenderse por ello.

—Tu padre es un hombre extraordinario, Pen. Me entiende como ninguna otra persona en este planeta. A veces me entiende mejor que yo misma. Y siempre pone a los demás antes que a sí mismo. Nunca he conocido a nadie como él.

Pen seguía confusa.

—¿Cuándo empezó? ¿En el Camino? ¿Cuándo empezaste a acostarte con él?

Tess respiró hondo.

—En la granja de ovejas —dijo, avergonzada —. Cuando fuimos a ayudar a nacer a los corderos.

—¿Te acostaste con él mientras ayudabas a nacer a los corderos? —preguntó Pen, incrédula.

Tess se rio.

—Por supuesto que no. Se limpió la nariz. Fue después. Estábamos agotados, y una cosa llevó a la otra. No voy a entrar en detalles, pero fue entonces cuando empezó. Ya llevábamos más de una semana caminando con ellos. No lo había planeado. Pero cuando llegamos al viñedo y estábamos almorzando, salí para llamar a papá. Le dije dónde estábamos y lo que estábamos haciendo. Reiteró lo que había dicho en la carta. Quería que fuera libre en este camino.

Pen parecía aturdida. Las cosas no debían ser así.

—Estábamos agotados después de una noche de partos. Creo que mis inhibiciones estaban un poco bajas, y con lo que tu padre había dicho, no me detuve —explicó.

Pen la miró, todavía enfadada.

—¿Te arrepientes? ¿Desearías no haberlo hecho? —preguntó, buscando en la cara de su madre cualquier falta de honestidad.

—Lamento haberte hecho daño —dijo Tess con sinceridad—. Pero no lamento el tiempo que Javier y yo hemos pasado juntos. Él ha sido muy bueno con nosotros. Yo estaba muy enferma aquel día en el río antes de León. Me buscó una doctora en la ciudad, y mientras tú visitabas a la abuela y a las tías de Mateo, fui a hacerme unas pruebas. Me cambiaron la medicación, y desde entonces sigo al pie de la letra las órdenes de la doctora.

—¿Estabas enferma ese día? —Pen parecía disgustada por la noticia—. No lo sabía, aunque sabía que estabas cansada.

—No quería preocupar a nadie. Javier me ayudó y me puso de nuevo en el buen camino. Tu padre está muy agradecido de que hayamos estado con él todo este tiempo. Dice, extrañamente, que está en deuda con él.

Pen sacudió la cabeza. Se imaginaba a su padre diciendo eso. Javier también le había salvado la vida cuando había tenido aquella reacción alérgica.

Se sentaron en el sofá, en silencio.

—No hagas eso nunca más —suplicó Pen—. No finjas que estás bien cuando no lo estás.

—No quiero que te preocupes por mí —dijo Tess, con una sonrisa tranquilizadora. Pen suspiró.

—¿No lo entiendes? No tienes que esconderte de mí. No tienes que fingir todo el tiempo —dijo sacudiendo la cabeza con lágrimas en los ojos.

—No estoy segura de lo que quieres decir —dijo Tess en voz baja.

—Ese es el problema. No tienes ni idea de lo que nos estás haciendo, y eso es lo que me está matando. Siento que me lo ocultas todo, cada emoción. Incluso ahora, con el cáncer. Y después de la muerte de Charlie, era como si no quisieras que nadie sintiera tristeza. Te lo guardabas todo para ti. Nos mudamos lejos de donde está enterrado por *tu* trabajo. Ni siquiera puedo visitar a mi hermano. Era como si quisieras que lo borráramos porque es demasiado duro para ti.

Tess lloró con todas sus fuerzas. Si hubiera comido algo, habría vomitado. Pero, por fin, su hija le había dicho cómo se sentía.

—Se supone que solo debo ser feliz, o si no, no puedes soportarlo. Pero la vida no es así. No puedo seguir actuando como si todo estuviera bien cuando no lo está. Y que tengas cáncer no está bien. Es horrible. Si estás enferma, pues lo admites. Si estás cansada, pues descansa. Estás triste pero sonríes, como si fuera una medalla de honor. Siempre estás enfadada conmigo porque nunca sonrío. Pero estoy enfadada porque es lo único que haces. No dejas espacio para la tristeza de nadie más porque siempre estás fingiendo que todo está bien cuando no lo está. Mientes. Te mientes a ti misma y también a mí.

Tess se quedó sentada, atónita.

—Estás tan desesperada por que sea feliz que no puedes ver que lo único que he estado es triste desde que Charlie murió. Durante años. Incluso lo admitiste en la iglesia de Santiago. No puedes manejar mis emociones. Pero con esto no, no voy a fingir que no estás enferma. Lo veo, mamá. Ya no soy un bebé.

Pen tomó aire.

—Me preguntas por qué hago las cosas que hago. Quieres que hable contigo, pero tú no hablas conmigo. He tenido mucho tiempo para pensar en este viaje. Todo lo de tu madre y el dolor que pasaste de niña. Nunca nos lo contaste. Nunca lo compartiste con tus propios hijos. Es como si no tuviéramos ni idea de quién eres realmente —Pen tragó saliva para tomar aliento—. Lo siento, pero no puedes pasar por el cáncer sola. No es justo para papá y para mí. También nos está pasando a nosotros.

Todo lo que decía Pen era cierto. Y no había empezado con la muerte de su hijo. Proteger a sus hijos significaba haberles privado de conocer a su madre. Creía que los protegía del dolor, cuando en realidad los protegía de ella.

Pen se limpió la nariz.

—¿Crees que, dondequiera que esté Charlie, estará contento de ver en lo que nos hemos convertido? —le preguntó a Tess.

Tess lloraba demasiado como para contestar. Pen esperó a que se recompusiera.

—Sé sincera conmigo —susurró Pen—. No te contengas más. ¿Vas a morir?

Tess cerró los ojos y se secó las lágrimas.

—No lo sé. Pero no voy a mentir. No tiene buena pinta, Pen. Pero voy a luchar contra ello. Ya lo estoy haciendo, con algunas de las medicinas que estoy tomando. Y nos iremos a casa, me haré la operación y seguiré el tratamiento.

—¿Sabe papá lo de ayer? —preguntó Pen.

—Sí. Le llamé justo después.

—Apuesto a que fue una conversación incómoda —exclamó con sarcasmo.

—No fue mi conversación favorita. Pero tu padre lo ha sabido todo el tiempo. Está enfadado conmigo por ponerte en esta situación. Pero sobre todo, ambos estamos preocupados por ti.

Tess resopló.

—Escucha. Sé que tengo cáncer y que es duro para todos los que me rodean. Y mis decisiones en este viaje han sido duras para ti. Pero por favor, que sepas que tu padre y yo somos fuertes. Nuestro matrimonio es fuerte —Se le hizo un nudo en la garganta—. Ningún matrimonio es perfecto. Si estás buscando un príncipe en un caballo blanco, de momento está de vacaciones, pero lo que necesitamos, tu padre y yo, lo tenemos. Funciona para nosotros. Y eso no va a desaparecer.

Pen se miró los zapatos.

—¿Quieres a Javier? —preguntó en voz baja.

—Sí, lo quiero. Pero se puede amar a la gente y que eso no te aleje de las personas más importantes de tu vida.

—¿Tuviste aventuras en todos tus viajes de negocios? —Su voz se endureció.

Tess supuso que se merecía las sospechas.

—No. Nunca he estado con nadie más que con tu padre en todo nuestro matrimonio. Hasta ahora.

Se sentó junto a su hija y le apartó el pelo de la cara.

Pen se limpió la nariz con la camiseta.

—¿Vas a seguir teniendo relaciones sexuales con Javier mientras estemos aquí?

Tess se lo pensó un momento.

—No he pensado en ello. No es mi objetivo. Más que nada, he estado preocupado por ti.

Pen la miró.

—Bueno, supongo que ya no tienes que fingir. Pero no esperes que te perdone pronto.

Tess apretó la mano de Pen.

—No espero nada. Pero te diré lo que Inés me dijo anoche. Las familias perdonan las peores transgresiones y siguen adelante juntas. Necesitaré tu ayuda, Pen. Para lo que viene. Tendrás que sujetarme el pelo cuando vomite por el tratamiento contra el cáncer —Miró a su hija a los ojos antes de susurrar—: como he hecho por ti más de una vez.

Pen miró a su madre y asintió en silencio. Dejó que Tess la abrazara.

—¿Adónde fuiste cuando te fuiste de aquí? —le preguntó Tess—. Estaba histérica.

—No sabía dónde ir —le dijo Pen—. Estaba hiperventilando cuando Mateo me alcanzó. Nunca había llorado tanto.

A Tess le costó escucharlo.

—Lo siento mucho, cariño. Por todo.

—Mateo estaba preocupado por mí, así que me llevó de vuelta al apartamento. Sabía que no estabas y pensó que sería el mejor lugar para que me recuperara. Inés estaba allí.

»Me preparó té y galletas y le conté lo que había pasado. Al principio parecía un poco sorprendida, pero luego se lo tomó con calma. Le dije que te odiaba a ti y a todas las mentiras que me habías contado.

Tess se preguntó qué pensaría Inés.

—¿Qué dijo? —preguntó Tess.

—Ella solo me escuchó. Me dijo que no fuera demasiado dura contigo. Que ya hay suficiente dolor y sufrimiento en este mundo como para añadir más. Le dije que eras tú quien añadía dolor y sufrimiento. Ella dijo: «No. Tu madre está añadiendo amor». Pero no la creí.

—¿Se explicó?

Pen respiró hondo.

—Me preguntó si creía que ella era una buena persona. Le dije: «Sí. A diferencia de mi mamá».

Tess hizo un gesto de dolor.

»Estaba furiosa. Me has decepcionado.

Las lágrimas resbalaron sin control por las mejillas de Tess.

»En fin. Inés me dijo que no debía hablar así de mi madre. Luego dijo: «Deja que te cuente una historia». —Pen gimoteó—. «Hace mucho tiempo, ella era joven y hermosa. Podía haber elegido a todos los chicos de su pueblo, pero solo uno le llamó la atención. Era un hombre importante y un médico de Madrid. Venía al pueblo de vez en cuando. Su familia poseía una gran casa y tierras. Se enamoró enseguida».

»Empezaron a verse, aunque ella sabía que él estaba casado con alguien de una familia rica y poderosa de la ciudad. A ella no le importaba, se convencía de que su mujer era horrible y de que no le quería de verdad, así que lo que hacían no estaba mal. Al cabo de un tiempo, se quedó embarazada. Pensó en abortar, pero decidió no hacerlo. Se lo contó al hombre, preocupada por si se enfadaba.

»Pero no se enfadó. En lugar de eso, se ofreció a trasladar a Inés a un apartamento en la ciudad, donde podría seguir viéndola a ella y a su hijo. La quería y trataba de salvarla de la vergüenza que pasaría en el pueblo si alguien descubría que estaba embarazada.

»En Madrid, la gente dio por hecho que su marido había fallecido, y una viuda joven y embarazada recibía compasión. Pero cuando nació su hijo, se sintió sola. El hombre estaba muy ocupado y ella no le veía mucho. A veces, leía su nombre en los periódicos. A su mujer le gustaba dar fiestas que aparecían en las columnas de cotilleos. Un día, vio un anuncio en el periódico en el que se buscaba un ama de llaves y consiguió el trabajo.

»Poco después de empezar a trabajar en su casa, tropezó con él mientras limpiaba el polvo de su despacho. Al principio se puso furioso, pero luego se acostumbró a tenerla en su casa. Su mujer le contó la historia de la joven viuda con un niño pequeño, y le permitían llevar a su hijo al trabajo cuando no estaba en la escuela. El hombre y su mujer ya tenían un hijo propio, y aunque había una diferencia de edad, el hijo mayor trataba al pequeño como los hermanos que eran.

»Pasaron los años —dijo Inés—, pero la relación se convirtió más en una amistad. Cuando su hijo tenía veinte años, el hombre enfermó. Falleció de repente. Inés se alegró de haber trabajado y ahorrado, porque en su testamento no había nada previsto para ella ni para su hijo, pero siguió trabajando para su mujer antes de pasar a trabajar para Javier y su mujer.

Tess se quedó boquiabierta. Pensó en lo que le había contado Javier. Inés había trabajado para su familia desde que él era pequeño.

—¿Dónde estaba Mateo cuando Inés te contó esta historia? —preguntó a Pen.

—Nos había dejado solas en la cocina. Para darnos un poco de privacidad.

Tess asintió.

—¿Cómo te sentiste después de hablar con ella?

Pen se limpió la nariz con la manga.

—Bueno. Como dice Inés, la gente buena a veces hace cosas que no debería. Como yo. Es algo parecido a lo que hablamos tú y yo aquel día en el Camino.

Su hija se había quedado con el mensaje.

—Inés me dijo que la vida es un lío. Dijo que parte de crecer consiste en ver a tus padres tal y como son y quererlos de todos modos. Y que, pase lo que pase, el amor de una madre por su hijo es lo único que perdura.

Tess rodeó a su hija con los brazos y, al cabo de unos instantes, sintió que los brazos de Pen también la rodeaban a ella.

—Preparó el sofá para Pen y se sentó a verla dormir. Tess podía ver cómo todo se había desenmarañado en los dos meses anteriores. Ni siquiera ella sabía ya quién era. No era de extrañar que a su marido y a su hija les costara seguirle el ritmo.

Javier y Mateo aparecieron por la tarde, y Pen por fin se despertó. Estaba hosca y callada, pero parecía menos enfadada que antes.

Los cuatro volvieron al apartamento, donde les esperaba Inés. Pen y Mateo fueron a asearse mientras Javier decidió ocuparse del despacho. Inés y Tess estaban solas en la cocina.

—Gracias de nuevo, Inés. La cesta era justo lo que necesitábamos ayer.

—Fue un placer —Dio un trago a su café—. Parece que ha podido hablar con su hija.

—Sí. Pen y Mateo volvieron a la casa esta mañana temprano. Creo que estará bien.

—Me alegro. Me alegro de que se haya podido solucionar. La discordia en una familia es algo terrible. Te come desde dentro.

—Estoy de acuerdo —Tess respiró hondo—. Cuando Pen salió corriendo de casa, me asusté mucho. Me preguntaba cómo la encontraría para explicárselo. De algún modo, volvió.

—Los niños siempre nos sorprenden —sonrió Inés—. A veces son difíciles, pero luego se dan la vuelta y nos necesitan más que nunca. Pen la necesita. Lo veo claro. Sobre todo ahora.

—¿Qué quiere decir? —preguntó Tess.

Inés ladeó la cabeza, pero no dijo nada.

—Lo sé —susurró Tess.

Inés le dio una palmadita en la mano.

—Creo que usted y su hija han sido algo bueno para Mateo y su padre —afirmó—. Cuando se fueron de aquí, estaban inmersos en una búsqueda. No sé otra forma de describirlo. Era evidente. Siempre han estado unidos, pero aun así, necesitaban encontrar el camino de vuelta el uno al otro. Cada uno se lastimó a sí mismo en lugar de lastimar al otro con su dolor. Ahora eso ha acabado. Lo vi cuando llegaron a casa esta mañana. Creo que eso se debe a usted y a Pen.

Tess consideró sus palabras.

—No sentí que estuviéramos haciendo nada por ellos. Javier nos ayudó mucho con los problemas médicos que surgieron durante el camino. Pen adora a Mateo —dijo Tess.

Inés le apretó la mano.

—Es más que eso. Cuando un corazón está tan roto, cree que el amor ya no es posible. Que la comida no tiene sabor. Que el sol no calienta. Pero ahora, ambos saben que el amor es posible y que tienen un futuro. Les han ayudado a ver que la vida puede continuar y llevarlos con ella —afirmó Inés, pensativa.

—Javier dice que es hora de volver a la casa —le contó Tess—. Mateo le ha dicho esta mañana que ya no quiere vivir en el piso. Quiere mudarse a casa.

Inés sonrió con complicidad.

Tess se detuvo en la habitación de Pen y llamó a la puerta.

Esperó a que su hija abriera y la dejara entrar.

—¿Has hablado con papá? —preguntó Pen.

—Sí, lo he hecho. Está ansioso por que lleguemos a casa.

—Sí. Yo también he hablado con él —señaló Pen—. Está preocupado por mí.

—Lo está —corroboró Tess—. Sabe que esto es mucho. Incluso sin Javier, es mucho.

Pen frunció el ceño.

—No te odio, ¿sabes?

—Gracias —Sonrió Tess—, estrechando la mano de su hija. Te lo agradezco.

—Supongo que, cuando era pequeña, pensaba que eras perfecta. En algún momento de los últimos años, descubrí que no lo eras. Me enfadé, como si me hubieras mentido. Y ayer, cuando descubrí que eras aún menos perfecta de lo que pensaba, me enfadé —Pen gimoteó.

—Lo sé —susurró Tess.

—Pero luego pienso: ¿qué haría si me dijeran que tengo cáncer y que me puedo morir? Probablemente me volvería un poco loca. Quizá haría puénting o paracaidismo o algo así. Quizá me emborracharía y correría desnuda por la calle.

Tess soltó una risita.

—No creo que eso ocurra —le dijo a su hija.

—Tal vez no, ni siquiera en mi caso —Pen sonrió—. Pero podría hacer algo que nadie esperase que hiciera. Completamente fuera de lo normal.

—Sí, tal vez sí. Tess estuvo de acuerdo. Es un *shock* cuando te dicen el diagnóstico, como una experiencia extracorpórea. Como si le estuviera pasando a otra persona y tú lo estuvieras observando todo. Cuando me lo dijeron mis médicos, apenas entendía lo que decía. Tuvieron que repetirlo. Tu padre dijo que sintió lo mismo cuando vino conmigo al día siguiente.

—No fui muy amable con vosotros aquel día —reconoció entre lágrimas.

—No. Pero no sabías lo que estaba pasando —le recordó Tess—, dejándola libre de culpa.

—Debías de estar todavía en *shock*. Y luego verme como estaba —Lo dejó en el aire.

—Estábamos —dijo Tess—. Pero sabíamos que teníamos que hacer lo que fuera necesario para salvarte.

—¿Te duele? ¿Así es como te enteraste? ¿Te dolía y fuiste al médico?

—No. Solo sentí bultos bajo la axila y luego en la garganta. Concerté una cita con mi médico, pero tuve que cambiarla un par de veces por motivos de trabajo. Finalmente, me hicieron una ecografía y una resonancia y después, una biopsia. Cuando el médico me llamó y me sugirió que acudiera a una consulta, supe que no iba a ser agradable. Hablamos de opciones y planes de tratamiento. Les dije que necesitaba pensármelo —Respiró hondo—. Pero entonces me vino a la mente el Camino y no pude quitármelo de la cabeza.

—Lo entiendo —Pen tampoco era perfecta—. Había cometido importantes errores de juicio que también habían afectado a su familia.

—¿Crees que papá te perdonará por estar con Javier? —preguntó.

Tess cerró los ojos.

—Me dijo que abrazara el romance, Pen. Yo no le hice escribir eso ni decirlo, así que está herido y enfadado, pero yo no lo hice a escondidas. Y aunque me mata que esté herido, no soy una mala persona. No importa lo que te parezca a ti.

Tess sabía que Pen estaba luchando contra lo que había ocurrido durante las 24 últimas horas. A los quince años, era fácil ver el mundo en blanco y negro. La experiencia le había enseñado que los tonos de gris solo aparecerían con el tiempo. Tess decidió tomar otro camino.

—No quiero que esta última semana gire en torno a mi cáncer o a Javier y a mí. Quiero que sea para reunir fuerzas, porque las vamos a necesitar —Tess sonrió entre lágrimas—. Y también quiero que os divirtáis. Olvidemos los errores que hemos cometido, las dos. Solo durante un tiempo. Luego nos iremos a casa —Extendió la mano y apretó la de Pen.

Pen se secó las lágrimas y asintió.

—¿Cena de helado? —sugirió Pen.

—Desde luego —sonrió Tess—. ¡Necesito muchas más cenas de helado en mi vida!

Pen gimoteó y abrazó a su madre.

—Estás loca.

Tess cerró los ojos y le devolvió el abrazo.

—Totalmente.

Pen parecía orbitar alrededor de Tess mientras terminaban su estancia en España. Permanecía cerca de su madre, pero seguía luchando con las secuelas del diagnóstico de su madre y el descubrimiento de su aventura. Mateo les preguntó qué querían hacer el resto de sus vacaciones.

Tess y Pen ya habían hablado de ello.

—Nos gustaría ayudaros a volver a la casa. Saber que estáis allí instalados cuando volvamos a casa nos haría muy felices a las dos. ¿Qué te parece? —preguntó Tess.

Javier hizo una mueca.

—No queremos que os pongáis a trabajar mientras sois nuestras invitadas. No, haré que venga una empresa de mudanzas y se lo lleve todo.

—Claro, las cosas grandes. ¿Pero las pequeñas cosas, y abrir la casa y hacerla habitable? Podemos ayudar con eso. Al fin y al cabo, Inés es solo una persona —le recordó.

Informaron a Inés de sus planes para preparar la casa.

—Suena fantástico —dijo ella—. Me alegra tener manos extra.

Tess había visto cajas apiladas en el extremo más alejado del salón del apartamento. Inés ya se había adelantado, al notar que los ojos de Tess revoloteaban en esa dirección, sonriendo.

Al día siguiente, el grupo cargó cajas en el coche de Javier, que las llevó a la casa. Ayudaron a Inés a limpiar y preparar la cocina. No tardaron mucho, y Javier y Mateo llegaron en breve con otra carga de la habitación de Mateo.

Después, Javier se dejó caer en un sofá. Estaba cansado, pero contento. La casa empezaba a parecer habitada. Uno de los vecinos se había pasado a darles la bienvenida. No sabía que llevaban cinco años al otro lado de la ciudad.

—Más tarde, podemos ocuparnos de traer ropa —dijo Tess—. Eso es fácil de llevar en el coche. También llevaré las cosas de Pen y las mías para que estemos todos en el mismo sitio.

Javier accedió y aceptó agradecido una bebida fría de Inés.

—He llamado a un servicio de mudanzas para las cosas más grandes.

Subieron las escaleras para comprobar la habitación de Mateo. Tess miró a su alrededor. Los juguetes de cuando era pequeño estaban ahora en un estante encima de su escritorio. Habían puesto los pósteres de fútbol en las paredes y sábanas nuevas en la cama. Pen parecía satisfecha de sí misma.

—¿Qué os parece? —les preguntó ella cuando entraron por la puerta.

—¿Qué le parece a Mateo? —preguntó Tess.

Examinó sus dominios.

—Me gusta. Todavía tiene cosas de cuando era pequeño. Es una buena mezcla.

Javier coincidió con él.

Él y Tess bajaban hacia su dormitorio cuando Javier se detuvo y miró a su alrededor.

—El cuadro. La primavera. Creo que es hora de reunirla con sus otras estaciones. Volvamos después de comer y cojamos los cuadros. Quiero colgarlos hoy —dijo con valentía.

Tess estaba impresionada. No había dudado ni un momento desde que Mateo insistió en que volvieran a la casa. En cambio, se había lanzado de lleno. Preparado para vencer la pena que lo había atormentado durante tanto tiempo.

Después de comer, Javier expuso el plan para el grupo.

—Vamos a volver al apartamento para coger algunas obras de arte. ¿Queréis ayudarnos?

Mateo fue el primero en responder.

—Sí. Quiero llevar los cuadros de mamá a la casa. Ya sé dónde van.

—¿Qué quieres decir? —preguntó Pen.

—Los pintó para espacios concretos donde los colgaba. Para la luz de ese espacio, me dijo. Recuerdo dónde estaban antes de mudarnos.

Javier se maravilló del entusiasmo de su hijo. Había subestimado el impacto de la mudanza de hacía tantos años.

Los cuatro regresaron para recuperar los objetos artísticos y asegurarse de que pasaran la noche en el lugar que le correspondía. Cuando regresaron, habían notado algunas cosas que habían surgido de la nada.

Sobre la mesa de la entrada, una bandeja llamó la atención de Javier. Era pequeña y azul, de lapislázuli con el borde dorado. Alejandra se la había comprado como regalo en unas vacaciones en Marruecos. En ella solían descansar las llaves y la cartera, pero hacía años que no la veía. Sin embargo, allí estaba, con el mismo aspecto, bajo el espejo del vestíbulo. Pasó las manos por su superficie lisa y guardó las llaves y la cartera como si no hubiera pasado el tiempo.

Tess siguió un delicioso olor hasta la gran cocina. Brillaban los azulejos de colores de las paredes y la piedra del suelo. Inés estaba cortando un trozo de carne en una antigua tabla de madera sujeta a una larga y desgastada mesa de madera situada en el centro de la estancia.

Levantó la vista y sonrió.

—Ah, veo que ya habéis vuelto.

—Sí. Hemos recogido los cuadros del apartamento. Vamos a empezar a colgarlos ahora —dijo Tess.

—Fantástico. Mateo debe estar contento.

—Creo que sí. Dice que sabe dónde van —explicó Tess.

—Seguro que sí —dijo Inés con complicidad—. Volveré más tarde a recoger algunas cosas. Como la cocina ya está aquí, comeremos aquí. Podemos tener casi todo trasladado en pocos días, excepto las piezas grandes.

—¿Dónde irán a parar todos los muebles? —le preguntó Tess—. Esta casa ya tiene muebles.

—Creo que Mateo ha pensado en eso. Voy a esperar a que revele su plan —Y volvió al cuchillo gigante de carne que tenía en la mano.

Tess oyó martillazos y siguió el sonido escaleras arriba hasta una zona en la que nunca había estado. Estaban colgando cuadros en los ganchos existentes, y ¡voilá! Las obras de arte volvían a estar en su sitio. Cada cuadro cobraba vida, suspendido en el lugar para el que Alejandra lo había pintado. Tess se ofreció a ayudar, pero Javier rechazó su ayuda.

—¿Por qué no te acuestas? Échate una siesta.

—Sí, mamá —dijo Pen, mirando por encima del hombro—. Es una idea estupenda. Ve a descansar y asegúrate de tomar tu medicina.

Tess frunció el ceño. Tanto Javier como Pen la trataban como a una niña, pero sabía que tenían razón; una siesta le vendría bien. Se tumbó en la habitación de Javier y se sumió en un profundo sueño, con sueños llenos de imágenes de su vida y de la gente que significaba tanto para ella. Tess se despertó con una sensación de paz.

Al darse la vuelta, notó el sabor a cobre y sintió una mancha húmeda. La almohada estaba empapada de sangre. Se tapó la nariz y corrió al cuarto de baño a buscar agua fría para detener la hemorragia. Tardó un poco en conseguir que coagulara. Luego se limpió la cara y cogió la almohada de la cama.

Bajó lentamente las escaleras descalza mientras oía las risas apagadas del jardín, encontró un cubo de basura en el almacén y escondió la almohada debajo de unas bolsas de plástico. Luego se alisó la falda antes de salir por las puertas de cristal.

—La princesa se ha despertado —Javier se levantó y acercó una silla.

La mesa estaba salpicada de velas sin encender y preparada para la cena.

—No sabíamos si llegarías a tiempo para la cena —dijo, contento de que lo hubiera hecho.

—Mi estómago me ha despertado. ¿Qué es ese olor divino? —les preguntó Tess.

—Inés está al mando', declaró Pen. Creo que le gusta estar aquí con la gran cocina. Incluso ha hecho pan casero.

Tess se tocó la nariz para asegurarse de que había dejado de sangrar.

—Es una cena de bienvenida. Inés dice que da mala suerte no bendecir la casa con una buena comida al mudarse. En nuestro caso, es una nueva mudanza, pero no creo que eso importe —Mateo se tocó la barriga. Todos mis platos favoritos.

Javier sirvió a Tess una copa de vino tinto burdeos y rellenó la suya. Ella miró alrededor del jardín, escuchando el borboteo del agua en la fuente, segura de que podría dormirse en una tarde soleada en la hamaca que habían montado durante la siesta.

—¿De qué estamos hablando? —preguntó—. He oído risas.

—Estos dos estaban escuchando a un anciano contar historias sobre su época universitaria —le informó Javier. El vino le había puesto el acento muy marcado y las mejillas coloradas.

—Javier era un poco salvaje, mamá —le contó Pen.

—¡Asombroso! —dijo Tess con fingida sorpresa. ¿Qué es lo más loco que hiciste en la universidad? —le preguntó.

—Huy, esa es una pregunta difícil —contestó—. Porque no tenía restricciones en la competencia con mis amigos para hacer las cosas más terribles.

—¿Terribles? ¿Cómo qué?

Javier respiró hondo.

—Una vez, Amelia y yo robamos una cabra de una granja a las afueras de la ciudad. Era una cabra pequeña. Nos la llevamos en el tren a la Universidad de Barcelona y la dejamos en el despacho del profesor. Era muy pequeña. Pensamos que era una broma inofensiva, pero la cabra se comió casi todos los papeles de su mesa. ¿Quién iba a saber que las cabras podían trepar?

—¿Quién lo iba a saber? —Tess se rio hasta ponerse morada—. Pues todo el mundo. ¿No has oído hablar de las cabras montesas?

Frunció el ceño.

—Claro que sí. Pero era una cabra pequeña de una granja en llano. No sabía que las cabras de granja pudieran trepar. Parece que esos papeles eran muy importantes. Querían echarnos, pero en un giro del destino, el padre de Alejandra intervino y nos salvó. Eso fue en la época en que él aún pensaba que yo tenía un gran potencial.

En ese momento, Tess se dio cuenta de que estaba un poco borracho. Javier señaló a Mateo.

—No dejes de preguntárselo a tu abuelo la próxima vez que le visites en Barcelona. Le encanta esa historia.

—Seguro que sí —dijo Tess con sarcasmo.

—De todos modos, el viaje en tren fue la peor parte. A las cabras no les gustan los trenes, y hacen mucho ruido. Y se cagan en todas partes.

Bebió otro sorbo de vino.

—Puedo ver la ternura de tu corazón en tus ojos, mi amor —le dijo a Tess—. No estés triste. Nos llevamos la cabra a la granja. Pero te lo advierto. ¿Sabes lo que le provoca a una cabra comer papel? Hinchazón de cabra. No es algo que quieras experimentar.

Javier señaló a Mateo.

—Tomé prestado el coche de tu abuelo para llevarla de vuelta —siguió riéndose de su aventura—. Cuando se lo devolví, olía a granja. Creo que estuvo encontrando mierda de cabra ahí durante años.

—Vale —Tess se levantó—. Con esto concluye la *edición española de Historias de borrachera*. Me tomaré el resto de esta botella —Miró a Mateo— ¿Cuántas se ha tomado?.

—Esta es la segunda —se rio.

—Ah —se la llevó y volvió a entrar en la casa por una puerta que daba a la cocina. Inés estaba leyendo el periódico, esperando a que saliera algo del horno.

—¡Buenas noticias, Inés! El resto de este increíble vino es todo tuyo. Para beber o cocinar, tú eliges —Miró a su alrededor—. Me ha parecido oler a pan, y necesito un poco antes de que nuestro médico se duerma en un sopor de borracho.

Inés se rio.

—He horneado muchos panes. Puede comerse ese de ahí —Señaló una gran baguette sobre la mesa de madera que se enfriaba en una rejilla. Se levantó, sacó un plato pequeño y lo llenó de aceite de oliva antes de dárselo a Tess—. Esto también le ayudará.

—Muchas gracias.

—De nada —Se sentó y se puso a leer el periódico.

De vuelta al jardín, Tess puso el pan y el aceite sobre la mesa.

—Es hora de comer algo, amigo mío.

Javier sacó la lengua, pero rompió un trozo, lo mojó en el aceite y se lo metió en la boca.

—Mmm. Está bueno. Debes probarlo —La animó.

Tess lo hizo y descubrió el mejor pan que había comido nunca. Se comieron toda la hogaza en cuestión de minutos.

Pronto empezaron a salir platos humeantes de la cocina. Pen encontró cerillas y encendió las velas. Era como cenar en el jardín secreto, no en la húmeda campiña inglesa, sino en la cálida penumbra de la capital española. La temperatura era perfecta. Y la comida, divina.

Inés había horneado una Tarta de Santiago de postre, que no comieron hasta medianoche. Finalmente, hartos de comida y vino, Javier les propuso pasear por la ciudad para hacer la digestión.

—Es casi la una de la madrugada —dijo Tess—. No estoy segura de que sea una buena idea tan tarde.

—Madrid solo empieza a animarse a medianoche —le dijo.

Tess miró a Pen y su hija asintió con la cabeza.

—La otra noche, cuando salimos, todo el mundo estaba en la calle. Había más gente que de día.

Parecía que Pen no exageraba. Las calles estaban repletas de gente en plena noche.

—¿Esta gente no tiene trabajo al que ir por la mañana? —preguntó.

—Sí —le aseguró Javier—. Llegarán a sus oficinas a las 9 o las 10 de la mañana.

Se detuvieron y charlaron con gente que Javier conocía. Mateo mandó un mensaje a su amigo Emiliano y el chico se reunió con ellos, haciendo un corrillo como es costumbre en los adolescentes.

—Mamá, ¿podemos ir con Emiliano? —suplicó Pen.

—Sí. Pero estarás en casa al amanecer, ¿verdad? —Tess se sorprendió a sí misma—. Mañana tenemos que seguir con la mudanza. No podemos dormir todo el día.

Los chicos salieron corriendo.

Javier rodeó a Tess con el brazo y caminaron un rato. La comida parecía haberle devuelto la sobriedad.

—¿Qué se siente al haber llegado a Madrid hace solo unos días y estar ya instalándote en la casa grande? —preguntó.

—Se siente bien. Como si hubiéramos estado allí todo el tiempo —Reflexionó—. Quizá no físicamente, pero emocionalmente, en muchos sentidos, ninguno de los dos nos hemos ido nunca.

Tess se alegró de que el movimiento no le causara dolor. Caminaron un rato más antes de doblar la esquina y llegar a la puerta principal.

—¿Por qué Inés vive sola en un apartamento? Tenéis espacio más que suficiente. Se está haciendo mayor y podría vivir aquí contigo —sugirió Tess. Así no tendría que desplazarse y habría otra persona en la casa.

—Siempre se te ocurren buenas ideas —sonrió—. Tienes razón, claro. Hablaré con ella mañana.

Subieron la escalera gigante y se acostaron, sin oír entrar a los chicos, justo cuando salía el sol.

Tess se despertó sintiendo algo en la nariz y se lo quitó de un manotazo. Se dio la vuelta, pero volvió a aparecer. Al abrir los ojos, vio a Javier inclinado sobre ella con una pluma.

—Eres travieso —Se rio.

—Sí. Tristemente, esta es una de mis mejores cualidades.

Se inclinó hacia ella y la besó. El beso se hizo más profundo e hicieron el amor tranquila y lentamente. Después, Javier le preguntó qué quería hacer ese día.

—Por favor, nada de cosas de turistas —suplicó.

—Como quieras.

Marcó la pauta para el resto de su estancia. Por las mañanas se levantaban tarde. Tess disfrutaba ayudando a Inés en la cocina por las tardes. Y su última semana en España pasó volando.

—Dentro de 48 horas te habrás ido —observó Javier en voz baja mientras disfrutaba de una copa de vino después de cenar.

—Sí, así es —susurró Tess.

—Lo estoy pasando mal, de repente. Mi mariposa se va a ir volando.

No sabía qué decir. No había forma de evitarlo. Tenía que empezar el tratamiento, pero eso no lo hacía más fácil.

—Te echaré de menos más de lo que puedo expresar —dijo ella—. Me has ayudado a superar los dos últimos meses. Todos los días has estado ahí. Cada día, sabía que estarías. Y en un momento, ya no estarás ahí.

Javier le tendió la mano.

—Seguiré aquí, deseándote solo cosas buenas. Quiero que tu tratamiento tenga éxito y escuchar que te has librado del cáncer. Que todo sea un mal recuerdo —le dijo.

Tess exhaló un largo suspiro.

—Hoy he hecho algo. Espero que no te importe —le dijo.

—¿Qué has hecho? —preguntó él.

—Le he enviado un correo electrónico a mi médica de Phoenix. Le he pedido que te mantenga informado de tu tratamiento. Le he dado permiso para contártelo todo si querías saberlo.

La miró a los ojos llenos de dolor.

—Por supuesto que quiero saberlo —susurró— ¿Tengo que ponerme en contacto con ella yo mismo, o tu médica me informará periódicamente?

—No hemos entrado en detalles, pero si no sabes nada de ella, no dudes en ponerte en contacto con ella. Te enviaré sus datos —le prometió.

Javier luchó por controlar sus emociones.

—No tienes que hacer esto, ¿sabes? Por mí. No podré hacer nada al respecto.

—Lo sé. Pero si yo fuera tú, querría saberlo —explicó.

Inclinándose hacia delante, le besó las manos y levantó la vista.

—Gracias.

Se dirigieron al dormitorio a través de la cocina y le dijeron a Inés que estaban demasiado cansados para tomar café. Subieron las escaleras mientras pensaban en su último día completo juntos. Se acostaron y Javier la abrazó.

—El Camino fue muy fácil. No teníamos que pensar en la vida real. Todos los días pensaba en ese único día —dijo Tess—. La distancia que teníamos que caminar, dónde estaría la comida y el agua a lo largo del camino. Nada más —Sonrió—. Algunos días, cuando alguien me preguntaba dónde nos habíamos alojado la noche anterior, no podía recordar el nombre del pueblo o del albergue. Ya era pasado. El futuro estaba a un día de distancia, y este día era lo único. Solo caminar.

Javier suspiró.

—Y cada día, me alegraba tanto de despertarme. Tenía que dormir lejos de ti, y despertarme antes del amanecer significaba que volveríamos a estar juntos todo el día. Podía tocarte, tomarte de la mano y cuidarte. —Sus ojos se llenaron de lágrimas—. Pronto dejaré de tener ese privilegio.

Tess se dio la vuelta y le abrazó con fuerza.

—Pensaré en ti tan a menudo, que lo sentirás. Lo sabrás. Y yo sabré que piensas en mí. En los momentos clave, lo sabré —se lo prometió.

Javier le besó la cabeza mientras ella se aferraba a él. Estuvieron tumbados a oscuras hasta que salió el sol.

PARTE V

CASA

DIECINUEVE
EL DUELO DEL ADIÓS

Tess se dio la vuelta mientras el sol de última hora de la mañana entraba a borbotones en la habitación. Javier estaba tumbado a su lado, pero su respiración le indicaba que seguía dormido. Salió lentamente de la cama, tomó la bata de Javier del cuarto de baño y abrió la puerta lo más silenciosamente posible. Tess bajó las escaleras y se dirigió a la cocina. Encontró una nota de Inés sobre la mesa. Ella y los chicos habían ido a seguir recogiendo cosas. Volverían para comer. Inés dejó unas pastas frescas en un plato y Tess las recogió en una bandeja con zumo y volvió a subir las escaleras.

La puerta del dormitorio era complicada, y ella hizo tanto ruido al equilibrar la bandeja y abrirla que Javier estaba completamente despierto cuando por fin cruzó el umbral.

—Buenos días, dormilón —Sonrió.

Él bostezó y se estiró.

—Pensé que te encontraría en la cama cuando me despertara. Pero en lugar de eso, una manada de elefantes estaba golpeando la puerta, y mi amor no estaba por ninguna parte.

—Bueno, este elefante estaba abajo buscando comida. Dejó la bandeja sobre la cama y le dio un vaso de zumo. Inés ha estado aquí esta mañana muy temprano, horneando. Los chicos están ahora con ella.

—Ah.

—Entonces —dijo ella con picardía— tenemos esta casa gigante para nosotros solos durante las próximas horas. ¿Qué vamos a hacer? ¿Bailar en el salón de baile? ¿Jugar a los bolos en los pasillos? ¿Correr desnudos por el jardín?

Se rio.

—Todas son ideas excelentes. Pero creo que deberías volver a la cama.

—Me gustaría que pudiéramos estar en la cama todo el día —le dijo—. Solo nosotros, aquí. Sin hacer nada.

—¿En serio? ¿Nada?

—Vale, no nada. Pero sé que no podemos. Inés dijo que volverían para comer.

—Pero aún podemos holgazanear hoy. No quiero perderte de vista ni un momento —dijo, rodeándola con sus brazos.

—Mmm. Lo que tú digas —Se acurrucó.

Más tarde, bajaron a la cocina. Javier les estaba preparando el desayuno cuando se apartó de los fogones y vio la sangre que le goteaba a Tess de la nariz. Cogió una toalla para intentar detener la hemorragia.

—Te vas a casa mañana o haré que alguien te vea aquí en Madrid —dijo mientras le echaba la cabeza hacia atrás.

Tess sonrió y le apretó la mano.

—No es la primera vez desde León, ¿verdad? —preguntó.

Sacudió la cabeza.

Javier levantó la mano y le palpó la frente.

—¿Por qué no me lo dijiste? Podría haber hecho algo.

Tess le cogió la toalla.

—Porque no creo que haya nada que puedas hacer —susurró—. Me voy a casa, y haré lo que me digan, pero lo que tengo es muy agresivo. Está empeorando. Lo sé. No me he dado por vencida, pero creo que esto va a acabar conmigo —Sonrió entre lágrimas, tratando de asegurarle que estaba bien.

Javier parecía asustado.

—No digas eso. Hay todo tipo de tratamientos nuevos. Por favor, no lo digas. Ni se te ocurra.

Tess cerró los ojos e intentó tranquilizarse.

—No pasa nada —Tess lo tranquilizó—. Vine aquí por Pen. Recuperé a mi hija. Y te conseguí a ti de rebote. Regalo con compra. No importa lo que pase, todo está bien.

Javier se inclinó y la besó, con el sabor cobrizo de su sangre en la lengua.

Estaban fregando los platos cuando oyeron unos violentos golpes en la puerta principal. Javier y Tess corrieron al vestíbulo, suponiendo que los chicos llevaban cajas pesadas y necesitaban entrar rápido. Al otro lado de la puerta había una mujer de unos setenta años, delgada como una caña, de pelo negro y cara de piedra. Miró más allá de Javier, hacia Tess, y luego hacia atrás. Se produjo una rápida conversación antes de que Javier le pusiera fin.

—Por favor, mamá. Tengo una invitada.

La mujer se volvió hacia Tess con una mirada fulminante.

—¡Hace semanas que no sé nada de ti ni de Mateo! Imagina mi sorpresa cuando fui a tu apartamento hoy y el portero me dijo que te mudabas.

—Sí, bueno. Hemos decidido volver aquí —explicó con más paciencia de la que Tess hubiera podido reunir—. Mateo quería volver a casa.

—Ajá. Y entonces, el señor Ruiz me dice que has estado en casa durante algún tiempo. Y que te ha traído a unas mochileras americanas —gruñó, mirando a Tess de arriba abajo con abierto desdén.

Su referencia a Tess y Pen despertó los modales de Javier.

—Lo siento. Tess Sullivan, esta es mi madre, María Francisco Gómez. ¿Quiere pasar, Madre, o tenemos esta conversación delante del vecindario?

La mujer empujó a Javier y se dirigió a Tess, examinándola cuidadosamente de pies a cabeza.

Lo único que consiguió Tess fue un gruñido.

Tess no se lo tomó como una buena señal, pero no tuvo tiempo de reaccionar. María ya la había adelantado y había entrado en el gran salón.

Así que por fin has entrado en razón y has decidido vivir como un hombre de posición social decente.

—En realidad, madre, la posición social no ha tenido nada que ver. Tess —Javier señaló en su dirección— me ha ayudado a enfrentarme a algunas cosas. Cosas que no había querido afrontar en mucho tiempo. Ahora veo que volver aquí forma parte del proceso de curación.

—¿Curarse de qué? Lleva muerta cinco años, Javier.

Su respiración agitada advirtió a Tess de que estaba luchando por mantener la compostura.

—Se llama Alejandra. ¿Y te has recuperado *tú* de la muerte de papá? —le preguntó a su madre con valentía.

—Eso es diferente. Tu padre era el médico más famoso de Madrid —Siseó, con la barbilla en alto.

Javier evitó decir algo de lo que luego se arrepentiría. María miró más allá de él.

—¿Dónde está Mateo? Al menos me gustaría ver a mi único nieto.

—Está con Inés. La hija de Tess, Pen, se fue con ellos. Inés se muda con nosotros.

—Finalmente. Tendrás ayuda doméstica. Hay un cuarto de servicio en el ático —María hizo un gesto hacia el tejado—. Estoy segura de que allí estará cómoda.

—No. El ático era el estudio de Alejandra. Permanecerá como está a petición de Mateo. Inés se quedará una habitación al final del pasillo de él.

María lo procesó con horror.

—Eso es inaceptable. ¿Mateo durmiendo en el mismo piso que el ama de llaves? —Su expresión de asombro hizo que Tess soltara una risita. A María no le hizo gracia.

—Inés es de la familia, como bien sabes —dijo en voz baja.

Oyeron un alboroto en el pasillo. Los demás habían vuelto. Mateo iba delante cargando una pesada caja, seguido de cerca por Pen. La expresión de su cara cuando vio a su abuela decía mucho. María vio la caja que llevaba y se volvió hacia Javier.

—¿No puedes contratar hombres para hacer la mudanza? Hacer que tu hijo cargue cajas como un basurero —dijo negando con la cabeza.

Javier se pasó los dedos por el pelo mientras Mateo dejaba la caja en el suelo y besaba vacilante la mejilla huesuda de su abuela. Ella le alisó el pelo y le sacudió el polvo de la camisa.

—En serio... —María miró más allá de Mateo a Pen, cuya cola de caballo estaba torcida por el ajetreo de las cajas. Los labios de la mujer se apretaron en una línea dura. Javier vio adónde iba e intervino.

—Escucha, madre. ¿Quieres venir a tomar un café? Podemos sentarnos y hablar de ello.

María entrecerró los ojos y levantó la barbilla desafiante.

—No. Tengo una cita. Pero estaría bien que me invitaras a comer algún día —dijo, mirando a Tess y a Pen de arriba abajo por cuarta vez—, cuando estéis instaladas. Imagínate, ¡debo enterarme por tu portero de que has vuelto a Madrid! Y ni siquiera se te ocurre llamar a tu madre.

Volvió su furia contra Inés.

—Habría esperado más de ti —Sus labios, de un rojo rubí, dibujaban un severo corte en su delgado rostro mientras miraba por debajo de su nariz patricia.

Inés la miró. Sin miedo.

María agarró la cara de Mateo y se la apretó. Luego se dio la vuelta con furia, dejando un rastro de palabras y un olor característico a su paso. Recordaba a la malvada bruja del Oeste en el *Mago de Oz*; si María hubiera apuntado a Tess con un dedo huesudo y le hubiera dicho: «¡Te pillaré, bonita!», no habría sido ninguna sorpresa.

Javier se sentó en el sofá y cerró los ojos. Tess se unió a él, sin habla.

—Lo siento mucho. Debería haber llamado a mi madre cuando volvimos. Pero tú estabas aquí, y yo estaba distraído con todo lo de la casa.

Inés intervino.

—Ha estado muy ocupado poniendo su casa en orden. Ella se calmará, y prepararé un almuerzo especial con todos sus platos favoritos para su próxima visita.

Javier sonrió a Inés con agradecimiento.

—Esa señora da miedo —dijo Pen, recuperando la voz—. Pensé que iba a pegarme —Levantó la mano para tocar la mejilla de Mateo—. Tienes la cara roja donde te la ha apretado.

Mateo se masajeó la mandíbula.

—Ven —dijo Inés, tratando de cambiar la conversación—. Ya hemos tenido bastante por esta mañana. Si nos ayudáis a sacar las cajas del taxi, empezaré con la comida.

—Necesito salir un momento —Javier le dijo a Tess—. ¿Estarás bien aquí sola durante media hora?

Tess se preguntó si tendría que ver con su madre.

—Claro. Ello dos pueden entretenerme —Tess sonrió a Mateo y Pen.

Más tarde, Tess disfrutó de la tranquilidad y disfrutó del último rato en la hamaca del jardín.

Inés sacó café.

—Ha tenido una mañana ajetreada. Siéntese y hágame compañía —Tess la animó.

—Vale, solo uno. Me gustaría deshacer algunas maletas.

—Inés, solo quería darte las gracias. Has cuidado de nosotras mientras hemos estado aquí. Y no creo que hayamos sido huéspedes fáciles. Pen parece haberte adoptado como su nueva abuela española, y te llevaría a casa con nosotros si pudiera.

Inés se limitó a sonreír.

—Os echaré mucho de menos a las dos. El doctor Silva dijo que Pen está invitada a volver aquí para ir al instituto durante un año para mejorar su español. Espero que pueda venir.

—Sí, creo que sería bueno para ella. Para sus estudios, pero también para venir aquí y pasar tiempo con todos vosotros —Tess se acercó y le apretó la mano.

—Señora, no quiero hablar de lo que no me corresponde, pero espero que todo vaya bien con su salud. No sé exactamente lo que está pasando, pero sé que es grave. Pen estaba llorando el otro día.

Inés levantó la mano al ver que la expresión de Tess cambiaba.

»Vi a una niña angustiada y creo que ocultarlo no es sano. Estaba en el jardín y creía que nadie podía oírla. Yo la vi desde la ventana de la cocina. La dejé llorar un rato antes de salir a ver si podía hacer algo. Me habló de su cáncer. No el mismo que el de Alejandra, creo. Pero es grave. Por favor, asegúrese de que no llore sola. Ella no necesita protección de sus sentimientos. Pueden llorar juntas. Cualquier otra cosa romperá sus corazones.

A Tess se le llenaron los ojos de lágrimas. Sabía que Inés tenía razón, y oír que Pen lo estaba pasando mal, y que se lo ocultaba, era difícil de escuchar.

—Hablaré con ella.

—Exactamente —dijo Inés.

Apretó la mano de Tess y le dio unas palmaditas en el hombro antes de volver a la cocina. Tess se quedó sentada, atónita. ¿Cómo habían vivido antes del Camino? ¿Antes de Madrid? Eran sonámbulas, y ahora Pen y ella estaban despiertas. Esperaba que eso no se acabara cuando llegaran a casa.

Más tarde, tras una cena en la que Inés se superó a sí misma, se sentaron a disfrutar de la velada a la luz de las velas.

—Hoy no hemos hablado de lo que pasó con mi madre —dijo, examinando lo que quedaba de vino en su copa—. Puede ser una persona difícil.

—Eso parece —coincidió Tess.

—Quiere a Mateo. Muchísimo —Le aseguró—. Pero cree que el mundo gira a su alrededor. Mi padre alimentó ese mito, y no le hizo ningún bien. Siempre la dejaba salirse con la suya. Pero había veces que sabía que no podía soportarlo. Entonces me llevaba a la granja para ver cómo estaban las cosas. Para respirar hondo.

Tess sonrió.

—Creo que posiblemente tu padre me hubiera caído bien.

—Murió cuando Mateo era pequeño. Se podría pensar que mi madre estaba helada de dolor, pero a ella le gusta hacerse la mártir. Alejandra intentó ayudarla, pero mi madre rechazó de plano su compasión. Cuando murió mi esposa, María aprovechó la oportunidad para hacer que todo girara en torno a ella, y revivió la muerte de mi padre una y otra vez.

—Así que no tuviste su apoyo durante el proceso de duelo —dijo en voz baja.

La expresión de él indicaba que lo que ella sugería rra un concepto tan extraño que no pudiera comprenderlo.

—¿Apoyo? ¿De María? No, estas palabras no van juntas.

Tess guardó silencio. No podía creer que su madre fuera tan despiadada.

—Su vida gira en torno a sus amigos y a un calendario social que ya no interesa a nadie. Vive en otro siglo —le dijo.

—¿Cómo se siente Mateo al respecto? preguntó Tess.

—Nunca dice una mala palabra sobre ella. Luego pensó un momento. En realidad, nunca habla de ella. Le encanta ver a Sofía y hablan por teléfono. Ella le envía pequeños obsequios para hacerle saber que piensa en él. Le abrió una cuenta en Facebook y ella comenta todo lo que él publica. Solo lo hace por ella, para que vea lo que hace y se sienta parte de su vida. No me imagino a mi madre haciendo algo así. Tendría que reconocer que ella no es el sol alrededor del cual orbitamos todos.

—¿Cómo era ella cuando tú estabas creciendo?

Reflexionó unos instantes y respondió con sinceridad.

—Mi madre era perfume y besos fríos en la mejilla antes de acostarse. Aún puedo oler su aroma —dijo, transportado a una época de hace tantos años—. Se parecía a las princesas de los libros que me leía mi niñera. Intocable. Fuera de mi alcance. No recuerdo que me abrazara, salvo en mis cumpleaños, cuando organizaba fiestas muy elaboradas e invitaba a los hijos de todos sus amigos. Decía que era para que yo pudiera establecer buenas conexiones desde el principio. Pero ahora no veo a la mayoría de esas personas.

—Eso es muy triste —dijo Tess.

—Sí, quizás. Pero yo no sabía nada mejor. Mi padre era muy cariñoso conmigo. Y el personal de nuestra casa veía cómo era, sobre todo Inés, y me mimaban con golosinas. Así que sabía que me querían.

—¿Cómo la trató Alejandra? —preguntó.

—Fue una relación intensa. Alejandra era una persona apasionada. Los pintores suelen serlo —Sonrió, recordándolo—. Se enfadaba mucho por cómo me trataba mi madre. Pero eso no era nada comparado con cómo trataba a Alejandra. Hasta después de que naciera Mateo no reconocía a su nuera cuando entraba en una habitación. Mi padre no podía hacer nada al respecto. El episodio de hoy no ha sido más que uno de los mil anteriores. No hay victoria. Solo una fría distensión que se rompe sin previo aviso.

—Así que solo sois Mateo y tú —Tess suspiró—. Estáis solos.

—Tenemos a Inés, y tenemos otros amigos. Conociste a Amelia. Ella y yo hemos sido amigos toda la vida. También es mi prima, así que sabe cómo es María.

Tess le apretó la mano para tranquilizarle.

—Ojalá pudiera aferrarme a ti —dijo—, pero debes irte. Vuelve a tu vida real.

Esbozó una sonrisa triste.

—Y desearía que no estuvieras a punto de entrar en una época tan oscura, pero estaré contigo en espíritu. Incluso iré a la iglesia y encenderé velas por ti. Estoy seguro de que Inés vendrá conmigo.

—Un paso audaz para un católico caduco —dijo, sorprendida.

—Hay que ser creyente para caducar. Pero siento algo. Esas veces en el Camino cuando iba contigo. Hay algo ahí, y si puede ayudarte, haré lo que haga falta.

Tess odiaba ver el dolor en su cara.

—Será extraño volver a Estados Unidos. Me he acostumbrado a oír español de fondo en todas partes.

—Estarás ocupada con otras cosas —susurró. Un eufemismo.

—Sí. Lo haré.

Aquella noche, Tess se durmió en brazos de Javier. Él se quedó despierto, recordando otra noche como aquella, hace mucho tiempo, en la que tuvo que dejar marchar a la mujer que amaba. No fue más fácil.

La última mañana, Tess se despertó al salir el sol. Se dio la vuelta y vio a Javier tumbado a su lado, mirando al techo.

—Estás despierto —Le puso el brazo sobre el pecho. Él le devolvió el abrazo, pero no dijo nada.

Oyeron el ruido de Inés al salir de su habitación por el pasillo. Y el piar de los pájaros en los árboles de la ventana, sonidos cotidianos.

—Estoy sentado aquí escuchando —dijo—. No he dormido.

—Lo siento —dijo ella.

He oído portazos de coches y el mundo despertando. Aunque hoy es un día duro para ti y para mí, el resto del mundo no se ha detenido. La tierra ha girado y el sol ha salido como un río que sigue fluyendo hacia el mar. El desvío de un par de gotas no altera su curso. Y nosotros somos las gotas. La vida continúa cuando los corazones se rompen, cuando los seres queridos se van. Simplemente lo hace, como una fuerza imparable. Incluso cuando no quieres que lo haga.

Tess guardó silencio mientras él la estrechaba entre sus brazos.

—Hemos vivido toda una vida en solo unas semanas. Es la única vida que tendremos juntos. He amado cada momento. Cada respiración. Cada palabra. Cada mirada. Los he asimilado todos y, como el agua sobre la roca, han hecho un surco que nunca desaparecerá. Tú eres el agua que se aleja de mí, pero nunca seré el mismo después de conocerte.

Se le llenaron los ojos de lágrimas. Se sentó frente a él.

—Quiero fingir que no me voy hoy hasta que salgamos por la puerta —Su mirada triste le suplicó—. Por favor, hagamos que nuestras últimas horas sean de las mejores. No quiero pasarlas triste.

Levantó la mano, le apartó el pelo de la cara y le acarició la mejilla.

—Por supuesto.

Inés ya había empezado a preparar un gran desayuno cuando entraron en la cocina. Al ver lo difícil que les resultaba, les echó fuera.

—Vayanse. Les traeré café y luego terminaré de desayunar. Esos chicos todavía están durmiendo. Se acostaron tarde.

Atravesaron el jardín y Tess se sentó en la hamaca.

—Esta cosa ha sido un aparato de tortura las pocas veces que he intentado dormir la siesta aquí fuera. Pero la echaré de menos. La vista del cielo azul más profundo desde este lugar es mágica. Estaba dispuesta a soportar el dolor solo para ver el cielo.

Ella se levantó y se acercó a él mientras él le rodeaba la cintura con los brazos. Como en el primer momento en la cocina de la granja, Javier le acarició el vientre.

—Sé por qué Mateo tardó tanto en nacer. Dentro de una mujer es el mejor lugar para estar.

Tess le agarró la cabeza con fuerza, pasándole los dedos por el pelo. Inés hizo un barullo para anunciar su llegada, y Tess dio la vuelta y se sentó a la mesa.

—Su café con leche es el paraíso, Inés. Voy a tener que beberme diez hoy. Así me aseguro de que mi cuerpo está totalmente cargado de cafeína para el viaje.

Sonrió.

—Puede beberse tantos como quiera, señora.

Volvieron a sentarse y se bebieron el café.

—¿Sabes? —reflexionó Tess—. Si existe la reencarnación, en mi próxima vida quiero nacer en España. Crecer en una casa como esta, llena de amor y luz. Con un jardín como este, donde pudiera tener grandes pensamientos, escribir poesía y planear mi futuro.

Javier se rio entre dientes.

— ¿Quieres renacer en la España de 1850? ¿Llevar vestidos de gala y bailar en bailes? Tendrías muchos pretendientes.

Le sacó la lengua.

—No. Quiero ser completamente moderna, con opciones ilimitadas, limitadas solo por mi imaginación.

—¿No es más o menos la vida que tienes ahora? —bromeó.

—Sí —dijo en voz baja—, excepto España y esta parte del jardín.

Ella le miró pensativa.

—Y a ti. Me gustaría que estuvieras allí.

Se acercó a ella y le apretó la mano.

—Tómate el café.

Inés sacó un bufet para ellos, lleno de su famosa tortilla, tomates recién cortados y perfectamente maduros, cebollas rojas y alcaparras. Había hecho unos cruasanes y aún estaban calientes. Tess tomó uno y lo untó con la cremosa mantequilla blanca y un poco del dulce de membrillo casero de Inés. Soltó un gemido e Inés sonrió.

—Pensé que se merecía algo especial esta mañana —le dijo Inés—. Para que no nos olvide.

Tess sacudió la cabeza y habló con la boca llena.

—Nunca podré olvidaros, a ninguno de vosotros. Viviréis en mi corazón y en mis muslos durante años.

—Tiene que mantener las fuerzas, señora. Cuando vuelva a casa, tiene que comer.

Tess la saludó.

—Sí, mi Capitán.

Inés le hizo un gesto con la mano y volvió a la cocina.

—Ella os ha adoptado a ti y a Pen, ya sabes. Puede que no sepas nada de mí, pero puedes esperar una tarjeta de Navidad de Inés.

—Cuento con ello —Le dijo—. Había un delgado hilo rojo con este lugar. Quería asegurarse de que no se rompiera.

Se dedicaron a holgazanear por la casa, organizándose por fin antes de que fuera casi la hora de irse.

Tess paseó por el jardín una última vez y se sentó en una tumbona. El cielo seguía siendo azul, su tono favorito. Se recostó pero no abrió los ojos cuando Javier salió con una botella de algo. Oyó el corcho y sintió una copa en la mejilla.

—¿Qué celebramos? —le preguntó ella.

—Vida. Amor. Felicidad. Elige —dijo.

—Vale. Elijo Amor.

Levantó su copa y bebió el líquido familiar que reconoció al instante. Era el vino reservado solo para *la familia*. Javier se colocó detrás de ella. Apoyó la cabeza en su pecho y sonrió.

—El momento perfecto —le dijo en el pelo.

—Mmm —Ella estuvo de acuerdo—. Todo lo bueno se acaba.

—Una frase que parece perseguir mi vida —dijo Javier con nostalgia.

Tess suspiró.

—Supongo que tenía razón —dijo Tess.

—¿Sobre qué?

—Lo que le dije al cura escocés en ese pueblo. El de la fiesta de cumpleaños que te saltaste. ¿Nunca te lo conté?

—Recuérdamelo.

—Me preguntó qué sería cuando entrara en Santiago. Le dije que sería una mariposa y volaría. Hoy vuelo lejos.

—Siempre me han gustado las mariposas —dijo en voz baja.

Javier le pidió que se sentara. Luego se metió la mano en el bolsillo y sacó una caja.

—Estaba buscando el momento adecuado para darte esto. No quería que te fueras sin tener algo para recordarme.

Abrió la caja y dentro había una mariposa de lapislázuli azul ribeteada de oro en una cadena a juego. La sacó y le pidió a Tess que se levantara el pelo.

—Era de mi abuela. Me la dejó cuando murió. Lo había olvidado, pero me vino a la mente cuando me contaste la historia de la mariposa en el Camino. Entonces supe que quería regalártela. Hace juego con tus ojos.

Tess tocó los bordes con el dedo y se recostó contra su pecho. Sus lágrimas mojaron la camisa de Javier, pero a él no le importó. Pronto el sol los empujó de vuelta a las frías profundidades de la gran sala. Era hora de irse. De pie junto a la puerta principal con las maletas, comprobando que lo tenían todo, Tess frunció el ceño.

—Déjame asegurarme de que no me he dejado nada. Lo comprobaré una vez más.

—Yo puedo ir —se ofreció Javier.

—¡No! Voy yo —Subió corriendo las escaleras y estuvo fuera solo unos minutos. Bajó corriendo y anunció alegremente: No. No se me ha olvidado nada.

Condujeron al aeropuerto en silencio. En el control de seguridad, los cuatro lloraban.

—Deberíamos irnos —le dijo Tess.

Se dio la vuelta, tomando la mano de Pen para alejarla de Mateo.

—Pen, es la hora.

Pen besó a Mateo y entró en la cola con su madre. Tess miró hacia atrás cuando llegó al guardia de seguridad, que comprobaba billetes y pasaportes. Javier se quedó allí, esperando una última mirada antes de que ella desapareciera.

Levantó la mano en señal de despedida. Javier sonrió, se volvió hacia su hijo y se alejaron. Tess no pudo evitar gritar su nombre cuando el guardia le indicó que siguiera su camino. Cuando levantó la vista, la multitud se había tragado a Javier y Mateo. Ya no estaban.

Veinte

De Camino a Casa

Mirando por la ventanilla del avión sus últimos destellos de sol español, apenas habían hablado desde que habían dejado a Javier y Mateo en el control de seguridad. Ahora Pen apoyaba la cabeza en el hombro de Tess, apretando el brazo de su madre en busca de consuelo.

—¿Crees que Charlie nos estaba vigilando en este viaje? —le preguntó Pen a Tess de repente.

—Creo que Charlie nos vigila todo el tiempo —dijo ella.

—¿Qué diría si nos viera en los últimos meses? ¿A mí, con las drogas, y a ti y a Javier?

Tess se lo pensó.

—Bueno... Creo que diría que eres una adolescente, y tendría fe en que le darías la vuelta. ¿Y yo? No lo sé, soy su madre, así que quizá se sentiría decepcionado.

—Quizás —dijo Pen—. No tienes que preocuparte tanto por mí. Él siempre te puso en un pedestal. Pero yo nunca lo hice. Conmigo, no tienes tanta altura desde donde caer.

Tess apoyó la mejilla en la cabeza de Pen. Había traído a España a una adolescente con problemas y había recuperado a su hija. Y tal vez algunas partes de sí misma. Esperaba que eso durase.

—Echaré de menos a Mateo. Y a Javier —dijo Pen, llorosa—. Y a Inés también. Es fácil hablar con ella.

Tess comprendió.

—¿Me prometes algo? —preguntó Pen.

—Por supuesto —dijo Tess—. Habla.

—No quiero que sigamos fingiendo —Las lágrimas corrían por sus mejillas—. Prométeme que te abrirás. Dejarás de esconderte de nosotros. Me gustaría saber quién es mi madre, incluso las partes oscuras. Pase lo que pase. Por encima de todo.

Tess respiró hondo. Estaba preparada.

—Te lo prometo —le dijo a Pen—. Ahora mismo, no puedo pensar en otra cosa que prefiera hacer contigo.

Tess besó la cabeza de su hija. El Camino había obrado su magia en ambas. Al final, eso era todo lo que necesitaba.

Horas más tarde, al abrir la puerta de su casa en Phoenix, al otro lado de un continente y un océano, Javier cerró el apartamento por última vez. La compañía de mudanzas había llegado e Inés había limpiado después de que se fueran. Este capítulo de su vida había terminado. Era hora de seguir adelante.

Buscó sus llaves en el bolsillo y tocó las piezas metálicas curvadas. Sus amuletos para las botas. Después de dejarlos en el aeropuerto el día anterior, regresó a casa y los encontró en su mesilla de noche. Tess los había llevado atados a sus botas durante todo el Camino. Estaban grabadas las siguientes palabras:

Ella creía que podía

Así que lo hizo

También había una carta. Javier aún no se había permitido leerla. Algún día lo haría.

Javier se secó los ojos y miró el reloj. Tess ya habría aterrizado y visto a John. En solo veinticuatro horas, le había devuelto la vida a esta mujer que, al parecer, perdería la suya. Ella había abierto un espacio en su interior, y él podía respirar de nuevo.

Javier decidió volver a casa andando en lugar de coger un taxi o el metro. Paseando por Madrid al anochecer, vio a gente saliendo a cenar. Amantes cogidos de la mano y personas mayores sentadas en bancos, fumando y cotilleando. Sonrió. Esta era su ciudad, su vida. Por fin estaba preparado para vivirla de nuevo. Y aceleró el paso hacia su casa.

EPÍLOGO

Hacía calor para un día de primavera en Madrid. John besó y abrazó a su hija antes de que subiera a la gran casa cerca de la Plaza Alfonso Martínez para prepararse para su gran día, seguida por su pandilla de alborotadoras damas de honor. Era incómodo estar aquí. No podía negarlo mientras estaba sentado en casa de Javier, preparando la boda de Pen con Mateo. Pero no se lo habría perdido por nada del mundo.

Nunca había visto a Pen tan feliz. Mateo era un buen hombre y un médico totalmente cualificado. Los dos habían pasado por muchas cosas juntos en los diez últimos años, y sus experiencias vitales similares significarían que podrían capear las tormentas que inevitablemente llegarían. Estaba seguro de que era un matrimonio duradero.

John se frotó las manos y se levantó para mirar por la ventana a un patio lleno de palmeras en macetas y una hermosa fuente, un lugar fresco y a la sombra donde pasar una tarde soleada. Sabía que pronto tendría que subir a ponerse el esmoquin. Se trataba de un evento muy formal. Le habían dicho que en las bodas españolas podía haber quinientas personas en la recepción, todas vestidas de punta en blanco. La bebida, la comida, los fuegos artificiales y el baile durarían hasta altas horas de la madrugada.

El día anterior se habían ocupado de la ceremonia civil y en unas semanas celebrarían otra recepción en una bodega de algún lugar del norte de España, organizada por familiares de Javier. John se lo perdería. Para esas fechas, seguro que estaría de vuelta en Estados Unidos, lejos de la incomodidad de toda esta situación.

Se abrió una puerta y se giró para ver a un Javier vestido de lino que entraba en la habitación; la amplia estancia, repleta de libros e impresionantes obras de arte, era lo bastante grande como para albergar varias colecciones de asientos. Dominaba el espacio un enorme escritorio tallado a mano, y hacia allí se dirigió Javier. Estaba buscando algo, rebuscando entre los papeles apilados encima; pasó un momento antes de que se diera cuenta de que John estaba allí.

—Ah —dijo—. Estaba buscando el historial de un paciente. Lo he perdido en algún lugar de este escritorio. Necesito devolver llamadas, y mi enfermera está ocupada con el alboroto de la boda —Paró de hablar. Sabía que a John no le importaba lo que estaba haciendo.

John miró a aquel hombre que había amado a su mujer en cuerpo y alma. Tenía que admitir que el tipo era guapo. Después de todos estos años, Javier todavía le recordaba a John a aquel tipo del programa de televisión de los años setenta *La isla de la fantasía*. Muy suave. Muy sofisticado. Muy español.

—¿Quieres tomar algo? —ofreció Javier—. Imagino que ser el padre de la novia es estresante.

—Ni la mitad de estresante que ser el novio —John se rio—. He visto a Mateo hace un rato. Parecía aterrorizado. Sabéis cómo organizar una boda.

—En España, ese es uno de nuestros superpoderes —Javier sonrió.

La abuela de Mateo se había encargado de la mayoría de los preparativos, incorporando a regañadientes los toques americanos de Pen en la ceremonia y la recepción. La mujer le asustaba un poco.

Javier se acercó adonde estaba sentado John. Abrió una botella de algo, sirvió dos copas y le dio una a John.

—Sláinte —dijo John, levantando su copa.

—Salud —dijo Javier, y ambos bebieron.

—Esta es una señora habitación. Los cuadros son increíbles. Parece que los pintó el mismo artista.

John estaba inquieto y se levantó para ponerse delante del cuadro que tenía más cerca.

—No es lo que me viene a la cabeza cuando pienso en pintores españoles como Goya o Dalí. Esto es luz. Me hace feliz mirarlo.

—Mi mujer, Alejandra, pintó todo esto —dijo Javier—. Era una persona muy alegre. Llena de luz.

John volvió a sentarse, con la sensación de haber cruzado una línea invisible; le costó encontrar el equilibrio. Javier intervino para llenar el vacío.

—Nunca hemos hablado mucho, tú y yo, desde aquel día antes de León. Hemos asistido a innumerables fiestas con motivo de este matrimonio, pero nunca hemos hablado de nada importante —observó Javier.

—No —dijo John mientras miraba el líquido que sostenía.

—Debe de ser extraño para ti sentarte aquí conmigo. *El Otro Hombre*.

John se dio un momento. Este hombre era atrevido y directo.

—Estabas y no estabas. Le di mi permiso a Tess —dijo él—. Mi bendición, en realidad. Así que no hiciste nada malo. Ninguno de los dos lo hizo.

—Eso es muy generoso —Javier sonrió—. Eres mejor hombre que yo.

—Huy, seguro que sí —dijo John con ironía—. Sonrió y bebió otro sorbo.

Javier se rio entre dientes.

—Era una mujer increíble. A Tess le habría encantado todo esto. Le gustaban las celebraciones y estaría tan feliz de ver a Pen tan feliz. Y quería a Mateo.

John tragó saliva. Era extraño oír a aquel hombre hablar de su esposa durante más de veinticinco años cuando él solo la había conocido brevemente.

—Era increíble —coincidió. Aún podía ver su rostro en sueños, aunque ya no podía evocar esa visión despierto—. Solo he querido a una mujer en mi vida. A mi esposa.

Javier contempló lo que había dicho.

—Solo he querido a dos mujeres. A mi esposa —dudó— y a la tuya —Bebió profundamente de su copa.

Se sentaron en silencio unos instantes.

—¿Sabías que te vi allí? —John le miró. En sus ojos flotaba una expresión de angustia.

¿Dónde me viste? —Javier frunció el ceño.

—En el hospital. Me dijeron que iba a ser cuestión de días. No quería que Tess estuviera sola, así que me levanté en mitad de la noche y fui hacia allí. Te vi en su habitación, tomándola de la mano y besándole la frente. Vi cómo te miraba —John bebió más de lo que pretendía y tosió—. Hubo una vez que llegué por la mañana temprano y tú seguías dormido en la silla junto a su cama. Bajé a la cafetería a esperar a que te fueras.

Javier contuvo la respiración.

—¿Por qué no dijiste nada? —susurró.

—No quería que estuviera sola. Yo estaba con ella todo el día si tú estabas con ella por la noche. Estaba rodeada de amor —John terminó, esforzándose por controlar sus emociones.

Javier esperó un momento.

—Tess le dio permiso a su médica para que me mantuviera informado de su estado. Cuando regresó a Estados Unidos, no volvió a ponerse en contacto conmigo. Así era como tenía que ser. Ambos lo sabíamos. Ella iba a volver contigo y con tu familia. Y volvía para luchar contra la enfermedad. Necesitaba concentrarse en todo eso. Pero yo quería saber cómo estaba y, un día antes de irse, me dijo que había enviado un correo electrónico a su oncóloga y le había pedido que me mantuviera informado en los momentos críticos. Al fin y al cabo, soy médico.

—Sí —John admitió.

—Recibí una llamada diciendo que se acercaba su final. Mateo estaba terminando los exámenes, pero yo cancelé todas mis citas y tomé un avión. Fui a estar con ella. Todavía estaba consciente cuando llegué, y mantuvimos algunas conversaciones agradables antes del último día. No sabía cómo lo llevaría después de perder a mi mujer de la misma manera. Si podría soportarlo. Pero me alegro de haber ido, y pude verla la noche antes de que falleciera. La doctora me llamó al hotel la tarde siguiente para decirme que estaba rodeada de su familia cuando se fue. Volé a casa al día siguiente.

Ambos tenían lágrimas en los ojos: diez años después, el dolor les acompañaba.

—Pen y yo estábamos allí. Pudimos estar con ella en ese momento. Pen le frotó los pies con su loción favorita y yo le leí *Orgullo y prejuicio* mientras le tomaba la mano. Dejarla ir fue un momento hermoso y aterrador al mismo tiempo. No creo que hayamos vuelto a ser los mismos.

Javier no tenía palabras. Se quedó mirando la copa.

—Al año siguiente, Pen vino aquí con vosotros para pasar su año en el extranjero. Mi orgullo me decía que debía luchar contra ello, pero era extrañamente reconfortante saber que estaría con gente que conocía tan bien. Que Tess conocía tan bien. Que cuidarían de ella. Como hicisteis en el Camino.

Javier se recompuso.

—Cada vez se parece más a su madre. A veces me cuesta mirarla si le da la luz adecuada —Javier bajó la mirada, un poco avergonzado por esta confesión—. Una vez más, no sé si yo habría podido hacerlo en tu lugar.

—Yo creo que lo habrías hecho —John se detuvo—. Ella hablaba de ti. ¿Lo sabías? Hacia el final. Me contó muchas cosas sobre ti —Sacudió la cabeza—. No los detalles de las otras cosas. Solo sobre quién eras y cómo la ayudaste a vivir esas semanas aquí.

Javier dejó de respirar. Luego miró a John con lágrimas en los ojos. Su reacción pilló desprevenido a John, que se esforzó por controlar la situación.

—Nunca te he preguntado dónde está enterrada. Si alguna vez voy a Estados Unidos, me gustaría visitar su tumba —susurró Javier.

—Fue incinerada —le dijo John—. Está en una urna en mi casa. No podía soportar pensar en ella sola en un nicho de mármol en algún lugar con extraños. Pidió que esparcieran sus cenizas en los lugares del mundo que le gustaba visitar. Me temo que yo tampoco lo he hecho todavía. Supongo que sigo intentando soltarlo —Dudó antes de volver a hablar—. Algunos están en el Camino.

Javier levantó la vista.

—Creo que probablemente sepa dónde están.

—Seguro que sí —admitió John.

Ambos pensaron en lo que eso significaba.

—Escucha, John. Cuando Mateo y yo caminamos con Tess y Pen, fue en honor a mi esposa, Alejandra. Ella era una persona extraordinaria y merecía una peregrinación propia.

John asintió.

—Tess me lo contó en su momento. Me pareció extraordinario.

—Sí, pero no es inusual en Europa —Javier eligió sus palabras con cuidado—. Me siento raro al sugerirlo, pero quizá tú y yo podríamos recorrerlo juntos. En honor a Tess. Podrías cumplir algunos de sus últimos deseos y visitar los lugares que le encantaron a Tess a lo largo del Camino —Se detuvo, preguntándose si estaba loco por sugerirlo.

John se lo pensó.

—No sé. Suena raro. ¿Su marido y su amante?

Javier rio entre dientes.

—En el Camino escucharás muchas historias extrañas. Créeme.

John ya estaba jubilado. Esta sugerencia estaba tan lejos de su zona de confort, pero la sentía extrañamente reconfortante.

—¿Cuándo iríamos? —preguntó.

Su rápida reacción sorprendió a Javier, pero entonces lo recordó. Esta era la persona que Tess había descrito. El hombre que había escrito la carta desinteresada que había encauzado sus vidas en una dirección diferente. Un hombre que no dejaba que sus miedos le detuvieran.

—Estoy reduciendo mi lista de pacientes. Mateo se está haciendo cargo de la consulta. Podría ir en otoño.

John se lo pensó durante menos de un minuto.

—Puedo encajarlo.

Justo entonces, la puerta se abrió e Inés entró en la habitación.

—Los dos tienen que prepararse si queremos cumplir el horario y evitar la ira de Pen —Había roto el momento, y ambos hombres se terminaron su whiskey de un trago y se pusieron en pie. John se sorprendió a sí mismo estrechando la mano de Javier.

—En otoño.

Javier asintió y le estrechó la mano.

—En otoño.

Después fueron a prepararse para ver cómo se casaban sus hijos, seguros de que Tess sonreía dondequiera que estuviese.

Inscríbase para ser el primero en saber lo que ocurre en el Camino de Santiago diez años después.

linktr.ee/authorkellifield

Para Debatir en un Club de Lectura

1. ¿Cuáles cree que son los temas principales del libro?

2. ¿Qué impacto tiene la muerte del hijo de Tess y John en la decisión de Tess de recorrer el Camino con un cáncer terminal?

3. ¿Qué papel desempeña en la historia la definición de maternidad de la sociedad occidental?

4. ¿Cómo crees que ve la autora la maternidad en el libro? Cómo influye la historia de la infancia de Tess en su forma de ser madre de Pen?

5. ¿Cómo influyó la relación de Tess con Javier en tus sentimientos hacia ella?

6. ¿Cómo influyen los viejos tópicos sobre la puta, la Madonna o la arpía en su forma de ver a las mujeres de la historia?

7. ¿Cómo afecta a su familia el hecho de que Tess evite el pasado e insista en ser optimista de cara al futuro?

8. ¿Qué pensabas del carácter de John y cómo lo veías? Débil. Valiente.

9. La carta de Juan a Tess fue un acto desinteresado. ¿Crees que se arrepintió de haberla escrito después de que saliera a la luz la realidad de la aventura de Tess y Javier?

10. ¿Sentiste simpatía por Javier a pesar de que se acuesta con la mujer de otro hombre?

11. ¿Qué impacto crees que tiene la muerte por cáncer de la mujer de Javier en su relación con Tess?

12. ¿Qué emociones evoca el personaje de Pen? ¿El típico adolescente, o hay algo más?

13. El duelo es un personaje principal del libro, que cada uno lleva como una carga a su manera. ¿Cómo varía la pena de cada uno de ellos? ¿Hace este conocimiento que el personaje resulte más simpático?

14. ¿Consiguieron Tess y Pen la redención que buscaban?

15. ¿Qué papel desempeñan la religión y la historia del Camino de Santiago en el relato?

16. ¿Crees que Tess luchó después de que empezara su aventura con Javier?

17. ¿Es Tess egoísta o desinteresada en su viaje a Santiago? ¿Especialmente a la luz de la vulnerabilidad de Javier ante la pérdida de su esposa?

18. ¿Debería Tess contarle a Pen su diagnóstico de cáncer antes en el viaje?

19. Todos los personajes guardan sus secretos y su dolor. ¿Cómo podría ser diferente la historia si hubieran sido más abiertos entre ellos?

20. Tess oculta al lector la muerte de su hijo Charlie hasta que acaricia su lápida. ¿Cómo le hizo sentir esa escena?

21. ¿A qué personaje apoyó más a lo largo del camino?

22. ¿Cómo afecta a nuestros cuatro protagonistas la experiencia de recorrer el Camino de Santiago?

23. ¿Qué papel desempeña Inés, el ama de llaves, en este drama familiar? ¿Y cómo se entrelaza con la madre de Javier, María?

24. ¿Cómo afectan los fantasmas de sus pasados a Tess y Javier?

25. En algún momento, ¿sintió que Tess quería quedarse en España y seguir con Javier? ¿La habría animado Javier a costa de su relación con John?

Agradecimientos

Escribir este libro empezó como una búsqueda solitaria en un país nuevo. Los personajes se convirtieron rápidamente en mis mejores amigos, y me entristeció terminar el Camino de Tess y Pen. Pero resultó ser solo el principio, ya que para publicar un libro hace falta un pueblo. O, en mi caso, una tribu. Mi tribu. Incluidos los lectores habituales de mi blog, www.vivaespanamovingtospain.com - Carol, Karen, Maria, Tricia, Andy, Raul, Donna, Wendy, Deanna, y muchos más tanto en el mundo virtual como en el real. Si tu nombre no aparece aquí, no creas que no he sentido tu aliento a diario. Saber que estabais ahí fuera mientras gritaba al vacío me hizo seguir escribiendo y avanzando hacia la publicación de este libro.

Quiero dar las gracias a Brian Skillen y al equipo de Publishing Hackers por su increíble habilidad y orientación a la hora de sacar este libro al mercado. Su experiencia, amabilidad, compasión y compromiso con la historia que necesitaba contar me dieron la confianza de que Tess y Pen estaban en buenas manos.

A mis amigos, que aceptaron leer las numerosas versiones y aportar sus comentarios.

Este libro no se habría completado sin John Rafferty, el mago del Camino. Tu amistad inquebrantable y tu aliento constante para seguir escribiendo sobre el Camino y España; las ondas de tu influencia silenciosa continúan.

Y un saludo al Shephen Shields por sus comprometidas habilidades de edición y sus sabios consejos.

A mi amiga, Matilda Rodríguez Vázquez por su amable revisión del manuscrito y su interminable entusiasmo.

Al Club del Libro de Santiago, ya sabéis quiénes sois, un grupo lleno de amor y apoyo incondicionales. ¡Tal vez este libro haga el corte uno de estos días!

A Emilie, que hizo el primer Camino conmigo. Un viaje de un millón de pasos, hace tantos años, antes de que estas palabras llegaran a la página. Podía ver tu sombra en cada tecla que pulsaba.

Y, por último, a Jeff. Te mudaste a España por mí y me dijiste que escribiera. Creíste en mí sin dudarlo. Eres todo lo que escribo. Como la carta de John a Tess, ésta es una carta de amor de libro para ti.

A los peregrinos del Camino de todo el mundo, me habéis inspirado con vuestras historias y vuestro valor, desde el primer paso en el camino hasta el gaitero en la Praza de Obrardoiro de Santiago de Compostela.

Siempre, muchas gracias. *Buen Camino.*

Sobre la Autora

K.D. Field es una escritora y bloguera estadounidense que vive en el Camino de Santiago en Galicia, España. *El duelo del adiós* es su primera novela. Publica el blog vivaespanamovingtospain.com, en el que relata sus aventuras y las de su marido, Jeff, desde que decidieron mudarse a España tras recorrer el Camino desde Saint-Jean-Pied-de-Port hasta la actualidad. También escribe una columna de humor mensual para Euro Weekly News, el periódico de habla inglesa más importante de España. Puedes seguirla en todas sus redes sociales:

linktr.ee/authorkellifield